HEYNE <

Das Buch

Sam Webster hat unzählige Leben auf dem Gewissen: Im Auftrag einer geheimen Organisation inszeniert er Bombenattentate, um die Politik im Nahen Osten zu beeinflussen. Doch als eines seiner Opfer in seinen Armen stirbt, beschließt Sam auszusteigen: Er will ein neues Leben beginnen.
Vom britischen MI6 wird er überredet, seinen ehemaligen Mitstudenten Neil Todd in Kopenhagen zu besuchen. Er soll herausfinden, warum der Politikprofessor Todd von der CIA überwacht wird. Ein brisanter Auftrag für Sam, denn Todds Frau Hannah war einst seine große Liebe.
Doch plötzlich wird aus dem Überwachungsauftrag tödlicher Ernst. Neil wird ermordet, und Sam wird klar, dass sein Freund hinter eine Verschwörung unglaublichen Ausmaßes gekommen ist. Es beginnt ein gnadenloses Katz-und-Maus-Spiel. Sam kennt nur noch ein Ziel: Hannah zu retten und sich von seiner Schuld zu befreien.

Der Autor

Kevin Wignall wurde in Herentals, Belgien, geboren. Bis zum Alter von neun Jahren lebte er dort als Armeekind, bevor er mit seinen Eltern in eine Kleinstadt im Westen Englands zog. Er studierte Politik und Internationale Beziehungen. Seit einigen Jahren ist er Romanautor. Für *Die letzte Wahrheit* wurde er 2008 sowohl für den Edgar Award als auch für den Barry Award nominiert.
Mehr Informationen unter www.kevinwignall.com

Kevin Wignall

Zurück bleibt der Tod

Thriller

Aus dem Englischen
von Karola und Christoph Bausum

WILHELM HEYNE VERLAG
MÜNCHEN

Die Originalausgabe *DARK FLAG* erschien 2010
in Finnland bei Arktinen Banaani unter dem Titel *Lipun Varjo*

FSC www.fsc.org
MIX
Papier aus verantwortungsvollen Quellen
FSC® C014496

Verlagsgruppe Random House FSC-DEU-0100
Das für dieses Buch verwendete FSC®-zertifizierte Papier
Holmen Book Cream liefert Holmen Paper, Hallstavik,
Schweden.

Vollständige deutsche Erstausgabe 02/2011

Printed in Germany 2011
Umschlaggestaltung: yellowfarm GmbH, S. Freischem,
unter Verwendung eines Motivs von © neuebildanstalt/Rumbach
Satz: Uhl + Massopust, Aalen
Druck und Bindung: GGP Media GmbH, Pößneck
ISBN: 978-3-453-43457-8

www.heyne.de

Für Richard Murray
»And there's another country,
I've heard of long ago«[1]

1 »Und es gibt ein anderes Land, von dem ich vor langer Zeit gehört habe«; Zitat aus *I Vow to Thee, My Country* von Cecil Spring-Rice (Anm. d. Übers.).

Prolog

Beirut, September

In den letzten drei Wochen war er jeden Morgen mehr oder weniger die gleiche Strecke gelaufen, durch Hamra zur Strandpromenade von Manarah und über die Corniche zurück zum Hotel, sodass ihm die kühle Meeresbrise auf dem Rückweg erfrischend entgegenwehte.

Die Bedeutung des Stadtteils Manarah für sein Vorhaben war ihm erst nach einer Woche klar geworden. Danach hätte er einen anderen Rückweg nehmen sollen, aber er hielt an seiner Route fest und lief sogar durch die betreffende enge Straße, vorbei an den schon früh am Morgen geöffneten Läden und Cafés, vor ihm das blaue Meer, wohl wissend, was dort geschehen würde.

Die Erkenntnis, wohin dieser morgendliche Lauf letzten Endes führen würde, hatte seit zwei Wochen einen schuldbewussten Nervenkitzel in ihm hervorgerufen, ähnlich wie bei einem lange geplanten Seitensprung. Und in gewissem Sinne war es auch nichts anderes, weil er dort war, wo er nicht sein sollte, und ihn genau dieser Reiz des Verbotenen anzog. Er schaute auf seine Armbanduhr und verlangsamte das Tempo seiner Schritte ein wenig, das an diesem Morgen vom Adrenalin angetrieben wurde. Wenn er zu schnell lief, würde er stärker involviert sein, als selbst ihm lieb sein konnte. Aber wenn es ihm gelang, sein Tempo zu kontrollieren, würde er vielleicht hundert Meter entfernt sein, vielleicht ein wenig mehr, wenn es passierte. *Wenn es passierte.* Dieses eine Mal würde er die unmittelbare Wirkung der Dinge, die er auslöste, zu sehen bekommen; nicht in den Nachrichtensendungen, nicht mittels der daraus resultierenden geopolitischen Wellen, sondern direkt vor Ort, im Angesicht einer greifbaren Wirklichkeit.

Es war kein Voyeurismus – er hatte genug Horrorszenarien gesehen, um diesen Hunger zu stillen –, sondern das plötzliche und irrationale Bedürfnis, den Kreis zu schließen. Bis vor zwei Wochen war er stolz auf seine Unsichtbarkeit gewesen, auf die Tatsache, dass er nie mit einem Vorfall in Verbindung gebracht werden konnte. Aber jetzt wurde er unerklärlicherweise von dem Verlangen überwältigt, einmal das Endresultat all seiner Planungen zu sehen: das rohe und ungeschminkte Bild der Macht, die er ausübte.

Er war heute so auf diesen Wunsch fixiert, dass seine sonstige Wachsamkeit schwand und er keine Augen hatte für die Menschen, Geschäfte und sonstigen Aktivitäten, an denen er vorüberlief, für das ganze geschäftige Treiben der Stadt in den letzten kühlen Momenten, bevor die Tageshitze zuschlug.

Er hielt an, um den Verkehr vorbeizulassen, und selbst jetzt schaute er sich nicht um, sondern blickte hinauf zum klaren Blau des Himmels, einen Augenblick lang verloren in der Erinnerung an einen anderen blauen Himmel, an einem anderen Ort, eine lebhafte Erinnerung, die nicht verblassen wollte.

Er rannte weiter und kontrollierte seine Armbanduhr, das Tempo stimmte jetzt wieder – wenngleich das keine Bedeutung mehr hatte. Als vor ihm die Explosion ertönte, ließ ihn die dumpfe Erschütterung mit klopfendem Herzen stehen bleiben und verscheuchte jeglichen Gedanken an seinen Zeitplan. Er hatte schon früher Explosionen gehört, aber diese war größer und geräuschvoller, als er erwartete hatte, sie vibrierte durch den Boden, ließ die Gebäude erzittern, stauchte die Luft.

Nachdem das Dröhnen nachgelassen hatte, war einen Augenblick lang nur das Geräusch der näherkommenden Sirenen zu hören, hektisch und sinnlos, und dann setzten Rufe und Schreie ein und er fing wieder an zu laufen, vorbei an Leuten, die in die ihm entgegengesetzte Richtung flohen. Sicherlich befürchteten sie eine zweite Explosion, aber Sam wusste es besser, genauso, wie er wusste, dass dies die Schlagzeile des Tages sein würde.

Er bog in die enge Straße und verlangsamte sein Tempo zu einem Gehen. Er stand mitten in einem Trümmerfeld, an einigen Stellen schwelte es oder kleine Flammen züngelten unsicher in die Höhe. Vor ihm standen nur noch Ruinen, die Straße war kaum wiederzuerkennen.

Es sah so aus, als sei das Auto des Politikers gegen das Gebäude auf der Straßenseite geschleudert worden und hätte dessen Mauer eingedrückt, bevor es zurückgeprallt und wieder auf der Straße gelandet war. Das Auto war ein einziges Flammenmeer, die Umrisse der darin verkohlenden Leichen waren so gerade eben zu erkennen. Das Gebäude brannte ebenfalls, genau wie die verstreuten Trümmerteile des geparkten Autos, in dem die Bombe versteckt gewesen war und die hier und da auf der Straße herumlagen wie die Überreste eines abgestürzten Satelliten.

Fast augenblicklich nahm er den Geruch wahr, den beißenden Gestank von brennendem Benzin, Gummi und Plastik. Erst als er näher heranging, stieg ihm der schwächere, aber markantere Geruch von brennendem Fleisch in die Nase.

Aus einem der Restaurants kam ein junger Mann gerannt, der einen Feuerlöscher in den Händen hielt. Einen Moment lang mühte er sich mit dem Verschluss ab, dann besprühte er das Auto des Politikers und kämpfte mit den Flammen, obwohl er zweifellos wusste, dass für die Insassen jede Hilfe zu spät kam.

Die meisten Fenster in der Straße waren zerbrochen, und einer der Ladenbesitzer, ein Mann mittleren Alters, stand mit leerem Blick in der Tür seines Geschäfts, sein weißes Hemd blutverschmiert. Als er Sam erblickte, deutete er auf etwas, das sich etwas weiter entfernt auf der Straße befand; so als ob Sam wissen sollte, dass es da war.

Er nickte und ging darauf zu, hielt aber inne, bevor er dort ankam. Da waren eine junge Frau und ein Baby in einem Kinderwagen, und er musste keinen Schritt näher kommen, um zu erkennen, dass beide tot waren.

Bei ihrem Anblick verspürte er ein kurzes Aufflackern von Bedauern, verdrängte es aber sofort, so als würde er den Tatort mental abriegeln. Außerdem, so bedauerlich zivile Opfer auch waren, sprach es doch für seine Planung, dass es nicht mehr als zwei waren.

Sam drehte sich um, um den jungen Burschen zu betrachten, der immer noch gegen die Flammen kämpfte und gleichzeitig versuchte, sich den Mund zuzuhalten. Als der Feuerlöscher leer war, drehte er sich weg und übergab sich, spuckte hilflos in den Rinnstein, so als würde er den Geschmack in seinem Mund loswerden wollen.

Die Sirenen kamen jetzt näher, sie übertönten das dumpfe Brüllen der Flammen und die beharrlich heulenden Alarmanlagen einiger Autos, die noch nicht einsehen wollten, dass alles verloren war. Der Erste jedoch, der am Ort des Geschehens eintraf und sein Auto quietschend am Ende der Straße zum Stehen brachte, war ein Journalist. Er wohnte nicht in Sams Hotel, hatte aber am Abend zuvor in der Hotelbar gesessen, Adam irgendwas. Sie hatten sich kurz über die alten Zeiten in Beirut unterhalten, obwohl der Bursche nicht viel älter war als Sam.

Er kam die Straße entlanggerannt und hüpfte in den Trümmern herum wie ein Tier in seinem natürlichen Lebensraum. Zuerst erkannte er Sam nicht, dann stutzte er und kam zu ihm herüber.

»Verdammte Scheiße! Was machen Sie denn hier?« Er wartete Sams Antwort nicht ab, sondern sah seine Kleidung und sagte: »Sie waren Laufen? Heißen Sie nicht Ben?«

»Sam.«

»Ach ja, richtig, Entschuldigung. Ein Glück, dass Sie nicht hier reingeraten sind.« Er betrachtete die schwelenden Trümmer und fragte dann sicherheitshalber nach: »Das sind Sie doch *nicht,* oder?«

»Nein, ich habe die Explosion gehört.«

»Irgendeine Idee, wen es erwischt hat?« Sam schüttelte den Kopf. Der Journalist untersuchte das verkohlte Auto. Dank der Anstrengungen des jungen Mannes brannte jetzt nur noch der Motor. »Wahrscheinlich irgendein anti-syrischer Abgeordneter. Sie werden die Hisbollah und die Syrer beschuldigen, Damaskus wird alles abstreiten, und dann machen wir alle weiter, als wäre nichts geschehen, bis zum nächsten Mal.«

Dieses Mal nicht, dachte Sam. Selbst jetzt, inmitten einer zerstörten Straße und fünf toten Menschen, verspürte er eine Art obszönen Stolz auf die Art und Weise, wie er diese Operation durchgezogen hatte.

Nicht nur einige ihrer Verbündeten würden davon überzeugt sein, dass Syrien an dieser Sache beteiligt war – dank der Tatsache, dass er Ghazal geschickt mit hineingezogen hatte, würden selbst die Syrer fürchten, dass hier ihre eigenen Leute auf eigene Faust gehandelt hatten. Inwieweit Damaskus dadurch unter Druck geraten würde, war nicht sein Problem – sein Job war es, für die entsprechenden Verhältnisse zu sorgen.

Vom Meer, das jenseits der Rauchschwaden blau funkelte, wehte ein kurzer Windstoß herüber und ließ zerbrochenes Glas aus den Fensterrahmen fallen. Es klang, als würden zahllose Windspiele aufeinanderprallen.

Die Sirenen kamen jetzt immer näher und der Journalist sagte: »Wir sollten uns besser umschauen, bevor die Polizei und das Militär hier auftauchen.«

Er ging vorneweg und Sam folgte ihm, um den Krater herum, der sich in der Straße zwischen den geschwärzten Trümmern der beiden Autos aufgetan hatte. Der Journalist bemerkte die Leichen der Mutter und des Kindes und wirkte einen Augenblick lang fasziniert.

»Mutter und Baby«, sagte Sam. »Sieht aus, als wären sie beide tot.« Das war eine Untertreibung. Aus diesem Blickwinkel war die seltsame Kombination aus Blut, Wunden und absolutem Frieden unverkennbar. Dennoch ging der Journalist ein paar Schritte näher und kniete sich zu dem kleinen, zerschmetterten Körper des Babys hinunter, dann kam er kopfschüttelnd zurück.

Sam hatte schon Schlimmeres gesehen und war sich ziemlich sicher, der Journalist auch, und er wusste, dass man am besten nicht zu viel darüber nachdachte, wer diese Menschen waren. Sie war einfach eine junge Frau, die dem ältesten aller Klischees anheimgefallen war, nämlich zur falschen Zeit am falschen Ort gewesen zu sein.

Sie gingen etwas weiter und Sam entdeckte ein weiteres Opfer, jemanden, der sich bis jetzt außerhalb ihres Blickfeldes befunden hatte; neben dem Auto des Politikers versuchte ein junger Mann, langsam auf dem Bauch liegend wegzukriechen. In Anbetracht der Tatsache, wie nahe er der Explosion gewesen sein musste, war es erstaunlich, dass er noch lebte.

Der Journalist hatte ihn gleichzeitig entdeckt und sie eilten beide auf ihn zu. Sein Hinterkopf war eine einzige blutige Masse, einer seiner Arme schien gebrochen zu sein und seine Jeans war blutgetränkt, aber er lebte noch und kämpfte weiter.

Er trug einen kleinen Rucksack, der einen Großteil der Granatsplitter abbekommen und ihm so wahrscheinlich das Leben gerettet hatte. Sam vermutete, dass er Schüler an der Highschool oder Student an der Universität war, wahrscheinlich eher Letzteres.

Sam kniete nieder und legte ihm eine Hand auf die Schulter, um ihn anzuhalten.

»Beweg dich nicht.« Der Junge verstand und ließ sich dankbar seufzend mit seinem vollen Gewicht auf die Erde fallen.

Sam löste hastig die Riemen des Rucksacks und zog ihn vom Rücken des Jungen. Er öffnete sich, als er ihn auf die Seite legte und die Bücher, die sich darin befanden, ergossen sich zum Teil auf die Straße.

Der Junge sagte etwas, aber Sam verstand ihn nicht. Sam blickte zu dem Journalisten hoch, der jedoch so aussah, als könne er ihm nicht helfen. Er zuckte mit den Schultern und sagte: »Ich habe nicht verstanden, was er gesagt hat.«

»Meine Bücher«, sagte der Junge, als er begriffen hatte, dass die beiden Englisch sprachen.

»Keine Angst, ich hole dir deine Bücher«, sagte Sam, der den Jungen gerade umdrehen wollte, dann aber wieder auf dessen Jeans schaute, die mittlerweile vom Blut getränkt glänzte. »Geben Sie mir Ihren Gürtel – er verblutet sonst, bevor der Rettungswagen kommt.«

Der Journalist drückte Sam den Gürtel in die Hand und sagte: »Jetzt kommt jemand.«

Sam schob den Gürtel unter den Oberschenkel des

Jungen und zog ihn zusammen, um die Wunde abzubinden. Er fixierte ihn mit eisernem Griff, als könnte er den Jungen allein durch rohe Kraft am Leben erhalten.

»Es ist wirklich ein Rettungswagen, Gott sei Dank!« Sam musste nicht einmal hochschauen, um diese einzelne Sirene aus dem Hintergrundchor der sich nähernden Polizei-, Feuerwehr- und Militärfahrzeuge herauszuhören. Aus den Augenwinkeln sah er den Journalisten mit beiden Armen winken. »Hierher!«

Der Junge hatte seinen Kopf jetzt seitlich auf seine unverletzte Hand gelegt und schaute zu Sam auf, aus weiter Ferne, aber mit einem zarten Ausdruck von Erkenntlichkeit, dass Sam bei ihm war.

Sam erwiderte seinen Blick. Er wusste, dass er ihn bei Bewusstsein halten musste, und sagte: »Wie heißt du?« Der Mund des Jungen bewegte sich, aber die näherkommenden Sirenen und die Schreie des Journalisten übertönten jedes andere Geräusch. »Was studierst du?« Dieses Mal sah es noch nicht einmal so aus, als ob sich sein Mund bewegte.

Jetzt aber waren die Sanitäter ratternd und in routinierter Eile zu ihnen gestoßen. Einer nahm ihm das Ende des Gürtels aus der Hand und Sam trat bereitwillig zurück, um ihnen nicht im Weg zu stehen. Sie behandelten den Jungen an Ort und Stelle, und Sam und der Journalist schauten zu.

Weitere Rettungsfahrzeuge kamen, Menschen strömten aus ihnen heraus und wurden umgehend aktiv. Eine Absperrung wurde errichtet, aber Sam und der Journalist befanden sich in ihrem Inneren und niemand schien sich daran zu stören.

Nachdem die Sanitäter alles getan hatten, was hier auf der Straße möglich war, hoben sie den Jungen auf ihre Trage und begannen damit, ihn zum Rettungswagen zu schieben.

»Meine Bücher«, sagte der Junge überraschend energisch.

»Ich hole sie«, sagte Sam. Er ging in die Hocke und zog zwei Lehrbücher, einen Schreibblock und einen Stift aus dem Rucksack. Eines der Bücher war leicht beschädigt, aber in verhältnismäßig gutem Zustand. Sie waren in Englisch – der Junge studierte Wirtschaftswissenschaften.

Als er sich wieder aufrichtete, starrte der Journalist ihn verblüfft an. Dieser war schon seit geraumer Zeit nur noch passiver Beobachter und konnte Sams Handeln kaum begreifen. Er fragte sich wieder, ob der Journalist auch nur ansatzweise erahnen könnte, wie weit Sam in Wirklichkeit davon entfernt war, ein unbeteiligter Zuschauer dieser ganzen Geschichte zu sein.

Sam folgte den Sanitätern und der Journalist wiederum ihm, offenbar hatte er inzwischen jegliches Interesse an den Aktivitäten von Polizei, Feuerwehr und Soldaten verloren.

Die Sanitäter hatten den Jungen in den Rettungswagen geschoben, aber sein Zustand schien sich während der Minute, die Sam gebraucht hatte, um die Bücher zu holen, drastisch verschlechtert zu haben, und jetzt behandelten sie ihn wieder, arbeiteten hektisch und schrien sich gegenseitig an, während sie mit größtmöglichem Einsatz verzweifelt alle ihnen zur Verfügung stehenden Möglichkeiten abarbeiteten.

Sam und der Journalist standen hinter dem Rettungswagen und beobachteten die zwei Männer, die sich darin über den jungen Studenten gebeugt hatten; alle vier flehten sie stumm, dass das Leben in ihn zurückkehren, dass er den Kampf wieder aufnehmen möge, dass er die verlassene Stille brechen würde, in die er gefallen war.

Das Ganze dauerte nur etwa eine Minute, aber schließlich hörten die beiden Sanitäter gleichzeitig auf und ließen sich zurückfallen, als seien sie von einer Welle der Erschöpfung ergriffen worden. Sie saßen da, rangen nach Atem und betrachteten den Jungen, der vor ihnen lag. Auch Sam und der Journalist starrten ihn weiter an, und obwohl sie keine Erklärung für die plötzliche drückende Stille brauchten, drehte sich der Sanitäter, der ihnen am nächsten saß, um und schüttelte bedauernd den Kopf, so als wären sie die Familienangehörigen des Jungen.

Sam schaute auf die Bücher, die er immer noch in der Hand hielt, und sagte: »Das sind seine.«

Der Sanitäter starrte verständnislos zurück, als wolle er fragen, was für einen Unterschied das machte.

Der Journalist sagte: »Kommen Sie, ich fahre Sie zurück in Ihr Hotel.«

Sie gingen durch die Absperrung und schlängelten sich dann zwischen den Lastwagen und Autos und Menschenmassen hindurch, die sich mittlerweile angesammelt hatten. Die Leute starrten Sam an und er begriff, warum sie das taten: Er war blutverschmiert und sah aus wie ein Anschlagsopfer. Er kletterte auf den Beifahrersitz des Wagens des Journalisten und betrachtete erneut die Bücher.

»Ich weiß nicht, was ich damit machen soll.«

»Legen Sie sie auf den Rücksitz. Vielleicht kann ich sie in meinem Artikel erwähnen – wenn möglich, schicke ich sie danach zurück zu seiner Familie.« Sam legte die Bücher auf den Rücksitz. »Hätten Sie etwas dagegen, wenn ich Sie erwähne?«

»Eigentlich nicht«, sagte Sam. »Aber nennen Sie mich Ben und sagen Sie, ich sei Geschäftsmann. Mir wäre es lieber, wenn Sie keine weiteren Details nennen.« Auf diesem Trip hatte sich Sam als Forscher für die UBS ausgegeben.

Der Journalist nickte und bahnte sich seinen Weg durch den stockenden Verkehr. Zu Fuß wäre Sam schneller vorangekommen, aber im Moment war er froh über Gesellschaft.

»Ich nehme an, Sie verlassen das Land – viele Geschäftsmänner tun das, nachdem so was passiert ist.«

»Ich wäre sowieso morgen aufgebrochen. Meine Großmutter ist gestorben – ich fahre wegen ihrer Beerdigung zurück.«

Der Journalist schaute zu ihm rüber und nickte, sagte aber dann: »Sind Sie okay? Sie sehen ganz schön mitgenommen aus.«

»Nein, ich bin okay.«

Der Journalist nahm seine Augen für einige Sekunden von der Straße – sie bewegten sich alles andere als schnell vorwärts – und sagte: »Was Sie da vorhin getan haben, war bewundernswert. Wissen Sie, Sie haben alles getan, was Sie konnten, um diesen Jungen am Leben zu halten.«

»Er ist trotzdem gestorben.«

»Das war nicht Ihre Schuld.«

»Ich weiß«, sagte Sam, irritiert von der Schlichtheit dieser Lüge, obwohl Lügen in den letzten zehn Jahren sein Leben bestimmt hatten. »Es ist nur…« Er brach ab, und sie fuhren eine Weile schweigend weiter.

Es ergab sowieso keinen Sinn. Ein Politiker und seine Mitarbeiter waren getötet worden, ihr Tod war von Sam geplant und herbeigeführt worden; eine Frau und ihr Baby waren durch die Bombenexplosion gestorben, so wie schon so viele vor ihnen, die auf die ein oder andere Art unschuldig zu Tode gekommen sind. Und doch setzte ihm der Tod des Studenten derart zu, wie es bei keinem anderen zuvor der Fall gewesen war.

Der Journalist würde seine Reaktion auf den Schock zurückführen, ihm beim Sterben zugesehen zu haben, aber Sam hatte schon viele Menschen sterben sehen und hatte auch schon einige selbst getötet. Es war nicht der Schock über etwas, das er an diesem Morgen gesehen oder erlebt hatte, der ihn aus dem Gleichgewicht brachte, sondern etwas, das völlig unerwartet in ihm aufgestiegen war – eine unerwünschte, aber bestimmte Welle des Mitgefühls.

Der Junge war Student gewesen und auch wenn Sams eigene Studentenjahre mehr als ein Jahrzehnt zurücklagen, waren sie noch frisch genug in seinem Gedächtnis, um sich in diesen Lebensabschnitt hineinversetzen zu können; all die Pläne und Hoffnungen und Träume, die Sorgen, die Zukunft ausgebreitet am Horizont wie das blaue Meer am Ende der engen Straße.

Das alles jemandem zu entreißen, wie er es an diesem Morgen getan hatte, erschien ihm plötzlich abscheulich auf eine Art und Weise, die es ihm unmöglich machte, sich davon so zu distanzieren, wie er es in der Vergangenheit getan hatte, wie er es sogar bei der Mutter und ihrem Kind getan hatte. Aber er wusste auch, wenn er es erst einmal zulassen würde, dass sich dieses Grauen in seinen Gedanken festsetzen konnte, würden all die anderen Opfer mit Sicherheit folgen.

Er musste die Erinnerung an den Jungen abschütteln, um seines Berufs willen, um seines Friedens willen. Doch sie hatte bereits einen Riss verursacht und alle Gewissheiten der letzten Jahre zerfransten und lösten sich mit erschreckender Geschwindigkeit auf.

Sam würde zur Beerdigung seiner Großmutter nach Hause fahren und so oder so wusste er schon jetzt, dass es schwer werden würde, zurückzukommen. Egal, wie lange er sich eine Auszeit nehmen würde, egal, welch hehren Interessen seine Arbeit diente – wenn überhaupt –; mit der zerstörten Zukunft dieses Studenten hatte er etwas verloren, und er bezweifelte, dass er es jemals zurückbekommen würde.

»Meine Bücher«, hatte der Junge gesagt, und jetzt lagen seine Bücher auf dem Rücksitz im Auto des Journalisten, befleckt von dem Blut an Sams Fingern, und nützten niemandem mehr etwas.

Der Journalist würde zweifellos einen bewegenden Artikel schreiben über das, was er an diesem Morgen gesehen hatte, und seine Silberfäden ziehen aus der alltäglichen Hässlichkeit einer Autobombe und ihrer Nachwirkungen. Sicher würde er auch das Gefühl des Verlustes einfangen, das der Ruf des Studenten nach seinen Büchern, der vergebliche Kampf der Sanitäter und die verbitterte Stille nach seinem Tod heraufbeschworen.

Er würde all das einfangen und die Leser seiner Zeitung berühren, und doch würde er niemals wissen oder irgendeine Vorstellung davon haben, dass Sam ihm diese Story gegeben hatte, dass sie Sams Schöpfung war. Er hatte drei Wochen mit der Planung und zwei Wochen mit der Durchführung verbracht, aber jetzt, da es vollbracht war, machte es ihn in einer Weise krank, die er nie für möglich gehalten hätte. Jene verwaisten Bücher untergruben alles, was er zu wissen geglaubt hatte über sich selbst und das, was er tat und warum er es tat.

Ein Teil von ihm wollte dem Journalisten alles erzählen, um ihm eine richtige Story zu liefern, aber der Profi in ihm würde das nicht zulassen. Trotzdem musste er den Gedanken, die in seinem Kopf herumschwirrten, eine Stimme geben, musste sie in Worte fassen und laut aussprechen, wie einen Schwur.

»Ich werde meinen Job hinschmeißen.«

Der Journalist schaute zu ihm herüber und lächelte unsicher.

»Schön für Sie«, sagte er und lachte.

Sam lachte auch, weil er es ausgesprochen hatte und jetzt wusste, dass er es auch so meinte – sie würden denken, dass er den Verstand verloren hatte, aber er würde aufhören, noch an diesem Tag oder spätestens, sobald er nach London zurückgekehrt war. Egal, was man ihm sagen würde und was auf dem Spiel stand – dieser Junge würde der letzte sein, der letzte von Sams Toten, und die letzte seiner Lügen.

1

Paris, 18 Monate später

Während des Winters hatte er schon an Paris gezweifelt, aber nun, da der Frühling die Steine langsam erwärmte, konnte er sich vorstellen zu bleiben. Er hatte auch damit angefangen, eine gewisse Alltagsroutine zu entwickeln, kleine Dinge wie das Frühstück in dem Café, das inzwischen zu seinem Stammlokal geworden war. Danach schlenderte er gemächlich in sein Apartment zurück; ein simples Ritual, das den Rhythmus für den anspruchslosen Lebensstil seiner Tage vorgab.

Er erreichte das Gebäude, in dem sich sein Apartment befand, und schaute nach seiner Post: ein einzelner Brief von seinen Eltern, den er öffnete, während er noch im Flur stand. Er enthielt eine kurze Nachricht von ihnen und einen Brief aus Dänemark, der an ihre Adresse geschickt worden war.

Er lebte seit zwölf Jahren nicht mehr zu Hause und so ziemlich die einzige Korrespondenz, die immer noch dorthin adressiert war, kam vom Ehemaligenbüro seiner alten Universität. Er hatte den Gedanken gerade zu Ende gedacht, als er den Absender bemerkte, der in winzigen Buchstaben auf die Rückseite des Umschlags geschrieben war – Neil Todd, ein alter Freund aus dem College, mit dem er nicht in Kontakt geblieben war.

Er steckte den Brief in die Tasche und ging die Treppe hinauf. Das unbestimmte Gefühl einer Vorahnung flackerte in ihm auf. Während dieser letzten achtzehn Monate hatte er sich oft an seine Collegezeit erinnert. Zuerst hatte er gedacht, das sei wegen des Studenten, den er an jenem Tag in Beirut zu retten versucht hatte, aber es war mehr als das; eine Art Fixpunkt für all die Dinge, die er bereute, der letzte klare Moment, in dem er einen anderen Weg hätte einschlagen können, einen Weg, der nicht in dieser zerstörten Straße in Manarah hätte enden müssen.

In der Zwischenzeit war er niemandem begegnet – es war tagsüber immer recht ruhig im Gebäude –, doch in der Sekunde, als er die Tür zu seinem Apartment öffnete, wusste er, dass jemand in seiner Wohnung war. Er zögerte und nahm einen leisen Hauch von Aftershave wahr, dann hängte er seinen Mantel auf und nahm den Brief aus der Tasche, bevor er in die Küche ging. Er machte sich daran, Kaffee zu machen und wartete auf das Knarren der Diele im Türeingang hinter ihm.

Als es schließlich, unter dem Gewicht des Eindringlings ächzend, erklang, sagte Sam: »Wenn du dir schon uneingeladen Zutritt verschaffst, hättest du wenigstens Kaffee machen können.«

»Es hätte jeder sein können.«

»Du bist aber nicht jeder.«

Sam drehte sich um und schaute Lex an: smart, aber nicht auffällig gekleidet, harmloses Aussehen, angenehmes Lächeln, die Durchschnittlichkeit in Person. In vielerlei Hinsicht war er der perfekte Spion, jemand, der nirgendwo auffiel. Sie lachten kurz, als sie sich ansahen, und schüttelten sich die Hände. Sam bedeutete Lex, sich hinzusetzen.

Als der Kaffee fertig war, fragte er: »Also, was führt dich hierher, Lex?«

»Ich bin geschäftlich hier. Dachte, ich schau mal rein, wenn ich schon in der Gegend bin. Wir vermissen dich – deine Patentochter fragt immer, wann du uns mal besuchen kommst.«

»Wirklich? Das ist aber eine besonders aufgeweckte Dreijährige, die ihr da habt.«

»Nächsten Monat wird sie vier.«

»Du lügst trotzdem.«

Er setzte sich Lex gegenüber an den Tisch und sie nippten an ihrem Kaffee, bis Lex einen Blick auf den Umschlag warf und sagte: »Du hast deinen Brief noch nicht geöffnet.«

»Du bist ein guter Beobachter. Schon mal über eine Karriere beim Geheimdienst nachgedacht?« Er hob ihn auf und öffnete ihn, dann sagte er: »Er ist zufälligerweise von jemandem, den wir beide kennen – Neil Todd.«

»Ja, ich erinnere mich an Neil – zur Hälfte Däne, was die Briefmarke erklärt, nehme ich an. Hat er nicht Hannah Browning geheiratet?«

»Ich glaube schon.«

Hannah Browning. Sam überflog den Brief, der vor einigen Minuten noch so vielversprechend zu sein schien, wie eine Rückfahrkarte, um die tiefe Kluft zu überbrücken. Der Inhalt der Seite war ernüchternd, aber sie erklärte immerhin Lex' Anwesenheit in seinem Apartment.

»Nun?«

Sam lächelte und sagte: »Er fragt nach deinen Kontaktdaten. Sagt, dass er sie ziemlich dringend braucht.« Er reichte den Brief über den Tisch und während Lex ihn studierte, sagte Sam: »Woher wusstest du, dass er mir geschrieben hat?«

»Komplizierte Sache. Er wird überwacht – Politikprofessor an der Universität von Kopenhagen.« Lex schien gedanklich woanders zu sein, während er sprach, die Hälfte seiner Aufmerksamkeit galt dem Brief. »Komisch, dass er nach meiner Adresse fragt.«

»Wirklich? Er muss in irgendwelchen Schwierigkeiten stecken, wenn er überwacht wird. Und was du machst, ist in unserem erweiterten Bekanntenkreis mehr oder weniger allgemein bekannt, das war es von Anfang an.«

Ein Flackern der Enttäuschung huschte über Lex' Gesicht, gar die Andeutung eines Gefühls von Verrat, dass im Vertrauen eingeweihte Freunde sich erlaubt hatten, das zu verbreiten.

»Du dagegen bist der große Unbekannte, und zwar so vollkommen, dass Todd ironischerweise ausgerechnet dir schreibt, um dich nach meinen Daten zu fragen.«

Sam lächelte und sagte: »Das liegt daran, dass meine alte Einrichtung eine höheren Sicherheitsstandard hat – ich erinnere dich nur ungern daran, aber ich war ein Jahr lang dabei, bevor du auch nur davon erfuhrst.«

Lex nickte, schaute den Brief noch einmal an und

legte ihn zur Seite, während er sagte: »Warum bist du gegangen, Sam?«

»Ich weiß es nicht.« Lex blickte skeptisch drein, deshalb fügte er hinzu: »OK, ich habe eine ideologische Aversion gegen das entwickelt, was wir tun. Ich hatte es satt, das Leben anderer Menschen zu ruinieren. Ich habe aufgehört, an Geheimhaltung zu glauben. Such dir etwas aus.«

»Und natürlich hatte diese ideologische Erleuchtung nichts damit zu tun, dass deine Großmutter gestorben ist und dir einen Haufen Geld hinterlassen hat?«

»Das ist ein billiger Vorwurf, Lex.«

»Nein, ist es nicht, denn ich habe eine Hypothek abzuzahlen, deshalb kann ich mir diesen ideologischen Luxus nicht leisten – ganz abgesehen davon, dass ich deiner Analyse dessen, was wir tun, nicht zustimme.«

Sam schaute ihm in die Augen und versuchte zu ergründen, wie viel Wahrheit in seinem letzten Satz steckte.

»Du weißt nicht, was S8 tut, oder?«

Lex zuckte mit den Schultern. »S8 gehorcht seinen eigenen Gesetzen und nein, ich weiß nicht über das ganze Ausmaß seiner Aktivitäten Bescheid, und das sollte ich auch nicht. Was ich weiß, ist, dass man dort unverzichtbare Arbeit leistet und man dich dort sehr geschätzt hat… und dass sie dich mit Kusshand zurücknehmen würden.«

»Wird nicht passieren.«

»Warum? Weil du deine Berufung darin gefunden hast, den Ängsten irgendwelcher Oligarchen nach dem Mund zu reden?«

Sie hatten ihn also im Auge behalten – natürlich hatten sie das.

»Ich versuche lediglich, in Übung zu bleiben, und ein bisschen Beratertätigkeit hat noch niemandem geschadet.«

»Das hängt davon ab, wen man berät.«

Es lag eine Spur moralischer Empörung in Lex' Stimme, die Sam unwillkürlich zum Lachen brachte. Lex lachte auch und schüttelte den Kopf.

»Okay, ich sage nichts mehr, aber es ist eine Schande, dass du weg bist, eine echte Schande.«

»Zur Kenntnis genommen und danke.« Er zeigte auf den Brief und sagte: »Was hattest du denn erwartet, was darin stehen würde?«

»Ich dachte, er würde *dich* um Hilfe bitten. Hätte mir klar sein müssen, dass er nichts über dich weiß.« Er griff nach dem Brief, schaute ihn noch einmal an und klang ehrlich interessiert, als er sagte: »Hattest du nicht eine kurze Liaison mit Hannah?«

»Liaison wäre etwas zu viel gesagt, ein paar Küsse spät in der Nacht, viel mehr war es nicht.«

Lex lächelte, als würde er Sam unterstellen, übertrieben diskret zu sein, aber dem war nicht so; es war wirklich nicht mehr gewesen als das. Doch in einem gewissen Sinn war Sam tatsächlich nicht ganz aufrichtig gewesen, denn seine Gedanken an jene Tage blieben unweigerlich irgendwann bei Hannah hängen, bei der Romanze, zu der es nie gekommen war, bei der Chemie, die zwischen ihnen existierte, auch nachdem sie mit Todd zusammengekommen war.

Hannah und Todd hatten ein gutes Paar abgegeben

und es war töricht zu mutmaßen, dass sich jemals etwas Ernsteres zwischen ihr und Sam entwickelt hätte, dennoch hatte sie sich in den letzten eineinhalb Jahren wieder in seine Gedanken geschlichen, war Stück für Stück hereingekrochen, eine Tagträumerei, die durch den Erhalt dieses Briefes irgendwie neues Gewicht zu bekommen schien.

»Ich mochte Hannah«, sagte Lex. »Dachte immer, Todd sei ein bisschen langweilig.«

Sam nickte, sagte aber: »Neil war okay. Ich kann nicht behaupten, dass er der Star jeder Party war, aber er war ein guter Kerl.«

Lex' Gesicht wurde ernst und er sagte: »Nun, jetzt steckt er jedenfalls in irgendwelchen Schwierigkeiten, möglicherweise hat es etwas mit dem Buch zu tun, das er gerade schreibt – über westliche Geschäftsinteressen im Nahen Osten. Überwacht wird er von der CIA, aber die lassen sich nicht in die Karten schauen.«

»Immerhin hast du von dem Brief erfahren, oder nicht?«

»Nicht direkt von ihnen. Ein dänischer Kollege hat seine limitierten Informationen mit uns geteilt. Das Interessante dabei ist: Wir glauben, dass auch die CIA nicht weiß, wer du bist – für sie bist du nur ein alter Freund aus dem College, ein willkommenes Bindeglied zwischen mir und Todd.«

Sam hatte das Gefühl, genau zu sehen, worauf das Ganze hinauslief – und sosehr er auch fasziniert war und spürte, wie es in seinen Adern zu kribbeln begann, er wusste auch, dass es ein gefährlicher Pfad war, der sich da vor ihm auftat.

»Lex, bevor du weiterredest – habe ich nicht gerade erläutert, warum ich gegangen bin? Und habe ich nicht gerade gesagt, dass ich nicht zurückkommen werde?«

»Ich will gar nicht, dass du zurückkommst, zumindest jetzt noch nicht. Sieh mal, wir wollen einfach herausfinden, worum es geht, aber wir können niemanden direkt darauf ansetzen, ohne der CIA auf die Füße zu treten. Wenn hingegen du als Freund von Neil und Hannah nach Kopenhagen reisen würdest und ein paar diskrete Erkundigungen einholen und herausfinden könntest, was er vorhat … Je mehr Informationen wir haben, desto mehr Druck können wir auf die CIA ausüben, uns mit ins Boot zu holen.« Sam fing an, den Kopf zu schütteln, aber Lex sagte schnell: »Sam, du würdest mir einen großen Gefallen tun, aber Neil und Hannah einen noch größeren. Du hast gesagt, dass du ausgestiegen bist, weil du es satthattest, das Leben anderer Leute zu ruinieren – tja, das könnte deine Chance sein, einmal das Gegenteil zu tun.«

»Du hast gesagt, du weißt nichts darüber – woher willst du wissen, dass sein Leben ruiniert werden könnte?«

»Ich sage nicht, dass wir definitiv etwas wissen, aber wenn man zwischen den Zeilen liest, könnte ihm Gefahr drohen, vonseiten islamischer Splittergruppen, vielleicht auch westlicher Wirtschaftsinteressen – ich will nicht sagen, dass die CIA in diesem Fall ein Auge zudrücken wird, aber wenn sie den Eindruck haben, dass sie ihn als Köder gebrauchen können, um einen großen Fisch zu fangen, dann werden sie es vielleicht tun.«

Sam fand schon allein die Vorstellung verlockend, Hannah wiederzusehen, wenigstens einmal, aber jetzt meldete sich auch seine Neugier. Er wollte wissen, in was sich Neil Todd da verstrickt hatte, das so geheim sein konnte, dass die Amerikaner entschlossen waren, es für sich zu behalten und dabei vielleicht einen unschuldigen Akademiker zu opfern.

Sam wollte gegen beide Impulse ankämpfen, gegen die Nostalgie und die Neugier, aber die beiden verschmolzen zu einer starken Strömung, die ihn hinauszog ins offene Wasser, wo die eine Vergangenheit auf seine andere traf.

»Mit welcher Begründung würde ich dort auftauchen?«

»Du bist geschäftlich in Kopenhagen, deshalb hast du gedacht, du schaust mal vorbei und gibst ihm meine Kontaktdaten persönlich – du kannst ihm meine private E-Mail-Adresse geben, auch wenn ich nicht in der Lage sein werde, ihm zu helfen. Hannah weiß vielleicht nicht, dass er dich kontaktiert hat, also wirst du für sie eine zusätzliche Geschichte brauchen.«

Sam nickte und sagte: »Ich bin sicher, ich könnte mir was ausdenken.«

Lex zog ein Handy aus der Tasche und legte es auf den Tisch.

»Benutze das hier, um mich zu kontaktieren. Es gibt eine saubere Nummer im Kontakteverzeichnis.«

»Ich habe nicht gesagt, dass ich gehe.«

Lex lächelte und sagte: »Aber du wirst gehen, nicht wahr? Ein paar Tage, hinfliegen, zurückfliegen, mehr musst du nicht tun.«

»Lex, ich werde nicht nach Kopenhagen fliegen.« Lex' Lächeln erstarb. »Ich fahre mit dem Zug, wenn es geht – so umgeht man die Flughafen-Security. Und sie haben jetzt diese Luxusschlafwagen, Abteil mit Bad, nicht überragend, aber …«

»Sam, ich weiß das wirklich zu schätzen – du bist ein guter Freund.«

»Ich weiß.«

»Wann brichst du auf?«

»Morgen Abend? Dann bin ich Sonntag da.«

Lex überlegte einen Augenblick und sagte dann: »Das ist gut. Ruf mich an, sobald du Todd getroffen hast und lass mich wissen, was du herausfindest.« Er schaute auf seine Uhr. »Ich muss gehen.«

Sie standen auf und gaben sich die Hand. Lex zögerte, dann sagte er: »Ich weiß, du wirst bewaffnet dorthin gehen und ich werde dich nicht bitten, es nicht zu tun, aber versuche bitte, nicht …. Ich will damit sagen, denk dran, dass du diesmal als Zivilist unterwegs bist.«

»Du vergisst etwas, Lex. Ich *bin* Zivilist.«

Lex lächelte ihn an, als hätten sie einen Insiderwitz ausgetauscht, und erst nachdem er gegangen war, wurde Sam klar, dass sein Freund wahrscheinlich recht hatte, das so zu sehen. Sam hatte vor, nach Kopenhagen zu fahren, um zwei alte Freunde aus der Collegezeit zu besuchen und die Vergangenheit und das, was er aufgegeben hatte, wieder aufleben zu lassen. Natürlich machte er diesen Trip als Zivilist, aber er würde schauspielern, genauso wie er es in seinen Jahren beim S8 getan hatte. Er fragte sich sowieso, ob er jemals wieder ein normaler Bürger sein würde, in seinem eigenen Kopf und vor allem in den Köpfen der Leute, für die er gearbeitet hatte.

2

Der Schlafwagen aus Köln erreichte am Vormittag Kopenhagen. Der Himmel sah blau und vielversprechend aus, als sei der Zug in Richtung Süden und nicht in Richtung Norden gefahren. Verglichen mit Paris war die Luft so sauber, dass er es in seinen Lungen spüren konnte. Er hatte einen frühen Check-in vereinbart, doch als er im Hotel angekommen war, ließ er lediglich seinen silbernen Aktenkoffer im Safe deponieren, stellte den Koffer in seiner Suite ab und ging sofort wieder nach draußen.

Sein Weg führte ihn nicht zu ihrer Wohnung, noch nicht. Er konnte sich gut vorstellen, wie Neil und Hannah Todd ihre Sonntage verbrachten – den Morgen im Bett mit Zeitungslesen, den Nachmittag im Park oder in einem Café. Er war so überzeugt von dieser imaginären Idylle und so neidisch auf sie, dass er sie nicht vor dem Abend stören wollte.

Also ging er spazieren und sog die Wärme, den Frieden und die Leichtigkeit der Stadt mit ihren zufriedenen Fußgängern und zahllosen Fahrradfahrern in sich auf. Es war kaum vorstellbar, dass in einer Stadt wie dieser irgendjemand in Schwierigkeiten steckte – doch auch Kopenhagen hatte eine dunkle Seite, und Sam konnte sich noch gut an die Drohungen, das Gerede und die

Gewalt erinnern, nachdem die Karikaturen des Propheten Mohammed in einer der hiesigen Zeitungen erschienen waren.

Lex hatte angedeutet, die Bedrohung für Todd könnte von islamistischen Extremisten ausgehen – und die Geschichte mit den Karikaturen bewies, dass in ganz Europa extremistische Zellen existierten, aber irgendwie glaubte Sam nicht daran. Und das Buch, an dem Todd schrieb, klang nicht wirklich nach einem Grund für eine Fatwa.

Da musste mehr dahinterstecken als die Bedrohung durch Terrorismus. Wenn die CIA keinerlei Informationen preisgab, musste Neil Todd über eine Angelegenheit von größter Brisanz gestolpert sein, und Sam war sich nicht sicher, wie er derartige Informationen aus ihm herausbekommen sollte, ohne sich selbst zu offenbaren.

Zurück im Hotel, aß er spät zu Mittag, duschte, zog sich um und sprang kurz vor sieben in ein Taxi. Sie wohnten nicht weit entfernt, sodass es gerade sieben Uhr geworden war, als der Wagen vor ihrem Mietshaus vorfuhr.

Während Sam bezahlte, fragte er den Fahrer: »Ist das ein gutes Viertel? Eine angenehme Wohngegend?«

Der Taxifahrer sah ihn verwirrt an, sagte dann aber: »Wie Sie selbst sehen, sehr gut. Die Gegend ist inzwischen ziemlich beliebt, ein Künstlerviertel.«

Sam nickte. Also ging es Neil und Hannah gut.

Er schaute auf die Klingelschilder neben der Eingangstür. Auf ihrem stand »Todd/Browning« in Schreibmaschinenschrift. Sie waren definitiv verheiratet, aber

Sam nahm an, dass Hannah für ihre Arbeit ihren eigenen Namen benutzte. Er hatte so wenig Zeit gehabt, sich vorzubereiten, dass er noch nicht einmal nachgeprüft hatte, was sie beruflich machte.

Er drückte die Klingel. Ein paar Sekunden später ertönte ein Rauschen in der Sprechanlage und Todd sagte etwas, möglicherweise »Hallo«, Sam konnte es nicht genau verstehen.

»Hallo Neil, hier ist Sam.«

Eine Pause trat ein – Sam konnte beinahe hören, wie Todd versuchte, den Namen und die Stimme zuzuordnen –, dann sagte er: »Sam Webster?«

»Ja. Sorry, dass ich so unangekündigt hereinplatze, aber ...«

Der Türöffner summte, also öffnete er die Tür und ging die Treppe hinauf. Todd wartete auf ihn und blieb bedächtig im Türrahmen stehen, als Sam heraufkam. Einige ungemütliche Augenblicke lang fragte sich Sam, ob er ihn überhaupt in die Wohnung hereinbitten würde.

Todd wirkte größer und schlaksiger, als er ihn in Erinnerung hatte. Sein Haar war immer noch dunkelblond, aber sein Gesicht war älter geworden und hatte ein leicht ledriges und von Sorgen gezeichnetes Aussehen angenommen, was ihm an sich aber gut stand. Es verlieh ihm ein wenig mehr Charakter, im Vergleich zu ihrer Zeit auf dem College.

Sam ging lächelnd auf ihn zu, aber Todd klang misstrauisch, als er sagte: »Was machst du denn hier, Sam?«

»Ich habe Lex' Kontaktdaten mitgebracht.« Er zog ein Stück Papier aus der Tasche und hielt es in die Höhe.

»Ich hatte gedacht, dass du sie mir zumailst.« Er wirkte jetzt eher verwirrt als misstrauisch, aber er nahm den Zettel und sagte: »Danke. Aber … warst du sowieso in Kopenhagen?«

»Zwei Fliegen mit einer Klappe – ich habe geschäftlich hier zu tun, also hat Lex mich gefragt, ob ich das persönlich abgeben und dabei eine Nachricht übermitteln könnte.«

Todd schien sich unbehaglich zu fühlen, so als hätte er nicht gewollt, dass sich Sam derart einmischte und als verübelte er ihm das, aber bevor er etwas antworten konnte, rief Hannahs Stimme: »Wer ist es denn, Neil?«

Allein ihre Stimme mit der Andeutung eines Yorkshire-Akzents reichte aus, um seine Gedanken in die Vergangenheit rasen zu lassen. Man hätte fast glauben können, sich in einem Wohnheim zu befinden, an der Türschwelle zu einem jener Studentenzimmer, die sie alle so gut gekannt hatten. Zumindest einen Moment lang kam es ihm so vor, als läge es in Neil Todds Händen, ihn wieder in seine Vergangenheit eintreten zu lassen, einfach, indem er beiseitetrat und ihn hereinließ.

Auf Hannahs Frage hin tat Neil genau das, er trat zurück und sagte: »Du solltest besser reinkommen.«

Die Einladung klang unverhohlen widerwillig, doch Sam trat in den Flur, während Hannah aus einem der anderen Zimmer heraustrat. Sie starrten sich eine Sekunde lang an – ihr Gesicht hatte sich nicht verändert, immer noch unscheinbar, immer noch mit einer Haut wie aus Porzellan und einem Hauch von Glanz auf den Wangen. Es war runder geworden, ihre Figur voller und kurviger, aber schließlich war sie ja auch deutlich sichtbar schwanger. Er konnte es nicht genauer definieren, aber es war eine nicht zu verleugnende Schönheit an ihr.

Sie lächelte, eher erstaunt als erfreut, und sagte: »Mein Gott, Sam Webster.« Sie kam herüber und küsste ihn auf die Wange, ihre Körpersprache verriet Befangenheit. »Wie schön, dich zu sehen.«

»Ich freue mich auch, euch zu sehen. Ich war gerade in Kopenhagen und …«

»Woher wusstest du, dass wir hier leben?«

»Ich stehe noch mit Rob Smith in Kontakt, der …«

»Dozent für Politik in Exeter ist«, sagte Todd, als ob das alles einen Sinn ergeben würde, und vor den Augen Hannahs lieferte er dabei eine sehr überzeugende Vorstellung ab. Also stimmte es – sie wusste von nichts.

»Genau. Als er erfuhr, dass ich geschäftlich hierherkomme, hat er mir eure Adresse gegeben. Tut mir leid, dass ich hier so aus heiterem Himmel hereinschneie, ich meine, wenn es irgendwie ungelegen kommt …«

»Überhaupt nicht«, sagte Hannah und warf ihrem Mann einen Blick zu, ein unmerklicher Informationsaustausch, bevor sie hinzufügte: »Wir wollten gerade anfangen zu essen, Sam, nichts Besonderes, nur etwas Pasta und Salat, aber wir freuen uns, wenn du mitisst.«

Etwas an der Körpersprache der beiden verriet ihm, dass er hier nicht wirklich willkommen war, dass er sie in ihrer Alltagsroutine störte, aber er tat so, als würde er nichts bemerken und sagte: »Klar, sehr gerne.«

Hannah nickte, und nun, da sie seine Anwesenheit in ihrer Wohnung akzeptiert hatte, schien sie etwas aufzutauen und fragte: »Und, was hast du so gemacht? Womit verdienst du dein Geld?«

»Unternehmensberatung. Eigentlich habe ich ziemlich viel im Nahen Osten gearbeitet – das ist dein Spezialgebiet, Neil, oder?«

Neil nickte und sagte: »Welches Unternehmen?«

»KPS.«

»Interessant.« Todd schloss die Wohnungstür und schaute Hannah an, während er sagte: »Wenn wir noch zehn Minuten Zeit haben, nehme ich Sam in mein Arbeitszimmer mit – ich habe da etwas, das ihn interessieren könnte.«

»Du Glückspilz, Sam. Ich rufe euch, wenn das Essen fertig ist.« Sie schenkte Sam ein nicht gänzlich überzeugendes Lächeln. »Schön, dich zu sehen, Sam.«

»Dich auch. Und Glückwunsch – wann ist es denn so weit?«

»In zwei Monaten.«

Sam nickte und eine weitere verlegene Pause folgte, bevor Hannah nickte und wegging.

»Zu meinem Arbeitszimmer geht es hier lang«, sagte Todd und Sam folgte ihm.

Der Rest der Wohnung wirkte hell, spartanisch und designbetont, genau so, wie Sam sich eine skandinavische Inneneinrichtung vorstellte, doch im Arbeitszimmer waren die Wände voller Bücherregale, auf dem Boden lagen Stapel von Büchern und Zeitschriften sowie Kartons, aus denen Zeitungsausschnitte quollen.

Als Todd die Tür hinter sich schloss, schüttelte er den Kopf und sagte: »Nichts für ungut, aber ich hatte nicht erwartet, dass du hier aufkreuzen würdest – ich weiß, ich habe dir geschrieben, aber …«

»Du brauchtest nur die Kontaktdaten für Lex.«

Todd stimmte dem kaum merklich zu und Sam erkannte jetzt, wie nervös er war. »Also habe ich angenommen, dass du in irgendwelchen Schwierigkeiten steckst.« Sam beantwortete Todds fragenden Blick mit den Worten: »Neil, jeder weiß, dass Lex beim MI6 arbeitet und du hast gesagt, dass du ihn dringend kontaktieren musst.«

»Stimmt, und danke hierfür – ich werde ihm heute Abend eine E-Mail schreiben.« Er schaute auf das Blatt Papier und sagte: »Du hast gesagt, du hast eine Nachricht für mich?«

Es gab keine Nachricht, und Sam hielt es für ziemlich wahrscheinlich, dass das Arbeitszimmer verwanzt war, aber er musste etwas anbieten, wenn er etwas für Lex zurückbekommen wollte, also sagte er: »Ja, er bat mich, dir zu sagen, dass er sich freuen würde, von dir zu hören, aber du musst ihm so viele Informationen wie möglich geben, wenn er dir helfen soll.«

Todd stürzte sich auf den letzten Teil des Satzes und sagte: »Glaubst du, er meint es ernst? Dass er mir helfen wird?«

»Ich bin sicher, er wird tun, was er kann, aber du wirst ihm alles erzählen müssen, was du darüber weißt, was auch immer das sein mag. Ich meine, hat es etwas mit deiner Arbeit zu tun, vielleicht mit dem Buch, das du gerade schreibst?«

Neils Stimme zitterte und er klang frustriert, als er sagte: »Nicht direkt. Eigentlich überhaupt nicht. Es ist… kompliziert.«

Todd nahm ein Buch vom Schreibtisch und stellte es auf ein bereits überladenes Regalbrett. Sam hatte das mulmige Gefühl, dass er um Fassung rang, so als könnte er anfangen zu weinen, aber Todd klang ernst und beherrscht, als er weitersprach: »Ich habe dich immer gemocht, Sam, auch wenn ... nun ja, du weißt schon, aber ich wünschte, du wärst nicht hergekommen. Es ist nicht sicher.«

Sam bemühte sich um eine angemessene Skepsis in der Stimme, als er sagte: »Nicht sicher? Warum – in was bist du denn verwickelt?«

In Todds Lachen klang ein Anflug von Bitterkeit mit: »Ich bin in gar nichts verwickelt. Ich bin Akademiker, ich werde in nichts verwickelt. Alles, was ich will, ist, dass ich mein Buch fertigschreiben kann und dass wir ...«

Seine Wünsche verhallten unausgesprochen und Sam sagte: »Aber hast du nicht gesagt, es hätte nichts mit dem Buch zu tun?«

Todd schüttelte den Kopf, als wollte er andeuten, dass Sam meilenweit davon entfernt war, etwas zu verstehen. Er sagte: »Sam, stell mir keine Fragen, weil ich sie nicht beantworten kann. Ich bin dir wirklich dankbar, dass du mir Lex' Daten gegeben hast und ich werde ihn heute Abend anschreiben, aber wenn ich dir etwas verraten würde, würde ich dich in große Gefahr bringen.«

Sam hätte es dabei belassen können, schließlich hatte er dafür gesorgt, dass Todd alles, was er wusste, an Lex weitergeben würde, doch jetzt war er selbst neugierig geworden und er wusste, dass es nicht mehr viel brauchte, um zumindest einige Informationen aus Todd herauszubekommen.

»Gefahr? Neil, ich weiß, dass du in irgendwelchen Schwierigkeiten steckst, aber du willst mir doch nicht erzählen, dass dein Leben in Gefahr ist?«

Todd machte ein grimmiges Gesicht, als er sagte: »Nicht nur meines. Vor ein paar Wochen habe ich mich mit einem Journalisten getroffen, Anders Tarding, und die Ironie dabei ist, dass ich ihm kaum etwas gesagt habe, aber allein die Tatsache, mich mit ihm getroffen zu haben, war Grund genug – er wurde in der gleichen Nacht umgebracht. Darum solltest du nicht hier sein.«

»Woher weißt du, dass er getötet wurde, weil er sich mit dir getroffen hatte?«

Neil wirkte, als fühlte er sich in die Ecke getrieben, als würde er nichts lieber tun, als Sam alles zu sagen, was er wusste. Ein Teil von ihm sehnte sich danach, zu reden, egal ob nun mit Sam oder einfach nur mit irgendjemandem. Und doch zögerte er, fast, als würde ihn etwas physisch zurückhalten.

»Ich weiß es einfach. Ich hätte das ja selbst bis vor ein paar Wochen nicht für möglich gehalten. Hör zu, ich kann einfach …«

Ein fast schon schmerzhaftes Unbehagen schien ihn zu quälen, deshalb schnitt ihm Sam mit erhobener Hand das Wort ab und sagte: »Neil, du musst mir nichts erklären. Ich sehe, dass du nicht darüber reden willst oder kannst, also lassen wir es sein. Alles, was ich sagen kann, ist: Wenn es irgendetwas gibt, das ich tun kann, um dir zu helfen, dann zögere nicht, auf mich zuzukommen. Ich bin im Hotel D'Angleterre, wahrscheinlich noch ein oder zwei Tage.«

Neil nickte dankbar, sagte aber: »Ehrlich gesagt

könnte es vielleicht sogar schon zu spät für Lex sein, um mir zu helfen.« Hannah rief im Flur und er antwortete ihr: »Wir kommen!«

Er ging zur Tür des Arbeitszimmers, öffnete sie und trat beiseite, um Sam zuerst hindurchgehen zu lassen. Doch gerade als Sam den Raum verlassen wollte, schien Todd noch etwas einzufallen und er schloss die Tür abrupt wieder. Sie standen sich nun unangenehm nahe gegenüber.

»Sam, wenn mir je etwas zustoßen sollte, wären Hannah und das Baby gut versorgt …«

»Du lieber Gott, Neil, es ist dir tatsächlich ernst – du glaubst, diese Leute werden versuchen, dich umzubringen?«

»Das habe ich nicht gesagt. Wahrscheinlich nicht, nein. Zumindest …« Sein Blick irrte umher, er versuchte, direkten Augenkontakt zu vermeiden. »Und wie ich sagte, sie wären versorgt. Es ist nur …« Er lachte nervös. »Ach, hör einfach nicht auf mich – lass uns essen gehen.«

Er wollte die Tür öffnen und diesmal war es Sam, der die Hand ausstreckte und ihn aufhielt.

»Glaub mir, Neil – Lex wird dir helfen, dieses Problem zu lösen, was immer es ist. Ich weiß, wir hatten in den letzten Jahren keinen Kontakt, aber sollte ich jemals die Möglichkeit dazu haben, dir und Hannah auf irgendeine Weise helfen zu können, verspreche ich dir, dass ich es tun werde.«

Neil nickte und wieder wirkte er gerührt, allerdings weniger durch Sams Beteuerungen als durch den Sturm, der in seinen Gedanken tobte. Doch als sie in den Flur traten, klang seine Stimme wieder fest, ja sogar vergnügt, als er sagte: »Ich würde mir über geschäftliche Risiken in den Golfstaaten überhaupt keine Sorgen machen, zumindest nicht in absehbarer Zukunft.«

Sie gingen vom Flur in einen ausladenden großflächigen Wohnraum. An einem Ende befand sich die Küche, der Rest des Zimmers wurde vom Wohn- und Essbereich eingenommen. Hannah stellte die Teller mit dem Essen auf den Tisch und Sam staunte erneut über ihre Schönheit, die durch die Schwangerschaft eher noch hinzugewonnen hatte.

Er spielte seine Rolle und antwortete: »Aber wenn es jetzt im Iran losgehen würde, wie würde das die Konzerninteressen im Golf berühren – in Dubai zum Beispiel?«

»Schwierig zu sagen, Sam, hängt von der Größenordnung des Konflikts ab, der Art der Allianzen und so weiter.«

Hannah lächelte und sagte: »Okay, keine geschäftlichen Gespräche am Tisch. Kann ich dir ein Bier anbieten, Sam? Wir haben uns leider nicht mehr wirklich um den Weinvorrat gekümmert, seit ich abstinent leben muss.«

»Bier ist prima, und das Essen sieht großartig aus – danke für die Einladung.«

Das Essen schmeckte eher fad; das Essen von Leuten, die keine geborenen Köche waren, sondern vielbeschäftigte Berufstätige, die es gewohnt waren, damit vorliebzunehmen. Sam murmelte ein paar anerkennende Worte.

Hannah, die ihm das kein bisschen abnahm, dankte

ihm und sagte: »Bist du verheiratet, Sam?« Er schüttelte den Kopf. »Gibt es eine Frau in deinem Leben?«

Er lächelte, schluckte den Bissen in seinem Mund hinunter und sagte: »Nein, ich bin seit einer Weile Single. Früher war ich wegen meines Jobs viel auf Reisen – das hat mehr als einmal die Sache vermasselt.«

Sie hinterfragte seinen Gebrauch der Vergangenheitsform und sagte: »Aber jetzt reist du doch auch gerade.«

Er lachte zustimmend und sagte: »Stimmt, aber ich bin öfter zu Hause als früher.«

»In London?«

»Nein, in Paris.«

Hannah schaute Sam fasziniert an, aber Neil warf ein: »Ich wusste gar nicht, dass KPS ein Büro in Paris hat.«

Sam erwiderte seinen Blick und antwortete: »Das haben sie auch nicht. Ich bin dort so ziemlich mein eigener Herr und alle paar Wochen fahre ich mit dem Eurostar nach London.«

»Noch mehr Reisen«, sagte Hannah, die diese Beschreibung seines Lebensstils amüsant fand.

»Noch mehr Reisen. Vielleicht erklärt das mein Singledasein – daran muss ich noch ein wenig arbeiten.« Das war nur die halbe Wahrheit, aber an der Art, wie sie ihn ansahen und den chaotischen Details seines imaginären Lebens lauschten, konnte er erkennen, dass sie ihm den Unternehmensberater absolut abnahmen.

Dennoch ergriff er die Chance, der Unterhaltung eine neue Richtung zu geben, und machte eine Geste in ihre Richtung: »Jetzt aber zu euch – wisst ihr schon, was es wird?«

»Es ist ein Mädchen«, sagte Todd. »Ich hoffe inständig, dass es wie Hannah aussieht.«

Sam wusste nicht, was er darauf antworten sollte, also sagte er: »Und was machst du so, Hannah?«

»Ich arbeite für eine gemeinnützige Organisation hier in Kopenhagen – wir haben viel in Afrika zu tun, hauptsächlich stellen wir Anlagen für sauberes Wasser bereit.«

Er versuchte zurückzudenken und sich zu erinnern, ob er sie als die Art von Mensch eingeschätzt hatte, der später für eine Wohltätigkeitsorganisation arbeiten würde, aber es gelang ihm nicht. Dies wiederum erinnerte ihn daran, dass sie sich letztendlich doch nicht so gut gekannt hatten.

»Du bist überrascht«, merkte sie seinem vorübergehenden Schweigen an.

»Nein, das nicht. Ich weiß nicht genau, was ich erwartet hatte.«

Sie lächelte und sagte: »Nun, ich habe ganz sicher nicht erwartet, dass du Unternehmensberater werden würdest.«

»Warum nicht?«

Sie zuckte mit den Schultern, unfähig, es genauer zu erklären. Dann sagte sie: »Ich weiß nicht, ich hatte mir einfach vorgestellt, dass du etwas Aufregendes tun würdest, nehme ich an.«

»Bist du enttäuscht?«

»Nein, nur überrascht.« In ihrem Blick lag etwas spielerisch Herablassendes, als wolle sie Sam daran erinnern, dass er ihr kaum genug bedeutete, um derart starke Emotionen auszulösen. Und doch hatte er das

Gefühl, dass sie enttäuscht gewesen wäre, hätte sie erfahren, was er in Wahrheit gemacht hatte, seit sie sich das letzte Mal gesehen hatten, mochte es auch noch so aufregend gewesen sein.

Todd sagte: »Die Zukunft ist nie so, wie man sie sich vorgestellt hat.«

Er klang verbittert und Sam bemerkte, dass Hannah aufhorchte, doch sie lächelte wieder und sagte: »Gott sei Dank – sonst wäre das Leben viel zu langweilig.«

Das war so ziemlich der einzige Gesprächsbeitrag von Todd, aber er sagte Sam eine Menge über die Dynamik zwischen den beiden. Sie wusste, dass etwas Todd bedrückte, aber es war offensichtlich, dass sie keine Ahnung hatte, was oder wie ernst es war. Es herrschte eine unterschwellige Spannung zwischen ihnen, wahrscheinlich, weil er ihr etwas vorenthielt.

Anfangs hatte keiner von beiden Sam dahaben wollen, aber jetzt gewann er den Eindruck, dass sie seine Anwesenheit für ein paar Stunden genossen. Vielleicht war es für sie beide auf unterschiedliche Art und Weise die Chance, Abstand zu jenem unausgesprochenen Problem zu gewinnen, das sich in ihre Ehe geschlichen hatte.

Es war seltsam, in ihrer Mitte zu sein. Auf eine gewisse Weise hatte er sie beneidet – und beneidete sie immer noch – um ihr Leben, ihre Nähe zueinander, ihr privates Reich. Doch er hatte auch Angst um sie und spürte, dass er zu einer Zeit gekommen war, in der all das unter einer enormen Belastung stand und vielleicht in Gefahr war, auseinandergerissen zu werden.

Kurz nach dem Essen fragte Hannah: »Bist du morgen Abend noch da, Sam?«

Er wusste genau, dass es Todd nicht gefallen würde, wenn er wiederkäme, und er war sich auch nicht sicher, ob das allzu klug sein würde, aber er konnte auch nicht leugnen, dass er Hannah wiedersehen wollte.

»Nein, bin ich nicht, leider. Ich habe aber den ganzen Nachmittag frei, falls wir uns zum Mittagessen oder zum Tee treffen wollen.«

Der erfundene Zeitplan funktionierte.

Hannah sagte: »Wo bist du abgestiegen?«

»Im D'Angleterre.«

Das fand sie amüsant, sie lachte und sagte: »Okay, das ist nicht weit von meinem Büro entfernt – ich komme vorbei, wenn du magst.«

Zu Sams Überraschung sagte Todd: »Wenn Sam schon mal Zeit hat, solltest du dir den Nachmittag freinehmen und ihm die Stadt zeigen.« Sie nickte, und Todd wandte sich Sam zu: »Ich würde mich euch ja anschließen, aber im Moment habe ich schrecklich viel um die Ohren.«

»Natürlich«, sagte Sam, einmal mehr von einem unguten Gefühl ergriffen. Auch wenn Todd nie den Ruf einer Stimmungskanone gehabt hatte, anständig war er immer gewesen. Aber jetzt wirkte seine Anständigkeit aufdringlich, als wäre er davon überzeugt, dass seine Zeit begrenzt war, und er Hannah verzweifelt ein Schutzpolster verschaffen wolle vor dem wie auch immer gearteten Schicksalsschlag, der ihn da bald ereilen würde.

Wenig später verließ Sam das Haus, aber Todds unterdrückte Angst spukte weiterhin in seinen Gedanken herum, im Taxi und auch noch in der Lobby seines Hotels, als er zögernd vor dem Eingang zur Bar stand. Er musste Todd helfen, wenn er konnte, aber dazu musste er sich zuerst einmal allein mit ihm treffen, vielleicht am nächsten Morgen in der Universität, vor der Verabredung mit Hannah.

Natürlich würde Todd ihm nicht sagen, um was es ging, es sei denn, Sam enthüllte ihm seine eigene Position, sodass er es ihm gleichtun müsste. Es schien sowieso angebracht zu sein, mit Todd offen über seine Vergangenheit zu reden, denn die Neugier, die ihn jetzt antrieb, war die gleiche Neugier, die sein früheres Leben angetrieben hatte.

Aber das war nicht das Einzige, was ihn antrieb. Vor allem wollte er ihnen helfen, weil sie gute Menschen waren, Menschen, die etwas hatten, das es wert war, gerettet zu werden. Zweifellos würde er damit auch endgültig die Grenze überschreiten, so als könnte er durch die Hilfe für Neil und Hannah endlich damit anfangen, das Gleichgewicht für die Dinge, die er getan hatte, wiederherzustellen.

Er konnte nicht zurück zu diesem sonnigen Morgen in Beirut. Er konnte nicht mehr verhindern, dass dieser Student oder diese junge Mutter sich auf der falschen Seite der Straße befanden, als der Countdown ablief, aber Neil und Hannah konnte noch geholfen werden. Welcher Art die Bedrohung für Neil Todd auch war, ihnen *konnte* noch geholfen werden.

3

Sam schlenderte durch die Lobby in die Bar, wo immer noch reger Betrieb herrschte, und setzte sich an eines der Fenster, die auf den Kongens Nytorv hinausblickten. Er bestellte einen Gin Tonic und beobachtete die Menschen, die draußen auf dem Platz vorbeigingen. Da sein Gemüt ohnehin schon von Neid erfüllt war, ergriff der Virus nun vollends von ihm Besitz und er beneidete sie alle.

Da waren Paare und Gruppen, Singles, die in Handys sprachen oder irgendwohin eilten, Menschen, die selbst zu dieser späten Stunde auf Fahrrädern vorüberglitten, jenseits von ihnen noch andere, Schatten, die kreuz und quer über das dunklen Zentrum des Platzes huschten. Der Anblick all dieser Leben, die hier gelebt wurden, verstärkte die Erinnerung daran, wie weit er sich von dem Menschen entfernt hatte, der er gewesen war, als er mit Hannah und Todd befreundet gewesen war.

Und 18 Monate nach seinem Ausstieg war er immer noch ein Außenseiter, ein unbeteiligter Beobachter, ob nun am Tisch seiner früheren Freunde oder hier, wo er durch eine Glasscheibe auf den dunkler werdenden Platz hinausschaute. Eine weitere Ironie des Schicksals lag in dem Umstand, dass die einzige Möglichkeit, jemals wieder auf Augenhöhe mit diesen Freunden zu verkehren, darin bestand, dass Todds Leben so wie von ihm befürchtet in seine Einzelteile zerfallen würde, und dass sich dadurch ihre Lebenswege kreuzen würden.

Er erwog Lex anzurufen, entschied sich aber angesichts der vorgerückten Stunde dagegen. Er trank noch einige Gin Tonics, und als der Raum sich nach und nach leerte, ging er hinüber und setzte sich direkt an die Bar. Der Barkeeper machte seine Arbeit gut und war dabei unaufdringlich. Er sah aus wie jemand, der bereit ist, eine Unterhaltung zu führen, wenn es gewünscht wird, ansonsten aber eine aufmerksame Distanz wahrt. Das machte ihn Sam sympathisch.

Er dachte an den Abend zurück, zuerst an Hannah, und fragte sich, was er sich von ihrem Wiedersehen erwartet hatte. Vermutlich hatte er gehofft, sie so verändert zu finden von dem Mädchen in seiner Erinnerung, dass sie nicht mehr zu einem der Kernpunkte, die er in seiner Vergangenheit bereute, taugen würde.

Wenn er darauf spekuliert haben sollte, dann hatte es jedenfalls nicht funktioniert. Die Anziehungskraft war noch so stark wie eh und je, die Chemie zwischen ihnen so lebendig, dass Sam selbst angesichts Todds anderweitigen Problemen befürchtet hatte, eine peinliche Situation heraufzubeschwören.

Dabei war nicht von der Hand zu weisen, dass die beiden im Grunde genommen durchaus den Eindruck erweckten, glücklich miteinander zu sein. Und Sam nahm an, dass sie, wenn dieser Ärger überstanden war, recht schnell wieder zu ihrer häuslichen Zweisamkeit zurückfinden würden und sein Besuch schon bald in ihrer Erinnerung verblassen würde.

Die einzige Unbekannte in dieser Gleichung war die Frage, ob der Ärger vorübergehen würde oder nicht. Wäre Sam wirklich nur zufällig bei ihnen hereingeschneit, hätte er Todds Befürchtungen wahrscheinlich als lächerlich abgetan, hätte vielleicht sogar befürchtet, dass sein Freund gerade dabei war, einen paranoiden Nervenzusammenbruch zu erleiden.

Selbst jetzt ging er noch davon aus, dass Todds Ängste übertrieben waren. Das Gefühl von totaler Überwachung konnte einem an die Nieren gehen, und Todd wäre nicht der Erste, der dieses nagende Unbehagen mit Verbrechen in Verbindung brachte, die nichts mit ihm zu tun hatten.

Andererseits bezweifelte Sam keine Sekunde, dass die CIA – oder in diesem Fall auch Lex – Todd opfern würden, wenn es ihren langfristigen Zielen diente. Der einzige Unsicherheitsfaktor schien ihm die Identität jener dritten Partei zu sein – bei dem, was er von Todds wissenschaftlicher Arbeit aufgeschnappt hatte, konnte Sam sich weder islamistische Extremisten noch westliche Industrieinteressen als diejenigen vorstellen, die seinen Tod wünschten.

Um Mitternacht war er der einzige verbliebene Gast in der Bar und starrte auf die Blasen, die sich vom Rand seines Glases lösten, um an die Oberfläche zu perlen. Er bemerkte, dass eine Frau das andere Ende der Bar betrat, und kurz darauf sagte der Barkeeper: »Hallo, wie geht es Ihnen heute Abend?«

»Danke, gut.« Sie bestellte etwas, sprach aber so leise, dass Sam nicht hören konnte, was. Dem Klang ihrer Stimme nach war sie möglicherweise Amerikanerin.

Sam schaute zu ihr hinüber – sie trug einen dunklen Business-Anzug, ihr dunkelbraunes Haar war glatt zurückgekämmt und wurde von einer Klammer gehalten, sie war durchschnittlich groß und einigermaßen attraktiv. Ihr Alter war schwer einzuschätzen – es hätte alles zwischen Ende zwanzig und Anfang vierzig sein können. Als hätte sie seinen Blick gespürt, drehte sie sich zu ihm um und lächelte ihn höflich an.

»Abend«, sagte Sam und wunderte sich über seine belegte Stimme. Die paar Bier und die ungezählten Gin Tonics machten sich bemerkbar.

»Hallo.« Sie *war* Amerikanerin. Sie stand zwischen zwei Barhockern – sie schaute sich beide kurz an und entschied sich dann für den, der Sam am nächsten war. »Genießen Sie Ihren Abend?«

Die Art, wie sie das sagte, brachte ihn auf den Gedanken, dass sie vielleicht zum Hotel gehörte. Ihr Kleidungsstil hätte zu einer Hotelmanagerin gepasst, aber irgendetwas sagte ihm, dass sie nicht dort arbeitete und sich wohl eher auf einer Geschäftsreise befand.

»Ich arbeite daran«, sagte er, und dann: »Ich bin Sam.«

Sie lachte und sagte: »Schön, Sie kennenzulernen, Sam. Ich bin Samantha.« Sie beugte sich vor und schüttelte seine Hand, mit einem kaum wahrnehmbaren Händedruck. Damit war klar, dass sie keine Geschäftsreisende war.

»Ebenso. Und was ist mit Ihnen, Samantha, genießen Sie Ihren Abend?«

»Alles nur Arbeit, leider – das ist die erste freie Minute, die ich heute habe.« Bevor er sie fragen konnte, was sie für einen Job hatte, der sie auch sonntags in Anspruch nahm, sagte sie: »Sind Sie geschäftlich hier?«

»Ich besuche Freunde.«

»Aber Sie übernachten nicht bei ihnen?«

»Ich ziehe es vor, meinen eigenen Bereich zu haben.«

Sie lächelte und sagte: »Ja, das kann ich verstehen. Man ist im Haus von jemand anders nie völlig entspannt, nicht wahr?« Er lächelte zurück, sagte aber nichts. Wenn sie war, wofür er sie hielt, wollte er wissen, wie sie weiter vorgehen würde. »Ich nehme an, dass Sie hier regelmäßig zu Gast sind, wenn Sie Freunde in der Stadt haben?«

»Erstes Mal.« Er beschloss, ihr noch einen Brocken hinzuwerfen, um zu sehen, was sie damit anfangen würde. »Genau gesagt sind sie Freunde aus dem College – er ist Professor an der Universität hier.«

»Oh.« Sie klang höflich interessiert, sagte dann aber: »Wissen Sie, ich denke immer, dass es gefährlich ist, alte Freunde aus dem College wiederzutreffen, wenn man sie seitdem über all die Jahre nicht gesehen hat.«

»Gefährlich? Was haben Sie denn für Collegefreunde?«

Sie lachte und sagte: »So habe ich es nicht gemeint. Ich habe vor einigen Jahren einen alten Studienfreund getroffen – damals war er sehr amüsant gewesen, aber er war auch Akademiker geworden und ein langweiliger obendrein. Kein Witz, es war einer der ödesten Abende meines Lebens. Ich meine, ich habe mich sowieso nie sonderlich für Politik interessiert, aber am Ende dieses Abends wusste ich mehr über europäische Politik, als ich jemals wissen wollte.«

Er entwickelte so etwas wie Respekt für diese Frau, für die Art, wie sie ihn bearbeitete, aber andererseits hatte sie bisher auch noch nichts über seinen eigenen Hintergrund erfahren.

»Neil ist auch in der Politik – Naher Osten und noch etwas anderes. Ich bin sicher, er hat es mir gesagt, aber ich kann mich beim besten Willen nicht daran erinnern.«

Sie zuckte mit den Schultern, als würde sie die beiden Fachgebiete gegeneinander abwägen und sagte: »Zumindest ist der Nahe Osten aufregend. Bei allem Respekt für die Europäische Union, aber sie ist, politisch gesehen, doch ein ziemlich trockenes Terrain.«

»Aber sicherer, meinen Sie nicht?«

»Wie meinen Sie das?« Sie erkannte, dass sie ein wenig zu schnell angebissen hatte, und versuchte locker zu wirken, während sie vorgab, der Groschen sei gefallen: »Oh, jetzt verstehe ich, ja. Aber ich kann mir nicht vorstellen, dass das akademische Leben besonders gefährlich ist, egal, in welchem Fachgebiet.«

»Vielleicht haben Sie recht.«

Es entstand eine Pause und sie nippten beide an ihren Drinks. Sam schwieg weiter vor sich hin, wodurch sie gezwungen war, ihre Karten noch ein wenig mehr auf den Tisch zu legen, bis sie schließlich sagte: »Oder bin ich naiv? Ihr Freund ist doch nie in gefährliche Situationen geraten, oder?«

Er war von ihr beeindruckt gewesen, aber das hier war plump. Er musste unwillkürlich lächeln, als er sagte: »Nicht dass ich wüsste.«

Die Art, wie sie sein Lächeln erwiderte, verriet einen

Anflug von Irritation. Wenn Sam mit seiner Vermutung über sie richtiglag, wusste sie wahrscheinlich, dass er log, weil man seine Unterhaltung mit Todd belauscht hatte. Sie würde sich nun fragen, warum er log, aus Loyalität zu einem alten Freund oder weil er tiefer involviert war – sie musste Ersteres annehmen.

Sam leerte seinen Drink und tippte mit einem Blick zum Barkeeper an sein Glas. Dieser schnappte es sich und fing an, einen neuen Drink zu machen. »Darf ich Ihnen noch einen Drink bestellen, Samantha?«

Sie schenkte ihm ein standfestes Lächeln und sagte: »Danke, nein, Sam. Ich glaube, ich lasse es gut sein für heute. Ich muss früh raus.« Sie schaute auf ihre Uhr und fügte hinzu: »Und ich glaube, ich werde meinen Mann anrufen, bevor ich mich ins Bett lege.«

Sie trug keinen Ehering.

»Dann gute Nacht, Samantha, und schlafen Sie gut.«

»Sie auch, Sam, schön, Sie kennengelernt zu haben.« Sie gab dem Barkeeper einen Geldschein, glitt von ihrem Barhocker herunter und verließ die Bar. Sie trug flache Schuhe und ging mit zügigen, festen Schritten.

Der Barkeeper stellte Sam seinen Drink hin und sagte: »Scheint nicht Ihr Tag zu sein, Mr. Webster.«

»Scheinbar nicht«, sagte er. »Wie heißen Sie?«

»Bo.«

»Sie ist kein Gast hier, nicht wahr, Bo?« Er schüttelte den Kopf. »Aber Sie haben sie vorher schon mal gesehen – so, wie Sie mit ihr gesprochen haben.«

»Ja, ich glaube, sie arbeitet für die amerikanische Botschaft.«

»Wie kommen Sie darauf?«

»Ich habe sie hier bei Empfängen gesehen, das ist alles – man kennt mit der Zeit einige Gesichter.«

Es war so, wie Sam erwartet hatte – sie hatten ihn in Augenschein genommen, getestet, ob er ihnen mehr über Todd sagen konnte.

»Ich bin gleich wieder zurück.«

Er ging aus der Bar, durch die kleine Lobby und hinaus auf den Platz. Es waren immer noch viele Menschen unterwegs und er vermutete, dass sie längst über alle Berge war, aber dann sah er sie, sie stand an einer Ecke am oberen Ende des Platzes, sprach in ihr Handy und schien nach einem Taxi Ausschau zu halten.

Sam ging langsam auf sie zu, in der Hoffnung, etwas von dem, was sie sagte, aufzuschnappen. Wenn sie sich umdrehte und ihn entdeckte, würde er einfach den in sie Vernarrten spielen. Ein paar Leute gingen an ihm vorbei, darunter ein paar Mädchen, die sich untergehakt hatten und lachten. Plötzlich stellte sich ihm ein Mann im Anzug in den Weg und sagte: »Entschuldigen Sie, haben Sie Feuer?«

Auch er war Amerikaner, gepflegt und massiv gebaut.

»Ich rauche nicht«, sagte Sam und versuchte, an ihm vorbeizugehen, aber der Bursche machte seinerseits einen schnellen Schritt nach hinten und legte Sam lächelnd seine schwere Hand auf die Schulter.

»Entschuldigen Sie, Sir, ich glaube, Sie haben mich nicht gehört …«

»Ich habe Sie gehört«, sagte Sam und schaute an ihm vorbei zu Samantha hinüber, die nach wie vor an der Ecke stand. »Aber ich habe es eilig.«

Der Bursche, immer noch bedrohlich lächelnd, sagte daraufhin: »Ich glaube, Sie sollten in Ihr Hotel zurückkehren, meinen Sie nicht?«

Sam unterdrückte seinen ureigenen Instinkt und versuchte so zu reagieren, wie ein normaler Passant wohl reagieren würde, der unerwartet grob angefasst wird. Er schlug die Hand des Mannes von seiner Schulter und sagte: »Ich glaube, *Sie* sollten …«

Er sprach den Satz nicht zu Ende. Der Bursche war schnell, zog in einer fließenden Bewegung seine Pistole und drückte sie Sam in die Magengrube. Auch jetzt fand es Sam irgendwie beruhigend, dass der Bursche ihn behandelte, als sei er nichts weiter als ein lästiger Zivilist.

»Sir, ich gebe Ihnen den Rat, in Ihr Hotel zurückzukehren.«

Er hörte die Worte des Burschen und spürte den harten Lauf der Pistole in seinem Fleisch, aber wichtiger noch war, dass er sah, wie Samantha in ein Auto stieg – kein Taxi, sondern ein Auto.

Er trat einen Schritt zurück und versuchte, erschrocken auszusehen, und starrte nach unten auf die Pistole. Der Bursche steckte sie sofort wieder in sein Schulterholster, als würde er einsehen, dass eine derartige Machtdemonstration zu viel des Guten gewesen war.

»Am besten gehen Sie wieder in Ihr Hotel zurück«, sagte er in beschwichtigendem Ton.

Sam nickte. Sein Verstand war immer noch damit beschäftigt, mit der Entwicklung der Ereignisse Schritt zu halten, alles neu zu bewerten, was er über diesen Trip zu wissen geglaubt hatte. Was immer mit Todd vor sich ging, Lex hatte nicht gescherzt, als er sagte, dass die CIA die Sache unter der Decke halten wollte. Der Bursche hatte sich inzwischen umgedreht und entfernte sich nun von ihm.

Das Einzige, was im Moment zu Sams Gunsten sprach, war die Tatsache, dass sie rein gar nichts über ihn zu wissen schienen. Und einem plötzlichen Impuls folgend, diesen Eindruck noch zu verstärken und sich so unprofessionell wie möglich zu verhalten, während er gleichzeitig weitere Informationen sammelte und sie verunsicherte, zog er sein Handy heraus.

Er ging ein paar Schritte hinter dem Burschen her und sagte: »Hey, Sie haben etwas fallen lassen.«

Der Mann drehte den Kopf ein wenig, begriff, dass Sam mit ihm redete, blieb stehen und drehte sich ganz zu ihm um. Sam hielt sein Handy hoch und machte ein Foto von seinem Gesicht.

Der Bursche reagierte mit einem verwirrten Blick, in den sich Ärger mischte, und fragte: »Warum haben Sie das gemacht?«

»Weil ich keine Pistole habe.« Sam lachte und trat ein paar Schritte zurück, dann drehte er sich um und ging los, wobei er halb erwartete, dass dieser ihn verfolgen würde. Er schaute sich um, bevor er die Lobby des Hotels betrat, aber der Bursche war verschwunden.

Als er wieder in die Bar kam, fragte Bo: »Haben Sie sie erwischt?«

Er schüttelte den Kopf, verkniff sich zu erzählen, was gerade passiert war.

»Ist vielleicht besser so«, sagte Sam.

»Vielleicht«, sagte Bo.

Sam schaute auf seine Uhr, fragte sich, wo sich Samantha jetzt wohl aufhielt und was genau sie von ihm zu erfahren gehofft hatte. Er fragte sich auch, ob Todd Lex schon geschrieben hatte und falls ja, ob Lex die E-Mail gelesen hatte – wahrscheinlich nicht. Er würde friedlich schlafen, mit Sally an seiner Seite und ihrer Tochter im Raum nebenan.

Er stellte sich vor, dass Hannah inzwischen ebenfalls schlief, den Kopf in den Kissen und alles um sich herum vergessend, außer vielleicht das neue Leben, das sich in ihr regte. Er hoffte, dass es allein dem Alkohol geschuldet war, warum er in solchen Gedanken schwelgte, aber er konnte es nicht ändern – die Vorstellung, dass sie in der gleichen dunklen Stadt und nicht weit von ihm entfernt in ihrem Bett lag, machte ihn traurig, auf eine unbeschreibliche Art und Weise traurig.

4

Als er am nächsten Morgen aufwachte, brauchte er einen Moment, um sich daran zu erinnern, wo er sich gerade befand und dass er nun als Zivilist unterwegs war. Aber es dauerte nicht lange, bis die Erinnerungen der vergangenen Nacht über ihn hereinstürzten und das kurze Gefühl der Freiheit wieder in den Hintergrund drängten. Er konnte sich gut vorstellen, dass Todd zurzeit jeden Morgen einen ähnlich deprimierenden Prozess durchlebte.

Er bestellte sich ein Frühstück, das gebracht wurde, während er duschte. Er zog sich an, ging in sein Zimmer zurück und hatte gerade angefangen zu essen, als es an der Tür klopfte.

»Herein!« Es trat niemand ein, aber ein paar Sekunden später klopfte es erneut.

Er stand auf und öffnete die Tür, vor der zwei Männer standen. Der eine war mittleren Alters, mit kurzem grauem Haar und untersetztem Körperbau, er trug ein gestreiftes Hemd, das in seiner Jeans steckte. Der andere war viel jünger, dunkles Haar, schwarzes Oberteil, schwarze Jeans, unverschämt gutes Aussehen. Beide trugen Holster mit Pistolen.

»Sam Webster?« Es war der Ältere der beiden, der ihn angesprochen hatte, und als Sam nickte, sagte er:

»Ich bin Kommissar Carsten Nielsen von der Kopenhagener Polizei. Das ist mein Kollege, Kommissar Jonas Henriksen.« Sie zeigten ihre Dienstmarken, und Sam warf der Form halber einen Blick darauf. »Würden Sie bitte mit uns zur Polizeiwache kommen? Wir glauben, dass Sie möglicherweise Zeuge eines ernsten Vorfalls geworden sind, und wir würden Ihnen gern einige Fragen stellen.«

Seine Gedanken fokussierten sich sofort auf das Wesentliche und eine Überdosis Adrenalin schoss durch seine Adern, als ihm klar wurde, dass etwas mit Todd passiert sein musste – was immer Sam heute vorgehabt hatte, welche Dienste er seinem Freund hatte erweisen wollen, er kam wahrscheinlich zu spät.

Er trat einen Schritt zurück, öffnete die Tür vollständig und sagte: »Können wir nicht hier reden?«

»Nein. So regeln wir die Dinge hier in Dänemark nicht.«

Sam fand es wenig glaubhaft, dass sie jeden potenziellen Zeugen mit zur Wache schleppten und begann sich zu fragen, ob er sich hier, statt wie beabsichtigt ein guter Freund zu sein, in eine Falle hatte locken lassen. Auf eine seltsame Weise hätte er das als eine angemessene Vergeltung für all die Menschen empfunden, die er im Laufe der Jahre hereingelegt hatte.

»Stehe ich unter Verdacht?«

Der jüngere Polizist lächelte, sah aber so aus, als hätte er eine Schwachstelle entdeckt, als er fragte: »Wofür?«

»Für diesen Vorfall, von dem Sie reden.«

»Warum? Haben Sie eine Vermutung, von welchem Vorfall wir reden?«

»Nein«, sagte er und hielt sich automatisch bedeckt. Er riskierte, enttarnt zu werden, wenn er zu viel sagte – so, als wäre er auf irgendeine Weise schuldig. Und er fühlte sich tatsächlich schuldig, allerdings nicht so, wie sie es sich wahrscheinlich vorstellten. »Ich frage mich nur, ob ich mir einen Rechtsbeistand besorgen muss – ich habe keine Ahnung, wie Sie die Dinge hier handhaben.«

Der ältere Mann lächelte. Es war das Lächeln eines Mannes, der sich selbst nicht allzu ernst nimmt, der Grillpartys gibt, mit seinen Kindern bestens klarkommt und seine Arbeit nicht mit nach Hause nimmt. Er sagte: »Beruhigen Sie sich, Mr. Webster. Sie stehen nicht unter Verdacht, aber Sie können uns möglicherweise weiterhelfen. Es ist Routine hier in Dänemark, dass Sie mit auf die Wache kommen.«

Sam nickte und sagte: »Okay. Können Sie mir sagen, um welche Art von Vorfall es sich handelt?«

»Natürlich«, sagte der Jüngere. »Auf der Wache.« Mit einem Lächeln deutete er in das Zimmer und sagte: »Sie können zu Ende frühstücken, wenn Sie wollen.«

»Mir ist der Appetit vergangen.«

Er folgte ihnen durch die Lobby und hatte eine bizarr anmutende Begegnung mit dem Pagen, der ihm die Tür öffnete und einen schönen Tag wünschte – interessant würde er vielleicht werden, aber schön sehr wahrscheinlich nicht.

Ihr Auto stand vor dem Hotel, ein dunkelblauer Ford. Sie warteten, bis eine Gruppe elegant gekleideter junger Frauen auf dem Fahrradweg vorübergefahren war, dann gingen sie hinüber zum geparkten Wagen und stiegen ein.

Carsten Nielsen fuhr und Henriksen, der jüngere der beiden, wandte sich an Sam: »Bevorzugen Sie es, mit Mr. Webster oder mit Sam angesprochen zu werden?«

»Sam ist in Ordnung.«

Henriksen nickte und sagte: »Also können Sie mich Jonas nennen, Sam.«

Sam antwortete nicht. Sie konnten nichts dafür, aber ihm war nicht nach Vornamen und gepflegtem Smalltalk zumute, solange sie ihm nicht gesagt hatten, was passiert war – oder zumindest ihre Version dessen, was passiert war.

Sie hielten an einer roten Ampel; wieder war eine Gruppe von Fahrradfahrern neben ihnen, darunter weitere attraktive junge Frauen, einige in einem legeren skandinavischen Stil gekleidet, und andere, die man so auch in Paris hätte antreffen können. Henriksen schaute zu ihnen hinaus, dann wandte er sich Sam zu.

»Was halten Sie von Kopenhagen? Sind Sie zum ersten Mal hier?«

»Ja, bin ich – mir gefällt es, oder zumindest gefiel es mir, bis Sie mich verhaftet haben.«

Nielsen lachte und sagte: »Sie sind nicht verhaftet.«

»Sie bringen mich irgendwohin, wo ich nicht hin will. Für mich macht das keinen großen Unterschied.«

Beide Männer nickten besänftigend, keiner widersprach ihm.

Sie erreichten die Polizeiwache, ein architektonisch strenges und vage totalitär aussehendes Gebäude, das nur drei oder vier Stockwerke hoch war, aber einen ganzen Block einnahm. Sie fuhren in einen Innenhof und führten Sam in das Gebäude hinein.

Als sie die Treppen hinaufstiegen, zeigte Henriksen an die Decke und sagte: »Fällt Ihnen am Design etwas auf?«

Sam schaute nach oben, brauchte eine Sekunde, um es zu erkennen, dann sagte er: »Hakenkreuze.«

»Ja, aber das wurde lange vor dem Krieg angefertigt, also bedeutet es nicht das, was Sie glauben, aber während des Krieges haben die Nazis dieses Gebäude benutzt. Sie liebten es.«

»Kann ich mir vorstellen.«

Am Ende der Treppe angekommen, kamen sie in einen langen dunklen Korridor, der einschüchternd genug war, dass er sich nicht länger vorzustellen brauchte, wie die Nazis ein solches Gebäude genutzt haben würden. Die Architektur des gesamten Gebäudes war darauf ausgerichtet, dem Menschen, der diese Polizeimaschinerie durchlief, das Gefühl zu geben, dass er nie wieder herauskommen würde.

Als sie schließlich in eines der Büros einbogen, erwies sich dies als deutlich prosaischer: Das Durcheinander von zwei Männern, die sich einen Raum teilen, zwei Schreibtische standen einander gegenüber, Akten stapelten sich hier und da, Notizen waren an eine Pinnwand geheftet.

Im Büro gab es eine Tür, die in den nächsten Raum führte – offenbar einen Lagerraum –, in dem sich weitere Akten auf einem Rollwagen stapelten. Doch an der hinteren Wand dieses kleinen Raums gab es eine weitere offene Tür, dahinter noch eine und noch eine, immer weiter entlang der gesamten Seite des Gebäudes, und stellten damit eine Verbindung zwischen allen Büros her. Als Sam durch all diese offenen Türen schaute, hatte er den Eindruck, auf eine optische Illusion in einem Spiegelkabinett zu blicken – er erwartete schon fast, dass vom anderen Ende sein Spiegelbild auf ihn zurückstarren würde.

Nielsen schloss die Verbindungstür, was Sam mit einem Schlag in die Realität zurückbeförderte, und sagte: »Nehmen Sie Platz.«

Als er sich hinsetzte, bemerkte Sam, wie die beiden Polizisten eine schnelle Runde »Schere, Stein, Papier« spielten; vielleicht dachten sie, dass er das nicht sehen konnte. Er konnte erkennen, wie Nielsen seine Finger zu einer Schere formte. Henriksen seufzte und setzte sich hinter den Computer. Offenbar hatte er verloren – Papier – und musste nun das Vernehmungsprotokoll schreiben.

Nielsen setzte sich Sam gegenüber und begann mit der Frage: »Warum sind Sie in Kopenhagen, Sam?«

»Zum einen ganz einfach, um die Stadt zu sehen, und zum anderen, um zwei alte Collegefreunde zu besuchen.« Henriksen tippte auf der Tastatur drauflos, während er sprach.

Nielsen nickte und sagte: »Handelt es sich dabei um Neil und Hannah Todd?«

»Korrekt. Gibt es ein Problem damit?«

Nielsen wirkte verblüfft, als könne er sich nicht im Entferntesten vorstellen, warum es ein Problem damit geben könnte, alte Freunde zu besuchen, doch dann sagte er: »Sie haben sie gestern Abend besucht?« Sam nickte. »Und es war nur ein Freundschaftsbesuch – es gab keinen anderen Grund dafür?«

Sam fragte sich, ob sie einen Tipp von der CIA bekommen hatten. Nach allem, was er wusste, konnte es sogar sein, dass sie an der Überwachung beteiligt waren – schließlich war es jemand vom DDIS gewesen, der Lex von Todds Brief an Sam erzählt hatte.

»Er hatte sich mit mir in Verbindung gesetzt und nach den Kontaktdaten eines alten Studienkollegen gefragt. Und ich wollte Kopenhagen sehen, also kam ich her. Ich gab ihm die Adresse, wir aßen zusammen, brachten uns auf den neuesten Stand.«

»Wer war der Freund?«

»Einfach ein Freund, ein Mann namens Lex.«

»Warum wollte er ihn kontaktieren?«

»Hatten Sie nie das Bedürfnis, mit einem alten Kommilitonen oder Schulfreund wieder Kontakt aufzunehmen? Menschen tun das manchmal – es gibt ganze Webseiten, die nur dazu da sind, diesen Wunsch zu erfüllen.« Die beiden Polizisten warfen sich einen Blick zu, als wollten sie einander bestätigen, dass sie hier ein besonders cleveres Bürschchen aufgelesen hatten.

Nielsen zog ein Notizbuch aus seiner Tasche, aber anstatt hineinzuschreiben, warf er einen prüfenden Blick in seine bisherigen Notizen. Er runzelte ein wenig die Stirn und fragte: »Sie gingen kurz vor zehn?«

»Ja. Ist das jetzt der Moment, in dem Sie mir sagen, was passiert ist?«

»Bald«, sagte Nielsen. »Zuerst sagen Sie uns bitte, wohin Sie gingen, nachdem Sie die Wohnung Ihrer Freunde verlassen hatten.«

»Ich nahm ein Taxi zurück ins Hotel und verbrachte den Rest des Abends in der Bar. Ich bin um kurz vor eins ins Bett gegangen.«

»Könnte das jemand bestätigen? Der Barkeeper vielleicht?«

»Natürlich. Sein Name war Bo und ich saß fast die ganze Zeit an der Bar.«

Nielsen nickte und sagte: »Bitte entschuldigen Sie mich einen Augenblick.« Er nahm sein Telefon und tätigte einen Anruf, gab träge ein paar Anweisungen auf Dänisch. Sie überprüften sein Alibi, womit sich Sam in seinem Verdacht bestätigt sah, dass es sich bei dem »ernsten Vorfall« um jenen Angriff handeln musste, auf den Todd angespielt hatte.

Kurz hoffte er, dass die wie auch immer geartete Gewalt, von der sie heimgesucht wurden, nachdem er gegangen war, Hannah verschont hatte – doch im nächsten Moment fühlte er sich schuldig, weil er nicht in gleichem Maße um Todd besorgt war.

Sowie Nielsen seinen Anruf beendet hatte, fragte Sam: »Was ist mit Neil und Hannah passiert?«

Nielsen nickte, als würde er einsehen, dass er die Wahrheit nicht länger zurückhalten konnte, und sagte: »Es tut mir leid, Ihnen mitzuteilen zu müssen, dass Ihr Freund Neil Todd gestern Nacht von einem Eindringling in seiner Wohnung ermordet wurde.«

Da Sam seit einer halben Stunde mit einer derartigen Nachricht gerechnet hatte, nahm er sie mit unbewegter Miene auf. In seinem Gehirn war bereits eine Stelle reserviert, wo diese Information hineinpasste und Sinn machte. Todd hatte ihm am Vorabend praktisch nichts verraten, und doch akzeptierte er die neuen Umstände so schnell, als hätte Todd am Abend zuvor verkündet, dass man ihn noch vor Tagesanbruch ermorden würde.

»Was ist mit Hannah?«

»Sie ist unverletzt. Hannah ging kurz, nachdem Sie das Haus verlassen hatten, ins Bett, und Neil wollte in seinem Arbeitszimmer noch etwas arbeiten. Sie wachte gegen eins auf und bemerkte, dass er nicht im Bett war, deshalb ging sie nachsehen. Seine Leiche lag neben dem Schreibtisch auf dem Boden. Er hatte einen Schlag mit einem stumpfen Gegenstand seitlich gegen den Kopf bekommen, nur einen Schlag, der aber tödlich war.«

Wieder dachte Sam an Hannah, an den Schock, aufzuwachen und seine blutige Leiche zu finden. Es fiel ihm etwas schwerer, an Todd zu denken, der vielleicht gehört hatte, wie die Tür sich öffnete, sich umdrehte, einen Fremden dort stehen sah und wusste, dass der Moment gekommen war, oder vielleicht hatte er auch nichts gehört und war unvermittelt von einem jähen Schlag überrascht worden, ohne irgendeinen letzten Gedanken.

»Glaubt sie, dass ich etwas damit zu tun hatte?«

Nielsen sah ihn beruhigend an und sagte: »Überhaupt nicht. Im Gegenteil, sie bestand darauf, dass dem nicht so sei, aber natürlich hat sie Ihren Besuch erwähnt.« Er wechselte die Richtung seiner Befragung und sagte: »Sie schienen nicht sehr überrascht zu sein, als ich Ihnen sagte, dass Professor Todd ermordet worden ist.«

»War ich das nicht?« Er zuckte mit den Schultern. »Neil hat an einem Buch über das Big Business und den Nahen Osten gearbeitet und ich hatte den Eindruck, dass er Fakten ans Tageslicht befördert hatte, von denen er befürchtete, dass sie ihn in Gefahr brachten.«

»Welche Fakten?«

»Nun, er war wohl kaum gewillt, sie mir anzuvertrauen, oder?«

Nielsen verstand offensichtlich nicht, was Sam damit meinte, aber er schien sich an seiner Antwort auch nicht besonders zu stören. Er zog erneut sein Notizbuch hervor, schaute hinein und sagte: »Jetzt hoffe ich, dass Sie uns helfen können, ein paar Diskrepanzen auszuräumen.«

»Wenn ich kann«, sagte Sam. Er spürte, dass er Nielsen sagen musste, wer Lex war, wenn er noch einmal danach fragte.

»Sie sagten, dass Neil Todd sich bei Ihnen gemeldet hat, aber Hannah erzählte uns, dass Sie zufällig beruflich hier gewesen seien und dass Ihr Besuch unerwartet kam. Sie ist natürlich sehr aufgewühlt, deshalb kann es gut sein, dass sie etwas durcheinandergebracht hat.«

»Nein, das hat sie nicht. Todd hatte ihr nichts von dem Brief gesagt, den er mir geschickt hatte, also habe ich ihn gedeckt.«

Nielsen kritzelte etwas in sein Notizbuch und strich einige Zeilen durch, dann sagte er: »Was glauben Sie, warum er seinen Brief an Sie geheim halten wollte?«

»Wie ich bereits sagte, ich glaube, dass er in irgendwelchen Schwierigkeiten steckte. Er sagte mir nicht, in welchen, was kaum überraschend ist, da wir in den letzten Jahren kaum Kontakt hatten, aber er deutete an, dass er sich womöglich in Lebensgefahr befinde.« Nielsen wirkte verwirrt und Henriksens Finger verharrten regungslos über der Tastatur. Sam wurde klar, dass er die Frage nicht beantwortet hatte. »Das ist natürlich streng vertraulich, aber der alte Studienfreund, dessen Kontaktdaten er haben wollte … ich kann Ihnen seinen Namen nicht geben, ohne ihn vorher gefragt zu haben, aber er arbeitet für den MI6.«

Sam hatte erwartet, dass Nielsen insistieren würde, darauf bestehen würde, den Namen zu erfahren, doch stattdessen schloss er sein Notizbuch, steckte es in die Tasche zurück und sagte: »Sie glauben also, dass der Tod ihres Freundes eine politische oder terroristische Dimension haben könnte?«

»Das liegt doch auf der Hand, oder?« Er dachte an die letzte Nacht zurück und sagte: »Es gibt da noch etwas anderes. Als ich in der Bar saß, kam eine amerikanische Dame herein und stellte mir eine Reihe von suggestiven Fragen. Wie sich herausstellen sollte, war sie von der amerikanischen Botschaft. Als ich versuchte, ihr zu folgen, zog ein Bursche eine Pistole und sagte mir, ich solle in mein Hotel zurückgehen.«

Henriksen hörte auf zu tippen und Nielsen sagte: »Jemand hat sie mit einer Pistole bedroht?«

»So ist es. Er zog eine Pistole, sagte mir, ich solle zurück in mein Hotel gehen. Er war auch Amerikaner.«

»Wir müssen das überprüfen«, sagte Nielsen, aber Sam war nicht entgangen, dass Henriksen nichts davon mitgeschrieben hatte.

Nielsens Telefon klingelte. Sam hörte dem anschließenden Gespräch aufmerksam zu und versuchte, dem Mienenspiel und dem Tonfall zu entnehmen, worüber geredet wurde.

Als Nielsen auflegte, lächelte er wieder und sagte: »Wie wir erwartet haben, wurde Ihr Alibi bestätigt.«

»Also wurde ich doch verdächtigt.«

»Nein, Sie sind ein Zeuge.«

»Und wie kommt es dann, dass Sie mich nicht gefragt haben, ob ich etwas Ungewöhnliches bemerkt habe oder so was in der Art?«

»Haben Sie das denn?«

»Ja, eine Frau von der amerikanischen Botschaft, die mir in der Hotelbar Suggestivfragen über Neil stellt, und ihr Freund, der mich mit einer Waffe bedroht.«

In Nielsens Lächeln mischte sich eine Spur von Bewunderung, als er erwiderte: »Wie gesagt, wir werden dieser Sache nachgehen.« Sam sah zu Henriksen hinüber, der immer noch nicht tippte, und Nielsen fügte hinzu: »Sam, das, was Sie da erlebt haben, muss erschreckend gewesen sein, aber es hat wahrscheinlich nichts damit zu tun – wir können Ihnen nicht sagen warum, aber es ist die Wahrheit.«

Er zog eine Karte aus seiner Brieftasche und gab sie Sam. Henriksen folgte seinem Beispiel, und Nielsen sagte: »Es würde uns helfen, wenn Sie die nächsten paar Tage in Kopenhagen bleiben könnten, obwohl sie nicht dazu verpflichtet sind. Und wenn Ihnen noch irgendetwas einfällt, dann können Sie mich jederzeit kontaktieren.«

»Ist Hannah noch in der Wohnung? Ist es okay, wenn ich sie besuche?«

Er nickte und fügte hinzu: »Ich bin sicher, sie würde sich darüber freuen. Wir können Sie hinfahren, wenn Sie möchten.«

»Danke, aber ich nehme lieber ein Taxi.«

»Einen Moment noch, bitte«, sagte Henriksen. Er

druckte aus, was er geschrieben hatte und sagte: »Bitte lesen und unterschreiben Sie das.«

Sam überflog seine Aussage; er las sie nicht Wort für Wort, aber genau genug, um zu sehen, dass er nicht falsch wiedergegeben worden war. Er unterschrieb und sagte: »War es das?«

»Das war es«, sagte Henriksen. »Ich bringe Sie hinaus.«

Nielsen schüttelte Sams Hand und sagte: »Mein Beileid zu Ihrem Verlust.«

Sam nickte, sagte aber: »Ich kannte ihn eigentlich kaum – ich war mit Hannah befreundet.«

Henriksen brachte ihn die Treppe hinunter, führte ihn diesmal aber durch eine andere Tür, hinter der sich zeigte, dass dem finsteren Äußeren des Gebäudes ein helles Herz innewohnte. Ein großer runder Innenhof mit Kolonnaden, vielleicht 30 Meter im Durchmesser, verlieh dem gesamten Gebäude eine klassizistische Schönheit, die der Außenwelt völlig verborgen blieb.

Sam betrachtete den Ausschnitt klaren blauen Himmels über ihnen und Henriksen sagte: »Es ist schön, nicht wahr?«

»Das ist es – es erinnert mich ein wenig an Bath, eine Stadt in England.«

»Ja, die kenne ich.«

»Glauben Sie, dass Sie den Mörder erwischen werden?«

Sam wusste, dass es müßig war, das zu fragen. Er stellte sie teils deswegen, weil es die Art von Frage war, die jemand zu einem solchen Zeitpunkt normalerweise stellen würde, teils aber auch, weil er hören wollte, ob die Stimme des Kommissars Unsicherheit verriet. Doch Henriksen wirkte ruhig und zuversichtlich, als er sagte: »Ich glaube schon. Wissen Sie, in den letzten drei Jahren hatten wir eine Aufklärungsquote von 100 Prozent in der Mordkommission.«

Henriksen wies ihm den Weg durch den Empfangsbereich nach draußen, und sobald Sam wieder auf der Straße war, rief er Lex an. Er rechnete nicht damit, ihn direkt zu erreichen. Als der Anrufbeantworter anging, sagte er: »Lex, Neil Todd wurde gestern Nacht ermordet. Ich hoffe, er hat dir eine E-Mail geschickt, bevor es passierte. Ich melde mich.« Nach einer kurzen Pause fügte er noch hinzu: »Oh, Hannah ist okay.«

Als er das Gespräch beendete, kam ihm der Gedanke, dass sein letzter Kommentar alles andere als zutreffend war. Hannah würde wahrscheinlich nie wieder okay sein. Sie war rund 14 Jahre mit Todd zusammen gewesen und, als wäre das allein noch nicht genug, um sie den Verlust spüren zu lassen, würde sie seine Tochter zur Welt bringen. Somit würde wohl jedes wichtige Ereignis der vor ihr liegenden Jahre von bittersüßen Erinnerungen überschattet sein.

Die Neugier auf Hannah hatte einen gewichtigen Teil seines Antriebs für diesen Trip ausgemacht. Jetzt war er hier und wurde Zeuge, wie ihr Leben auf schreckliche Weise in sich zusammenfiel, war nun am richtigen Ort, um ihr der Freund zu sein, der er nie wirklich gewesen war – und gleichzeitig hatte er das Gefühl, dass ihm die Integrität und die Substanz fehlte, ihr oder irgendjemand anderem eine Stütze zu sein.

5

Die Taxifahrt dauerte wieder nur wenige Minuten, aber er mühte sich immer noch damit ab, sich einen Stadtplan bildlich vorzustellen, um zu wissen, wo sich Hannahs Wohnung im Verhältnis zu allem anderen befand. *Hannahs* Wohnung.

Es war wieder ein schöner Tag und die Straßen waren voll der Erwartung eines frühen Sommers, die Menschen schlenderten mehr, als dass sie gingen, und die Stimmung war sorglos und freundlich. Aber zwischen den hohen, ordentlichen Gebäuden der kleinen Straße, in der Hannah wohnte, standen Polizeiautos, und vor dem Haus, in dem sich ihre Wohnung befand, parkte ein Transporter. Überall Polizei, ein Kommen und Gehen, als wäre in der Wohnung über ihr ein Großeinsatz in vollem Gange.

Einige Journalisten standen in der Nähe und als ein Polizist aus der Haustür trat, riefen sie ihm hastig ein paar Fragen zu. Sam schlüpfte durch die Haustür, die gerade offen stand. Als er die Treppe hochging, sah er einen weiteren Polizisten, der in genau derselben Haltung am Türrahmen lehnte wie Neil am Abend zuvor.

Sam wartete, bis er bei dem Mann angekommen war, und sagte dann: »Ich bin hier, um Hannah zu besuchen – ich heiße Sam Webster.«

Der Polizist zog einen Notizblock aus seiner Tasche, schaute hinein und nickte dann feierlich, als wären sie beide Trauergäste einer Beerdigung; dann öffnete er die Tür, um Sam einzulassen. Er konnte sich nicht vorstellen, dass Hannah ihn als potenziellen Besucher angegeben hatte und fragte sich, ob die Kommissare ihre Kollegen vorgewarnt hatten. Jedenfalls war er dankbar, seinen Weg in die Wohnung ohne jede Schwierigkeit oder Unannehmlichkeit gefunden zu haben.

Im Flur standen einige Polizeibeamte, und obwohl er von seinem Platz aus das Arbeitszimmer nicht einsehen konnte, schätzte er, dass sich darauf der Großteil ihrer Bemühungen konzentrierte. Die Geräusche einer gründlichen Durchsuchung und das unterdrückte Stimmengemurmel reichten aus, um sich vorstellen zu können, wie sie den Raum auseinandernahmen.

Er ging durch das große Wohn- und Esszimmer. Im Küchenbereich stand ein Polizist und kochte Kaffee. Er schaute zu Sam hinüber, nickte und machte dann mit dem weiter, womit er gerade beschäftigt war.

Hannah saß auf dem Sofa, mit geröteten Augen, den Blick starr auf den Couchtisch vor ihr gerichtet. Eine auffallend blonde Frau saß neben ihr und hatte den Arm um sie gelegt, auch sie starrte auf den Couchtisch, obwohl sie dort sicher nicht dieselben schrecklichen Dinge vor sich sah wie Hannah.

Ihr Anblick hatte etwas Erstaunliches; er war eine sichtbare Demonstration des Unterschieds zwischen dem normalen menschlichen Geist, aktiv, bewusst und ständig kalkulierend, und der traumatisierten Leere, dem Kampf, irgendeinen Sinn in Zeiten alles umfassender, unnachgiebiger Schwere zu sehen.

Die andere Frau schaute auf, als Sam das Zimmer betrat. Sie realisierte sogleich, dass er ein Freund war, und wirkte ungeheuer erleichtert, wie ein Staffelläufer, der den Stab weiterreicht.

»Hallo, ich bin Sam.«

Hannah schaute kurz hoch, reagierte aber nicht auf ihn.

Die Freundin sprang auf und ging um den Couchtisch herum, um ihm die Hand zu geben. Sie sagte: »Ich bin Lene, Sam. Möchtest du einen Tee oder lieber Kaffee?« Er sah ihr an, dass sie sich verzweifelt nach einer Pause sehnte, und wenn es auch nur der Gang quer durch den Raum in den Küchenbereich war. Er konnte es ihr kaum verdenken.

»Was immer du gerade dahast.«

»Früchtetee?«

»Früchtetee ist okay. Danke, Lene.«

Sie eilte davon und er betrachtete Hannah. Ohne Lenes stützenden Arm um ihre Schultern schien sie noch mehr in sich zusammengesackt zu sein. So schwanger sie auch war, so geschrumpft und zusammengefallen sah sie aus, als würde sie komplett verschwinden, wenn man nicht bei ihr blieb und auf sie aufpasste.

Er setzte sich ihr gegenüber auf das Sofa, das auf der anderen Seite des Couchtischs stand, in dem vollen Bewusstsein, dass es unpassend gewesen wäre, Lenes Platz einzunehmen, und dass seine Anwesenheit eher einem unglücklichen Timing zuzuschreiben war, als dass es auf tiefer Vertrautheit beruhte. Sie schaute ihn an, der einfache Akt des Augenhebens eine momentane Anstrengung.

»War die Polizei bei dir?«

Er nickte und sagte: »Es ist alles in Ordnung, sie wissen, dass ich nichts damit zu tun habe.«

»Ich habe ihnen gesagt…«

»Ich weiß, danke. Ich nehme an, sie mussten mich trotzdem erst mal als Täter ausschließen.«

Sie starrte ihn an, sammelte ihre Kräfte, dann sagte sie: »Was hast du hier gewollt, Sam? Du warst nicht nur geschäftlich hier, oder?«

»Neil hat mich um die Kontaktdaten von Alex Cameron gebeten – erinnerst du dich an Lex?«

»Lex?« Nicht der Name an sich verwirrte sie, sondern dass er ihn in diesem Zusammenhang erwähnte. »Ja, natürlich erinnere ich mich an ihn, aber ich verstehe das nicht. Was hat…?«

»Er arbeitet für den Geheimdienst«, sagte Sam und versuchte, so vage wie möglich zu klingen, ohne sich ihr völlig zu verschließen. Der verwirrte Ausdruck ihres Gesichts verstärkte sich – ein weiterer Beleg für Lex' hervorragende Eignung für seinen Job, da so viele Menschen Mühe hatten, sich ihn darin vorzustellen. »Neil hat mir nicht gesagt, was los ist – darum ging es gestern, als wir in seinem Arbeitszimmer waren –, aber er steckte in irgendwelchen Schwierigkeiten, vielleicht wegen dem Buch, an dem er geschrieben hat.«

Sie nickte mit einer Bewegung, die gleichzeitig Wut und Erschöpfung ausdrückte, und sagte: »Ich wusste es. Er war gut darin, sich Stress nicht anmerken zu lassen, aber ich wusste, dass ihn etwas belastete, und hatte mir schon gedacht, dass es mit diesem blöden Buch zu tun haben muss.«

»Warum, um was ging es denn darin?« Lene stellte ihm eine Tasse Früchtetee hin.

»Danke.«

Er wollte nicht, dass sie gerade jetzt zurückkehrte, aber zu seiner Erleichterung lächelte sie und ging in den Küchenbereich zurück. Der Polizist war auch wieder zurückgekommen, nachdem er ein Tablett mit Kaffee nach draußen gebracht hatte, und die beiden unterhielten sich leise.

Er starrte seinen Tee an und fragte sich, ob er die Frage wiederholen sollte, aber Hannah guckte zur Küchenzeile rüber, vielleicht, um zu prüfen, ob der Polizist lauschte, und sagte: »Es ging um die Verbindungen zwischen der westlichen Geschäftswelt und dem Nahen Osten. Ich weiß, das klingt trocken, aber die Verwicklungen waren ziemlich ernster Natur. Es ging darum, wie große westliche Konzerne terroristische Regime mit Waffen und Infrastruktur beliefern – Syrien, den Vorkriegs-Irak und sogar den Iran. Er wurde aus ganz Europa und Amerika mit Anwaltsschreiben bombardiert, aber er beharrte darauf, dass das ein Buch war, das geschrieben werden musste.«

Sam konnte sich nicht vorstellen, dass irgendein Buch dieser Art von derartiger Brisanz sein könnte, um der Grund für die Ermordung des Autors zu sein. Es war Teil seiner Weltanschauung, dass westliche Unternehmen gemeinsame Sache mit all diesen Ländern machten, und er hatte stets angenommen, dass die Öffentlichkeit darüber Bescheid wusste.

Die Allgemeinbevölkerung war so zynisch, dass es für ihn schwer vorstellbar war, dass die Menschen jemals wieder wegen irgendwelcher Geschäfte von Politikern und Vertretern der Großindustrie geschockt sein könnten.

Sie lebten in einem Zeitalter, in dem Personen zurücktraten, weil sie mit der falschen Person Sex hatten und nicht, weil sie dazu beitrugen, eine Diktatur aufzubauen.

»Ich kann mir schon vorstellen, dass eine Welle der Kritik auf ihn zugerollt wäre, aber es fällt mir immer noch schwer zu glauben, dass er deswegen Kontakt zu Lex hätte aufnehmen müssen oder dass irgendjemand ihn deshalb töten würde. Es sei denn, er war da auf etwas gestoßen, das dermaßen alle Grenzen überschritt...«

Selbst als er das aussprach, hatte er keine Ahnung, um was für eine Art von Geschäft es sich dabei handeln könnte, und er wusste, dass noch etwas anderes dahinterstecken musste. Es kam sowieso nicht darauf an, weil Hannah ihm mittlerweile nicht mehr zuhörte. Ihre Augen flogen durch den Raum in Richtung Flur.

»Nicht da rein!« Sie stand auf und legte einen nicht zu erwartenden Kampfgeist an den Tag, so als würde sie im nächsten Augenblick über den Tisch springen und zur Tür hechten. Sam drehte sich um und sah einen Mann ungefähr seines Alters in einem gut geschnittenen dunklen Anzug. Er hatte gerade die Türklinke hinuntergedrückt und die Tür aufgestoßen, war im Begriff, das Zimmer neben dem Wohnzimmer zu betreten. Voll der Emotionen wiederholte Hannah: »Nicht da rein! Das ist unser Kinderzimmer.« Die Worte blieben ihr fast in der Kehle stecken, aber sie kämpfte dagegen an und sagte: »Ich weiß, dass Sie alles untersuchen müssen, aber da ist nichts drin. Ich will keinen in diesem Zimmer haben.«

Die Worte nahmen gegen Ende einen flehenden Tonfall an, weil der Mann die Tür weit aufgestoßen hatte und sich sogar, während sie sprach, weiter umschaute, als wolle er prüfen, ob sie die Wahrheit über die Nutzung dieses Raums sagte. Sam war versucht, körperlich einzugreifen, weil ihn die arrogante Körpersprache dieses Burschen einfach nur ärgerte.

Dieser erwischte ihn jedoch komplett auf dem falschen Fuß, indem er die Tür schloss und sich mit einem besänftigenden und mitfühlenden Lächeln umdrehte. Er sagte: »Es tut mir leid, Mrs. Todd, ich wollte nicht aufdringlich sein. Ich werde dafür sorgen, dass niemand hier reingeht.«

Er drehte sich um und ging weg. Hannah sah zufriedengestellt, aber mitgenommen aus, als sie sich wieder hinsetzte. Sam bemerkte, dass Lene und der Polizeibeamte ihre Unterhaltung kurz unterbrochen hatten, sie jetzt aber wieder aufnahmen. Ein kaum hörbares Murmeln drang durch den Raum.

Sam hatte das Gefühl, dass er hier der Einzige war, der die offensichtliche und verstörende Wahrheit erkannte, und konnte nicht nachvollziehen, warum dies keinen der anderen in Alarmbereitschaft versetzte – er hatte nie aufgehört, die Gutgläubigkeit vieler Menschen als schockierend zu empfinden. Er starrte Hannah an. Sie schaute ihn entschuldigend an und sagte: »Es tut mir leid, wo waren wir stehengeblieben?«

Sam schüttelte den Kopf, ihre Frage ignorierend, und erwiderte: »Er ist Amerikaner. Dieser Typ ist Amerikaner.«

Sie nickte, als ob es das Normalste der Welt sei, einen Amerikaner hier zu haben, und sagte: »Er hilft der dänischen Polizei, wegen der internationalen Komponente des … dessen, was passiert ist. Er ist nett, glaube ich, und er hat mir seinen Namen genannt, aber es ist alles so … Tom irgendwas.«

»Tom Furst«, sagte Lene, die Klarheit ihrer Stimme hatte etwas Aufrüttelndes, ein Weckruf, dass ihre gemurmelte Unterhaltung sie nicht daran gehindert hatte, genau zu verstehen, was sie gesprochen hatten.

Es machte keinen Sinn. Wenn Sam diese Operation richtig verstanden hatte, wenn die Wohnung verwanzt war und überwacht wurde, wie Lex vermutet hatte, wusste die CIA mit ziemlicher Sicherheit bereits, wer Todd getötet hatte; folglich gab es keinen guten Grund für einen der ihren, jetzt hier zu sein.

Wenn überhaupt, dann stand das in völligem Kontrast zur Standardprozedur bei dieser Art von Einsätzen. Das einzige Mal, dass Sam unmittelbar nach dem Geschehen vor Ort gewesen war, war bei seinem letzten Job in Beirut gewesen, und das war ohne Erlaubnis geschehen.

Falls Sam sich hinsichtlich der Art dieses Einsatzes nicht irrte oder Lex nicht in Sachen Überwachung falschlag, konnte er sich nicht vorstellen, was sich der Amerikaner davon versprach, in Hannahs Wohnung zu sein. Die Anwesenheit des Burschen ärgerte ihn irgendwie, aber gleichzeitig übte sie auch eine gewisse Faszination auf ihn aus.

Er stand auf und sagte als Antwort auf Hannahs fragenden Gesichtsausdruck: »Ich bin in einer Minute wieder da.«

Er ging in den Flur hinaus und steuerte auf das Arbeitszimmer zu. Bevor er dort ankam, wurde er von einem dänischen Polizeibeamten in Uniform abgefangen.

»Ich muss mit Mr. Furst sprechen.«

»Einen Augenblick«, sagte der Polizist und hielt einen Finger hoch, als wollte er Sam in Schach halten, während er Furst holte. Sam ging keinen Schritt weiter und war erstaunt, zu sehen, dass der Polizist auf ein anderes Zimmer zuging, vielleicht das Schlafzimmer, und nicht auf das Arbeitszimmer.

Furst tauchte auf, lächelte Sam zu und sagte: »Sie wollten mich sprechen?«

Sam konnte verstehen, warum Hannah nicht misstrauisch geworden war, denn in Fursts Verhalten lag etwas Entwaffnendes. Er hatte die adrette, wohlhabende Ausstrahlung von jemandem, der an Wochenenden gerne segelte und der es wahrscheinlich nicht nötig hatte, zu arbeiten, es aber als seine bürgerliche Pflicht ansah, etwas für die Allgemeinheit beizusteuern.

»Ja, ich wollte Sie einfach fragen, was Sie hier machen. Sie helfen, aber warum sind Sie eigentlich überhaupt kontaktiert worden?«

Furst sah aus, als hätte er nicht den blassesten Schimmer, und sagte: »Da müssen Sie wirklich die dänische Polizei fragen – wir sind einfach glücklich, wenn wir helfen können.«

Sam schüttelte den Kopf, unzufrieden mit der Antwort.

»Sie müssen doch wissen, warum Sie hier sind, und auch noch so schnell? Sie müssen irgendetwas über Neil gewusst haben, bevor er ermordet wurde, genau wie sie – andernfalls hätten Sie nichts darüber erfahren, bis sie einen Zusammenhang hergestellt hätten.«

Furst lächelte irritiert und in seiner Stimme klang ein belehrender Unterton mit, als er sagte: »Mr. Webster, wir wissen über das Buch, an dem er schrieb, Bescheid und auch über einige der Drohungen, die er von islamischen Extremisten erhalten hat – deswegen war es für uns ziemlich selbstverständlich, uns bei dieser Sache auf dem Laufenden zu halten. Ich kann Ihnen versichern, dass unser einziges Ziel ist, dabei behilflich zu sein, diejenigen zu fassen, die für seinen Tod verantwortlich sind.«

»Woher kennen Sie meinen Namen?«

Diese Frage schien Furst zu verwirren. »Ich nehme an, jemand hat ihn in meiner Gegenwart erwähnt.«

»Jemand wie Ihre Freundin letzte Nacht, die, die mich in der Hotelbar aufgesucht und ausgefragt hat?«

»Mr. Webster, ich habe absolut keine Ahnung, von was Sie da reden – ich meinte, dass jemand hier ihn erwähnt haben muss, vielleicht Mrs. Todd oder der dänische Beamte, mit dem ich gesprochen habe.« Er seufzte und fügte hinzu: »Ich kann mir denken, wie verstörend das alles für Sie sein muss, und ich merke, dass Sie versuchen, zu helfen – das ist normal in einer Situation wie dieser –, aber ich kann Ihnen versichern, dass wir alles tun werden, was in unserer Macht steht, um dieser Sache auf den Grund zu gehen.«

Furst sprach in einem gewissen väterlichen Tonfall

zu ihm und das gab Sam ein gutes Gefühl, was seine eigene Situation betraf. Sie hatten ihn während der letzten Tage im Visier gehabt und wussten wahrscheinlich, dass er eine Nachricht von Lex überbracht hatte, den sie zweifellos überprüft hatten, und doch schien Furst keine Ahnung zu haben, wer er wirklich war.

Zum einen flammte hier das Gefühl von professionellem Stolz wieder in ihm auf, aber es war mehr als das, nämlich der rein pragmatische Wunsch nach Anonymität, weil er in seinem Unterbewusstsein genau wusste, dass das die Leute waren, mit denen er es würde aufnehmen müssen. Er war in diesen Konflikt mit hineingezogen worden, auch wenn er nicht genau wusste, wieso, außer vielleicht, dass es dazu gut war, ihn wieder einen Schritt weiter weg von seiner Vergangenheit zu bringen.

Und Sam hatte in den letzten zehn Jahren die Ermordung von zu vielen Neil Todds genehmigt und unterstützt, um nicht zu wissen, dass es falsch war. Ein Mann war ermordet worden, und die Gründe für den Mord wogen sicherlich nicht den Verlust eines Menschenlebens auf. Furst erkannte das nicht, so wie auch Sam es einst nicht erkannt hatte, aber Sam verstand es jetzt.

»Er hatte das nicht verdient«, sagte Sam.

»Nein, das hat er nicht«, sagte Furst.

Sam nickte und ging zurück ins Wohnzimmer. Er setzte sich Hannah gegenüber, überlegte es sich dann doch anders und rückte auf den Platz auf dem Sofa, den Lene innegehabt hatte. Er war entschlossen, dass niemand sonst würde hören können, was er Hannah zu sagen hatte.

Er legte tröstend einen Arm um sie und flüsterte: »Ich werde herausfinden, was mit Neil passiert ist. Was immer dazu nötig ist, ich werde es herausfinden.«

Sie sah ihn mit einem völlig verwirrten Gesichtsausdruck an. Sie fragte sich wahrscheinlich, was er glaubte, herausfinden zu können, warum er an der Polizei zweifelte, warum er dachte, er könnte etwas erreichen, wozu diese nicht imstande war, aber allen voran stellte sich ihr eine andere Frage.

»Warum solltest du das tun?«

»Weil ich ihnen das nicht zutraue.« Offenbar verblüfft von seiner Antwort schien sie das so zu akzeptieren, und er sagte: »Ich lasse dir meine Telefonnummer hier. Ich komme wieder, aber wenn du mich im D'Angleterre besuchen kommen möchtest, kannst du das jederzeit tun, oder ruf mich an.«

»Wie lange bleibst du?«

»So lange wie nötig.« Er legte seine Hand an ihre Wange und war überrascht, wie warm sie war, eine Wärme, die gleichzeitig beunruhigend und ermutigend war. »Ich weiß, dass wir uns lange nicht gesehen haben, und es muss dir verrückt vorkommen, dass ich gerade jetzt hier bin. Aber irgendwas stimmt bei der Sache nicht und ich werde herausfinden, was. Ich rufe Lex an, ich tue alles, was nötig ist, aber ich werde die Wahrheit ans Licht bringen.«

Sie starrte ihn einige Augenblicke lang an, wie aus großer Entfernung, und sagte schließlich: »Du kannst ihn nicht zurückbringen.« Fünf Worte, leise gesprochen, die Summe all ihrer Verzweiflung und die wahre Beschreibung seiner Ohnmacht.

»Nein, das kann ich nicht.«

Und eine zweifelnde Stimme nagte an seinen Gedanken und seiner Entschlossenheit und fragte ihn, ob er das wirklich für sie oder Todd tat und nicht aus demselben Grund, aus dem er überhaupt hierhergekommen war; als Akt der Wiedergewinnung, als Versuch der völligen Wiederherstellung dessen, was er als seine beschädigte Menschlichkeit ansah.

Falls das eine Rolle dabei spielen sollte, konnte er sich der Ironie nicht erwehren, dass er in seinem Versuch, sich unwiderruflich von seiner früheren Welt zu distanzieren, nun stattdessen noch einmal tief in diese eintauchte. Aber dieses Mal stand er auf der anderen Seite; entschlossen, die Geschichte aufzudecken, die Tom Furst und seine Kollegen mit allen Mitteln zu spinnen versuchten, und besessen von dem einen großen Vorteil, dass er einmal selbst einer dieser Geschichtenerzähler gewesen war.

6

Als Sam wieder in die trügerisch klare Luft der Straße hinaustrat, nahm er die Visitenkarten, die Nielsen und Henriksen ihm gegeben hatten und rief die erste Nummer an. Er wollte ihnen Fragen zur Beteiligung der CIA stellen, um einschätzen zu können, wie viel die dänischen Verantwortlichen wussten – seiner Erfahrung nach dürfte das nicht allzu viel sein.

Bei beiden schaltete sich der Anrufbeantworter ein, und auf Henriksens hinterließ er eine Nachricht, in der er ihm mitteilte, dass er sie in einer dringenden Angelegenheit sprechen musste. Diese Formulierung setzte sich hartnäckig in Sams Gedanken fest, eine ständige Erinnerung an die Worte, die Todd in seinem Brief, in dem er um Lex' Kontaktdaten gebeten hatte, benutzt hatte. Wie sich herausgestellt hatte, war es dringender gewesen, als irgendjemand vermutet hatte, und mit Sicherheit weit ernster, als Sam geglaubt hatte.

Er schaute sich um, betrachtete die Polizisten und die zwei Journalisten, die jetzt mit einem der Beamten sprachen. Als er sie so sah, erinnerte er sich an den Journalisten, den Todd am Abend zuvor erwähnt hatte, und er dachte sich, dass es nicht schaden könnte, hier den nächsten Schritt anzusetzen, also schlenderte er hinüber.

Zunächst schienen sie ihr Gespräch nur ungern unterbrechen zu wollen, aber dann warf ihm einer von ihnen einen Blick zu und er sagte: »Kann ich Sie mal kurz sprechen?«

Der Mann zögerte erst noch, aber dann wurde ihm klar, wer Sam war und dass er in dem Gebäude gewesen war und er sagte schnell noch etwas zu dem Polizeibeamten, bevor er sich auf Sam zubewegte. Sekunden später war auch sein Kollege bei ihnen und der Polizeibeamte zog sich zurück.

»Ja?«

»Ein Journalist wurde kürzlich ermordet – Tarding, glaube ich?«

Der erste Journalist nickte und sagte: »Anders Tarding – er hat für den *Politiken* gearbeitet.«

»Das ist am Radhuspladsen«, fügte der andere hinzu.

»Radhuspladsen – und wie komme ich da zu Fuß von hier aus hin?«

Der Journalist sagte: »Ganz einfach. Wenn Sie diese Straße weiterlaufen, um den Park herumgehen und dann weiter in diese Richtung laufen. Es ist ganz in der Nähe vom Tivoli.«

»Danke.«

Der andere schaltete sich schnell ein und sagte: »Also, können Sie uns sagen, was Sie da drinnen gemacht haben oder irgendetwas über das, was passiert ist?«

»Ich bin nur ein Freund, aber ich werde Ihnen etwas Seltsames erzählen.« Er machte eine Pause und genoss ihre gespannte Neugier, wohl wissend, dass er drauf und dran war, mehr als einer Person Kopfschmerzen zu bereiten. »Die Untersuchung wird von einem Beamten der US-Regierung geleitet: Thomas Furst.«

»Wer ist er?«

Sam zuckte mit den Achseln und sagte: »Das weiß ich nicht, aber er ist in diesem Augenblick da drin. Danke für die Information.«

Er nickte ihnen zu und machte sich auf den Weg. Er durchquerte den kleinen Park mit seinem See und blieb einen Moment lang stehen, um einem Pärchen dabei zuzusehen, wie es in Ufernähe mit ihrem kleinen Kind spielte. Sicher hatten sich Todd und Hannah die kommenden Monate und Jahre selbst so vorgestellt; ein bescheidener Traum und doch war er ihnen verweigert worden, eine Ungerechtigkeit, die zu verstehen Sam schwerfiel.

Er schaute dem Kind zu, wie es einen Kieselstein ins Wasser warf, und schlagartig flammte die Erinnerung an jene Mutter und ihr Kind in Manara in ihm auf. Er fragte sich, wohin sie an diesem Tag wohl unterwegs gewesen war, ob sie das Kind vielleicht zum Meer hatte mitnehmen wollen oder zu einem Spaziergang rund um die Corniche.

Er ging weiter, durch ein Wirrwarr von älteren Straßen, und gelangte schließlich zu einem überfüllten, vom Straßenverkehr umtosten Platz. Er nahm an, dass das der Radhuspladsen sein musste und bemerkte dann, dass sich die Büros des *Politiken* nur wenige Meter von ihm entfernt befanden; mit einer gläsernen Fassade und eher nach einem Designerbüro oder einer Fotogalerie aussehend als einer Zeitungsredaktion.

Er stellte sich vor eine junge, freundlich lächelnde

Empfangsdame und sagte: »Hi, ich muss mit einem der Herausgeber sprechen.«

»Oh, aber dafür müssen Sie die Treppe hochgehen.«

»Ist das hier nicht die Redaktion vom *Politiken*?«

»So was in der Art, aber die Zeitung ist oben. Warten Sie bitte eine Sekunde.« Sie griff zum Telefon und nach einer kurzen Unterredung lächelte sie wieder und sagte: »Durch diese Tür und die Treppe hoch.«

»Danke.« Er stieg die Treppen hoch, um sich vor einer zweiten Rezeption wiederzufinden, hinter der eine weitere freundliche und attraktive junge Frau sowie ein junger Mann in T-Shirt und mit langem Haar saßen. Die Büros waren modern und gingen zu beiden Seiten des Empfangsbereiches ab; an den Wänden hingen gerahmte Fotografien aus der Zeitung.

Er näherte sich der Frau und sagte: »Hallo. Ich muss mit einem der Herausgeber sprechen.« Sie sah bereits misstrauisch aus, bereit, eine Abwehrhaltung einzunehmen mit der obligatorischen Frage, ob er einen Termin hatte. »Es geht um den Tod von Anders Tarding.«

Die Empfangssekretärin wirkte schockiert, so schockiert, dass Sam einen Moment lang befürchtete, er hätte den falschen Namen aufgeschnappt und Tarding wäre noch am Leben. Auch der Junge im T-Shirt hatte aufgehört, auf seine Tastatur einzuhämmern, und schaute alarmiert zu seiner Kollegin herüber. Aber der Schock war anderer Natur; eine pochende Erinnerung an eine Wunde, die noch offen war, und sie sagte: »Aber Sie sind nicht von der Polizei, oder …?«

»Nein, wirklich nicht. Aber mir wurden einige wichtige Informationen zugespielt und ich wollte sie mit jemandem hier besprechen, bevor ich zur Polizei gehe. Mein Name ist Sam Webster.«

Seinen Namen zu nennen vermittelte die Illusion, dass sich jede weitere Diskussion erübrigte, und sie nickte, griff nach dem Telefon und hackte eine kurze Nummer ein. Sie redete dänisch und ihr Tonfall verriet, wie perplex sie war, die Worte »Sam Webster« standen in der Mitte eines langen Satzes wie ein außerirdischer Eindringling.

»Gleich kommt jemand zu Ihnen«, sagte sie, nachdem sie den Hörer aufgelegt hatte.

»Vielen Dank.«

Bevor er noch etwas sagen konnte, war jemand anderes mit einer Bitte um Auskunft hereingekommen, und Sam ging zurück durch die Lobby. Er guckte auf die Fotografien entlang des Flurs, konnte die Mehrzahl jedoch von diesem Blickwinkel aus nicht deutlich erkennen und lauschte dem Singsang der dänischen Konversation am Empfangstresen. Er war so tief in einen Tagtraum versunken, dass er überrascht war, als ihn eine weibliche Stimme aus der Nähe ansprach.

»Mr. Webster?« Er drehte sich um, um die Frau zu betrachten, die ihm gegenüberstand, vielleicht Anfang fünfzig, das Haar zurückgestrichen, ihre Kleidung elegant, aber praktisch. »Ich bin Karin Olesen – ich war eine Kollegin von Anders Tarding.«

Er schüttelte ihre Hand und sagte: »Nennen Sie mich bitte Sam, und mein Beileid zu Ihrem Verlust.«

Sie erwiderte sein Mitgefühl mit einem kaum merklichen Nicken und sagte dann: »Sie wollten mit einem der Verleger über Anders sprechen?«

»Ja, das stimmt.« Er schaute sich in der Lobby um und fixierte kurz den Mann, der sich um eine Auskunft bemühte. »Es handelt sich um eine Sache, die ziemlich heikel ist.«

»Natürlich. Kommen Sie mit.« Er folgte ihr durch die Büroräume. Während sie so gingen, starrte sie ihn einige Male an, bis sie schließlich sagte: »Die Welt ist klein.«

»Wie bitte?«

»Sie erinnern sich bestimmt nicht mehr daran, aber wir sind uns schon einmal begegnet.« Er betrachtete sie und versuchte vergeblich, sie einzuordnen, aber sie lächelte und sagte: »Jakarta, vor etwa fünf Jahren. Ich erinnere mich, weil es ungefähr zu der Zeit war, als ein Anschlag auf das Marriot Hotel verübt wurde.«

»Ja, jetzt erinnere ich mich daran.« Er erinnerte sich immer noch nicht an sie und versuchte, sie sich mit einer anderen Frisur oder ohne Brille vorzustellen. »Tatsächlich habe ich das Hotel damals einen Tag vor dem Bombenanschlag verlassen.«

»Gutes Timing.« Sie waren jetzt stehen geblieben und sie sagte: »Warten Sie hier bitte einen Augenblick.« Sie klopfte an eine Tür und ging hinein, die Tür hinter sich schließend. Eine Minute später erschien sie wieder und geleitete ihn in den Raum. Er nahm an, dass das der Verleger sein musste; ein Mann, der ungefähr im selben Alter wie Karin Olesen sein musste und einen Anzug trug, aber das zerknitterte Aussehen von jemandem hatte, der vor dreißig Jahren ein Hippie gewesen war.

»Das ist Peter Vedsegard, unser Souschef, ähm, was man als Chefredakteur bezeichnen könnte.«

»Guten Tag, Mr. Vedsegard.«

Vedsegard erhob sich gerade weit genug aus seinem Stuhl, um ihm die Hand geben zu können, und ließ sich dann wieder zurückfallen, während er sagte: »Nehmen Sie Platz, Sam, und nennen Sie mich bitte Peter.« Sam setzte sich, Karin Olesen ebenfalls, und Vedsegard sagte: »Karin hat mir gesagt, Sie wollten mit mir über den Mord an Anders Tarding sprechen.«

»Das ist richtig«, sagte Sam, der sich, als er mit seinen Ausführungen begann, darüber im Klaren war, dass er nur den Hauch eines Beweises hatte und dass es sich hierbei um den Tod eines Mannes handelte, der diesen Menschen etwas bedeutet hatte. »Bevor ich zur Sache komme – würde es Ihnen etwas ausmachen, mir zu erzählen, was die offiziellen Untersuchungsergebnisse zu seinem Tod ergeben haben?«

Vedsegard schien verwirrt und Sam bemerkte, wie er einen Blick mit Olesen tauschte, bevor er sagte: »Wie Sie sicherlich wissen, Sam, ist der Mord bis heute noch nicht aufgeklärt. Alles, was wir sicher wissen, ist, dass Anders in einer Straße nahe seines Zuhauses erstochen worden ist. Er hat in den vergangenen Jahren einige Todesdrohungen von islamischen Extremisten erhalten – im Moment scheint das die wahrscheinlichste Erklärung zu sein.«

»Er hatte keine Feinde«, sagte Olesen, die Worte fielen wie Steine zu Boden und hinterließen eine düstere Stille, die schwer zu brechen war.

Sam wartete einen Augenblick, dann sagte er: »Warum bekam er Todesdrohungen?«

Vedsegard schaute ihn verwirrt an, als ob er sich

fragte, ob Sam überhaupt auch nur irgendetwas über Anders Tarding wusste oder ob er nur ein Spinner war, sagte dann aber: »Sicher haben Sie die Kontroverse um die Karikaturen, die Mohammed-Karikaturen, mitbekommen?«

»Ja, daran erinnere ich mich gut.«

»Anders hat einige sehr starke Artikel über das Recht der westlichen Medien, sich frei zu äußern, geschrieben. Daraufhin hat er Todesdrohungen erhalten.«

»Wenn jemand zu Tode kommt, nachdem er Todesdrohungen erhalten hat, heißt das noch nicht zwangsläufig, dass zwischen beidem tatsächlich ein Zusammenhang besteht.«

Das schien Vedsegards Interesse zu wecken, doch er entgegnete: »Warum genau interessieren Sie sich für diese Angelegenheit, Sam? Das haben Sie uns noch nicht erzählt.«

»Ein Freund von mir ist letzte Nacht ermordet worden, hier in Kopenhagen, ein Professor der hiesigen Universität. Ich vermute, Ihre Reporter sind gerade dabei, darüber zu berichten.«

Er erhielt ein Nicken von Vedsegard als Bestätigung dafür, dass er endlich etwas Lohnendes auf den Tisch gelegt hatte.

Und doch, selbst während er redete, fühlte sich Sam wie ein Betrüger, weil er mit Todds Namen umging, als seien sie beste Freunde gewesen. Wie leicht und billig war er dazu gekommen, die Suche nach posthumer Gerechtigkeit für einen Mann zu übernehmen, mit dem er kaum je ein richtiges Gespräch geführt hatte; für jemanden, den er während der Collegejahre nur als einen von vielen wahrgenommen hatte, für einen Mann, der vielleicht schon längst vollkommen aus seiner Erinnerung verschwunden wäre, hätte er nicht gerade diese eine Frau geheiratet.

Er dachte an Hannah und sagte instinktiv: »Natürlich ist alles, was ich Ihnen sage, streng vertraulich, wenigstens im Augenblick.«

Vedsegard lächelte. Dann merkte er, dass Sam auf eine mündliche Bestätigung wartete, und sagte: »Natürlich, wie Sie wünschen.«

»Ich habe gestern Abend mit Neil und seiner Frau zu Abend gegessen. Ich hatte ihn eine Zeit lang nicht gesehen und er war nervös, hat aber nicht gesagt, warum. Auf mein Drängen hin hat er gesagt, dass es zu gefährlich für ihn sei, mit mir zu reden und dass er sich mit Anders Tarding getroffen, ihm aber nichts erzählt hätte, und doch wäre das allein schon Grund genug gewesen, dass Tarding noch am selben Abend getötet wurde.«

Sam konnte spüren, dass Olesen abrupt aufhorchte, hielt seine Augen aber nach vorne auf Vedsegard gerichtet, der sich das eben Gehörte durch den Kopf gehen ließ, bevor er beiläufig sagte: »Haben Sie das der Polizei gegenüber erwähnt?«

»Noch nicht, aber ich habe eine Nachricht hinterlassen – ich hoffe, ich kann nach der Mittagspause mit der Polizei reden.«

Er hatte nicht vorgehabt, mit Nielsen und Henriksen über Tarding zu sprechen, aber er erkannte jetzt, dass es sinnvoll wäre – je mehr er ihnen lieferte, desto schwerer würde es für die CIA werden, die Kontrolle über die Situation zu behalten.

Vedsegard nickte und sagte: »Also denken Sie, dass dieselbe Person, die Anders getötet hat, auch Ihren Freund ermordet hat?«

»Es scheint naheliegend zu sein, wenn man das, was mein Freund zu mir gesagt hat, als Grundlage nimmt.«

»Wer, glauben Sie, hat die beiden ermordet?« Die Frage kam von Olesen und Sam und Vedsegard starrten sie an, weil ihre Stimme so voller Erwartung war, als ob sie das Gefühl hatte, dass sich der Verdacht, den sie schon lange hegte, schon bald bewahrheiten könnte.

»Ich weiß es nicht, aber Neil hat an einem Buch über westliche Unternehmen und Regierungen und deren Investitionen im Nahen Osten geschrieben – ich nehme an, für gewisse Kreise birgt das möglicherweise explosives Material, aber ich erkenne nicht, warum es islamische Extremisten in Aufruhr versetzen sollte.«

Die letzte Bemerkung war ebenso zu seinem eigenen wie zu ihrem Nutzen; die Beteuerung dessen, dass er nicht an die offizielle Version von islamischen Extremisten glaubte. Als Kandidaten für den Mord an Tarding mochten sie vielleicht plausibel erscheinen, nicht aber für den Mord an Todd und ganz sicher nicht aufgrund des Buches, an dem er geschrieben hatte.

Vedsegard schien enttäuscht zu sein, als ob er auf eine Enthüllung gewartet hätte, die den Mord an Tarding in einem ganz anderen Licht erscheinen ließe, und seine Stimme war voll sanfter, unerschütterlicher Skepsis, als er sagte: »Vielleicht nicht, aber Sie betrachten das möglicherweise von der falschen Seite. Wenn Anders von den Extremisten beobachtet wurde, könnte es sein, dass das Treffen zum Tod Ihres Freundes geführt hat. Vielleicht wurde nicht Anders getötet, weil er sich mit Ihrem Freund getroffen hat, sondern Ihr Freund, weil er sich mit Anders getroffen hat. Dafür gibt es sicherlich mehr Anhaltspunkte.«

Sam schüttelte den Kopf, davon überzeugt, dass Vedsegard damit unrecht hatte. Es war ihm aber auch bewusst, dass er außer einer Vermutung und Todds eigenem Verfolgungswahn keinerlei Beweise hatte, die er dem entgegensetzen konnte. Anders Tarding hatte Karikaturen verteidigt, die zu Angriffen auf dänische Staatsbürger und Botschaften in der ganzen Welt geführt hatten; er hatte danach Todesdrohungen erhalten und war auf der Straße erstochen worden – er wusste nur zu gut, dass das die Sorte von Puzzleteilen waren, die zusammenpassten.

In Ermangelung eines schlagkräftigen Arguments wich Sam auf das Einzige aus, dessen er sich sicher war, und sagte: »Neil Todd wurde nicht getötet, weil er sich mit einem Journalisten getroffen hat.«

»Warum wurde er dann getötet?«, fragte Vedsegard, als wolle er demonstrieren, wie guter Journalismus funktioniere.

Sam lächelte und sagte: »Bei allem Respekt, wenn ich das wüsste, wäre ich nicht hier. Aber ich habe die Absicht, es herauszufinden.« Er stand auf und schüttelte dem Chefredakteur die Hand, während er sagte: »Danke, dass Sie sich die Zeit für mich genommen haben.«

»Nichts zu danken«, sagte Vedsegard.

Auch Olesen stand auf und sagte: »Ich bringe Sie hinaus.«

Sie gingen schweigend durch das Büro zurück und waren fast an der Treppe angelangt, als Olesen sagte: »Was mich betrifft, ich glaube nicht, dass Anders von islamischen Extremisten ermordet worden ist.«

Sam blieb stehen und als sie ebenfalls innehielt und sich zu ihm umdrehte, um zu sehen, wo er blieb, sagte er: »Wie kommen Sie dazu, das zu sagen?«

»Der Instinkt einer Journalistin?« Sie schienen dieselben Zweifel zu plagen wie Sam, aber nachdem sie ihre Gedanken eine Weile abgewogen hatte, sagte sie: »Er hat einige Todesdrohungen erhalten, nachdem die Karikaturen erschienen waren, viele haben das. Aber im letzten Jahr hat er mehrere Male über die Notwendigkeit für den Westen geschrieben, mehr Verständnis für die islamische Welt aufzubringen. Er hat sogar Schmähbriefe von Neo-Nazis bekommen.«

»Also hat ihn vielleicht ein Neo-Nazi getötet.« Sie schaute zweifelnd, ihr journalistischer Instinkt kam wieder zum Vorschein. »Dann also wer?«

Sie lächelte und sagte: »Mit Verlaub, wenn ich das wüsste, würde ich hier nicht mit Ihnen darüber reden.« Er deutete mit dem Kopf eine kurze Verbeugung an und sie fügte in ernsterem Tonfall hinzu: »Aber ich halte das, was Sie gesagt haben, für sehr interessant. Anders hat sich mit Ihrem Freund vor zwei Wochen auf einen Drink verabredet, an jenem Tag, an dem er ermordet wurde. Ich erinnere mich, dass er mich danach anrief und nicht wirklich überzeugt war, weil seine Kontaktperson – Ihr Freund – behauptete, an einer großen Story dran zu sein, aber nichts darüber sagen könne, bevor er nicht wüsste, was genau vorgefallen war.«

»Ja, Neil sagte, er hätte ihm gar nichts erzählt.«

»Nichts über die Story, nein.«

Sie zögerte und Sam sagte: »Aber er hat ihm etwas anderes erzählt?«

Olesen nickte und sagte: »Er kann an Verfolgungswahn gelitten haben und ich habe schon viele Leute getroffen, die dieselbe Behauptung aufgestellt haben – Ihr Freund hat Anders erzählt, dass seiner Meinung nach die CIA den Mann ermordet hat, der ihm die Story geliefert hatte und dass er befürchte, dass sie auch ihn töten würden.«

Auf eine seltsame Art und Weise ergab das alles einen Sinn. Tom Furst hatte in Hannahs Wohnung nach etwas gesucht; nach etwas, das möglicherweise von so großer Bedeutung für die CIA war, dass sie dafür töten würde, um in dessen Besitz zu gelangen; vielleicht Beweise für die Komplizenschaft der US-Regierung mit irgendeinem zwielichtigen Regime im Nahen Osten.

Und wenn die Beweise, die sie suchten, explosiv genug waren, würden sie wahrscheinlich jeden eliminieren, der damit irgendwann einmal in Berührung gekommen war. Es war genau das, was er selbst getan hatte: jeden glaubwürdigen Zeugen zu beseitigen, bis das Einzige, was übrig blieb, Spekulationen und Gerüchte waren.

»Sie haben gerade gesagt, Sie hätten dieselbe Behauptung schon oft gehört.«

»Das heißt nicht, dass sie alle falsch sind.« Sie lächelte ein wenig, aber ihre Mundwinkel senkten sich wieder, als sie sagte: »Ich sage nicht, dass die CIA schuld an einem dieser Vorfälle ist, aber ich glaube, sie ist irgendwie darin verwickelt. Deswegen sollten Sie sich das gründlich überlegen, bevor Sie sich zu tief in diese Sache verstricken.«

»Danke«, sagte Sam, obwohl er fühlte, dass es dafür bereits zu spät war.

»Bitte.«

Sie streckte den Arm aus, schüttelte seine Hand und ging zurück.

Er lief alleine die Treppen hinunter und hinaus auf den Platz, der im Sonnenschein vor Lebendigkeit nur so strotzte, mit Hunderten von Fußgängern und einem raschen Wechsel der Busse an den Haltestellen auf der anderen Straßenseite. Fünf oder sechs Obdachlose lagen unmittelbar in seiner Nähe auf dem Treppenabsatz, das erste Anzeichen von Unordnung, das er in der gesamten Stadt gesehen hatte, von dem Mord mal abgesehen.

Er trat einen Schritt zurück, ging wieder hinein und sprach erneut die erste Empfangsdame an.

»Können Sie mir sagen, wie ich von hier zum Hotel D'Angleterre komme?«

Sie gab ihm eine kurze Wegbeschreibung und gerade, als er sich in Bewegung setzen wollte, klingelte sein Handy. Es dauerte nur einige Sekunden, bis ihm klar wurde, dass es nicht sein eigenes Handy, sondern das Handy war, dass ihm Lex gegeben hatte. Er stand nicht weit von den herumliegenden Pennern entfernt und nahm den Anruf entgegen.

»Ich habe deine Nachricht erhalten.«

»Gut. Hat er dir eine E-Mail geschickt?«

»Ja, das hat er, aber leider hat er sich nicht detailliert genug geäußert, nur einige vage Befürchtungen darüber, dass er bei seinen Recherchen etwas ans Licht gebracht haben könnte, den Mord an einem Journalisten. Ergibt das irgendeinen Sinn für dich?« Lex log, und obwohl Sam wusste, dass es sein Job war, zu lügen, fühlte er sich irgendwie beleidigt, nicht zuletzt deshalb, weil ihn Lex eigentlich erst dazu gebracht hatte, hierherzukommen.

»Nein, das ist ungefähr dasselbe, was ich auch weiß.«

»Schade. Er war ein lieber Kerl.«

»War er das, Lex?« Es kam keine Antwort, also sagte er: »Weißt du, er scheint wirklich ein lieber Kerl gewesen zu sein, aber ich habe das Gefühl, dass ich ihn kaum gekannt habe, und ich habe ihn mit Sicherheit besser gekannt als du.«

Lex beeilte sich zu sagen: »Ich versuche nur, ein wenig Respekt zu zeigen, Sam – ich will hier nicht irgendwelche Ansprüche erheben.« Sam gab keine Antwort und sah ein, dass eher sein eigener innerer Konflikt und nicht irgendetwas, das Lex sagte oder fühlte, der Grund dafür war, warum er ihn angegangen hatte. Schließlich sagte Lex: »Wann reist du ab?«

»Gar nicht. Ich werde herausfinden, was mit ihm passiert ist.«

Eine Pause entstand, gerade lange genug, um Sams Vermutung zu erhärten, dass Todd Lex eben doch detaillierte Informationen zugeschickt hatte, und dass Lex bereits seinen Einfluss innerhalb der CIA geltend gemacht hatte. Und ob Lex nun schon jetzt genau wusste, wer Neil Todd getötet hatte oder nicht: Jedenfalls war er jetzt so weit auf dem Laufenden, um nicht länger neugierig zu sein.

»Ich kann dir das nicht erlauben, Sam.«

»Weil? Erzähle mir nicht, dass Neil Todd nicht von Bedeutung ist, weil größere Dinge auf dem Spiel stehen; größer als die Tatsache, dass seine Frau in zwei Monaten ihr erstes Baby erwartet und es keinen Vater haben wird, weil diesem letzte Nacht der Kopf eingeschlagen wurde.« Sein Zorn war echt, aber er richtete sich genauso sehr gegen sein früheres Ich wie gegen Lex. Er hatte Lex erzählt, dass er eine moralische Aversion gegen das entwickelt hatte, was er in der Vergangenheit getan hatte, aber jetzt fühlte er es wirklich und war davon angeekelt. Mit ruhigerer, aber entschiedener Stimme sagte er: »Das muss aufhören, Lex. Ich werde nicht zulassen, dass irgendein islamischer Spinner dafür zur Rechenschaft gezogen wird. Du hast mich gebeten, hierherzukommen – und jetzt habe ich vor herauszufinden, wer Neil Todd getötet hat, und ich beabsichtige, herauszufinden, warum.«

Als Lex antwortete, war seine Stimme sanft, aber eindringlich: »Sam, du musst von Sinnen sein – als dein ältester Freund bitte ich dich, Kopenhagen zu verlassen. Wenn du tust, was du gerade angekündigt hast, können wir dich möglicherweise nicht schützen. Du wärst praktisch vollkommen auf dich alleine gestellt.«

Sam dachte über Lex' Worte nach, wandte sich dann zum Gehen, während er sagte: »Ich werde dieses Handy dann also nicht brauchen.«

»Was?«

»Bleib dran – hier will dich jemand kurz sprechen.«

Bevor Lex antworten konnte, reichte Sam das Handy einem der Penner und sagte: »Es ist für Sie.«

Und er ging weiter, als der Penner das Handy mit trüben Augen anglotzte und es an sein Ohr hielt. Wenn die größte Gefahr, mit der Lex ihm drohen konnte, war, auf sich allein gestellt zu sein, wusste er nicht, vor was er Angst haben sollte – mehr und mehr schien das sein natürlicher Zustand zu sein.

7

Sam ging die Fußgängerzone entlang, die die Hauptader der Stadt bildete, und sah endlich einen visuellen Stadtplan vor seinem geistigen Auge, während er sich den Menschengruppen anschloss, die sich langsam Richtung Norden und Süden aneinander vorbeischlängelten. Er wusste jetzt, dass der Kongens Nytorv und sein Hotel am oberen Ende dieser Straße lagen, der Radhuspladsen, die Polizeiwache und der Bahnhof am unteren Ende, dass der Hafen sich in östlicher und Hannahs Wohnung sich in westlicher Richtung davon befanden.

Am vorigen Tag war es ihm schwergefallen sich vorzustellen, dass in Kopenhagen irgendetwas Schlimmes passieren könnte, und in gewissem Maße war das immer noch so. Das hier war eine Stadt voller neugieriger Touristen und freundlicher Bürger, eine Stadt, in der es unter der scheinenden Sonne wenig Platz für Streitigkeiten, geschweige denn für Gewalt zu geben schien.

Doch das Böse war hier, selbst während diese zufriedenen Menschenmassen mit ihren Designereinkaufstüten und Eiswaffeln vorbeischlenderten. Neil Todds Leichnam lag irgendwo in einem Leichenschauhaus, der Schädel von einem einzigen tödlichen Schlag zerschmettert, und dieses Unglück war nur der Schatten, den jene finstere Wahrheit geworfen hatte, die Neil während der Recherchen für sein Buch ausgegraben hatte.

Tom Furst hatte ihm die amerikanische Version geliefert, dass Todd im Zuge der Recherche für sein Buch irgendwie islamische Fundamentalisten verärgert haben musste; die gleichen Leute, die für den Tod von Anders Tarding verantwortlich gemacht wurden. Es war eine bequeme Erklärung, eine, die Sam vielleicht selbst herangezogen hätte, würde er diese Operation leiten.

Laut Karin Olesen hatte Todd mit erhobenem Finger auf die CIA gezeigt. Und Sam war zumindest gewillt sich einzugestehen, dass die CIA in irgendeiner Weise involviert war. Selbst wenn sie Anders Tarding oder Neil Todd nicht selbst umgebracht hatten, wussten sie über die beiden Todesfälle mehr, als sie zugaben, und hatten es aller Wahrscheinlichkeit nach zugelassen, dass es dazu gekommen war.

Er erreichte Kongens Nytorv und bog nach links in Richtung seines Hotels ab. Er war gerade in seiner Suite angekommen, als das Telefon klingelte.

Er nahm ab und hörte den jüngeren der beiden Polizisten sagen: »Mr. Webster, hier ist Jonas Henriksen. Ich bin unten in der Lobby.«

»Gut, danke, dass Sie sich bei mir melden – kommen Sie hoch.«

Nach einer Pause sagte Henriksen: »Es ist besser, wenn wir uns in der Bar treffen.«

»Ich komme runter.«

Es waren noch viele Tische in der Nähe der Fenster mit Blick auf den Platz frei, aber Henriksen hatte einen Tisch neben der Bar und direkt an der Rückwand gewählt – so konnte er den ganzen Raum überblicken und Sam dabei zusehen, wie er durch die automatischen Türen hereinkam.

Er interpretierte Sams Gesichtsausdruck richtig und ging sofort auf dessen suchenden Blick nach Carsten Nielsen ein und sagte: »Carsten ist beim Zahnarzt.«

»Also arbeiten Sie sonst immer zu zweit?«

»Natürlich.« Die Kellnerin erschien und Henriksen sprach Englisch mit ihr. »Für mich Kaffee, und für Sie, Sam?«

»Ja, Kaffee klingt gut, danke.«

Als die Kellnerin gegangen war, ließ Henriksen seinen Blick durch den Raum schweifen, seine Augen ließen nichts aus, bevor er sagte: »Also ist Ihnen noch etwas eingefallen?«

Henriksen dachte, dass Sam Informationen für ihn hatte, und Sam fragte sich, wie er darauf reagieren würde, wenn er zugab, dass es genau andersherum war und dass er selbst nach Informationen angelte. Er beschloss, die Frage nach den Amerikanern erst am Schluss zu stellen und mit einem Hinweis anzufangen, der als etwas durchgehen konnte, das ihm noch eingefallen war.

»Gewissermaßen. Vor einer Woche oder so wurde ein Journalist ermordet, Anders Tarding.« Henriksen sagte nichts, sondern nickte nur kaum merklich. »Neil hat mir gestern Abend gesagt, dass er sich mit ihm getroffen hatte, kurz bevor er ermordet wurde, und er war überzeugt davon, dass Tarding wegen dieses Treffens getötet wurde.«

»Weswegen?«

»Ich weiß es nicht. Neil sagte so etwas wie: ›Ich habe ihm gar nichts gesagt und trotzdem hat es ihn umgebracht‹. So habe ich es jedenfalls verstanden.«

Henriksen wägte Sams Auskünfte ab, sagte dann aber: »Das ist nicht unser Fall, aber soweit ich weiß, sind die Hauptverdächtigen im Mordfall Tarding islamische Extremisten.«

»Wegen der Morddrohungen?«

»Und anderer Dinge. In der Umgebung fanden sich entsprechende Graffiti und sein Kopf war beinahe abgetrennt. Das hat alles in den Zeitungen gestanden.« Er verzog das Gesicht, bevor er sagte: »Sie sehen also, warum wir nicht glauben, dass es eine Verbindung gibt.«

Sam fiel auf, dass sich Henriksens Stimmung seit heute Morgen geändert hatte. Er war jetzt ernster, als er es vorher gewesen war und wirkte eher dazu bereit, sich anzuhören, was Sam zu sagen hatte, und sei es auch nur, um es zurückzuweisen.

»Mir wollte man aber weismachen, dass islamische Extremisten auch die Hauptverdächtigen für den Mord an Neil sind.«

Das schien Henriksens Interesse zu wecken, er musste sich jedoch ein wenig gedulden, weil die Kellnerin den Kaffee brachte. Sie schenkte ihnen beiden eine Tasse ein und ließ die silberne Kanne auf dem Tisch stehen.

»Wer hat Ihnen das gesagt?«

»Tom Furst, der Amerikaner, der Sie dabei unterstützt hat, Neils Wohnung zu durchsuchen – was ist er, ein CIA-Mann?«

Henriksen nippte an seinem Kaffee und sagte: »Es ist ganz alltäglich für uns, mit Einsatzkräften anderer Regierungen zu kooperieren, wenn wir glauben, dass es von Nutzen sein könnte. Er ist ein netter Bursche, finden Sie nicht?«

Sam ignorierte die Frage und sagte: »Was ich wissen möchte, ist: Warum war er heute Morgen dort? Sie bekommen gegen eins einen Anruf von Hannah und haben bis zum Vormittag bereits die Entscheidung getroffen, dass Sie mit der CIA kooperieren müssen?«

Henriksen schaute sich um, als wollte er sichergehen, dass niemand ihrer Unterhaltung lauschte. Seine Augen verweilten einen Moment auf der jungen Frau, die gerade mit einigen Einkaufstüten hereingekommen war und sich in die Nähe des Fensters setzte.

»Sie verstehen sicher, Sam, dass ich Ihnen nicht sehr viel sagen kann. Ihr Freund Neil war in einigen sehr heiklen Bereichen tätig und hatte einige Länder im Nahen Osten besucht und hier und dort auf höchster Ebene Kontakte gepflegt. Deshalb ist er jemand, der von der CIA und Ihrem eigenen MI6 und sogar von unserem DDIS beobachtet worden war. Ich glaube, die Bezeichnung, die Sie dafür verwenden würden, ist, die Fahne wurde gehisst. Die Fahne wurde gehisst, sobald er getötet wurde.«

»Und die Frau, die gestern Abend hier aufgetaucht ist? Der Mann mit der Pistole?«

Henriksen zuckte mit den Schultern, als wollte er andeuten, dass es eine harmlosere Erklärung dafür gab, als Sam sich das dachte. Er sagte: »Es ist möglich. Wir wissen nicht, ob sie von der amerikanischen Botschaft war, aber es ist denkbar, dass Sie unter Beobachtung stehen. Vielleicht wollen sie herausfinden, wer Sie sind und was Sie mit ihm zu tun haben.«

Sam hatte von seinem Kaffee trinken wollen, hielt aber inne, bevor die Tasse seine Lippen berührte und stellte sie zurück auf die Untertasse.

»Aber wenn sie ihn überwacht haben, müssen sie doch gesehen haben, wer ihn umgebracht hat.«

Henriksen blieb unbeeindruckt und sagte: »Ich weiß nicht mit Sicherheit, dass sie ihn überwacht haben, es ist lediglich eine Möglichkeit, aber vielleicht kam der Mörder auch durch die Hintertür ins Gebäude. Wer weiß? Die Amerikaner haben sich für Professor Todd interessiert und sie haben jede Menge Mittel zur Verfügung, aber ich glaube nicht, dass sie so tun würden, als würden sie uns helfen, wenn sie bereits wüssten, wer den Mord beging.«

»Aber Sie glauben nicht, dass es ein islamischer Extremist war.«

Henriksen wirkte, als wollte er sich nicht festlegen, als wollte er zurücknehmen, was er vor ein paar Minuten gesagt hatte, aber nachdem er darüber nachgedacht hatte, sagte er: »Ich kann Ihnen im Moment nichts darüber sagen, und wir stehen noch am Anfang der Ermittlungen, aber ich halte es für wahrscheinlicher, dass ihn eine der Gruppen, die mit Neils Buch in Verbindung stehen, tot sehen wollte, die Regierung eines Nahost-Staates, ein Waffenhändler. Es ist nicht so, dass ich irgendetwas ausschließe.«

»Wurde sein Buch gestohlen?« Henriksen sah ihn bei dieser Frage verwirrt an, deshalb sagte Sam: »Keiner dieser Gruppen bringt es etwas, den Autor umzubringen, wenn das Manuskript seines Buches noch da ist – wenn überhaupt, bekommt es so noch mehr Publicity. Aber wenn sie das Manuskript gestohlen und seine Dateien gelöscht hätten, oder etwas in dieser Richtung, würde das Ihre Theorie stützen.«

Er konnte sehen, dass er den Polizisten kalt erwischt hatte, aber Henriksen hatte sich schnell wieder im Griff und sagte: »Ich kann diese Details natürlich nicht mit Ihnen besprechen, aber Sie müssen auch verstehen, dass dieser Fall komplexer ist, als er aussieht.«

»Tja, er muss wohl komplex sein, wenn alle verschiedener Meinung darüber sind, wer die Hauptverdächtigen sind und wenn ein Mann, für den sich mindestens drei Geheimdienste interessieren, in seinem eigenen Zuhause ermordet werden kann. Aus diesem Grund habe ich vor, herauszufinden, was hier wirklich passiert ist – Sie haben doch keine Einwände dagegen, oder?«

»Einwände wogegen?«

»Dass ich Fragen stelle, auf Antworten stoße, herausfinde, wer Neil Todd umgebracht hat?«

Henriksen lächelte, wollte damit aber nur seine Verwirrung überspielen, und sagte: »Das verstehe ich nicht. Warum sollten Sie das tun?«

»Um die Wahrheit herauszufinden.«

»Aber das ist genau das, was wir tun – oder glauben Sie, dass wir unseren Job nicht richtig machen?«

»Darum geht's doch gar nicht.« Natürlich ging es genau darum, oder vielmehr darum, dass man ihnen nicht erlauben würde, dass sie ihren Job machten, aber er erkannte, wie beleidigend es klang, als Neuankömmling in Kopenhagen, als Zivilist obendrein, zu behaupten, am ehesten in der Lage dazu zu sein, die wahren Hintergründe eines Mordes in ihrer Stadt aufzudecken. Er überspielte das, indem er sagte: »Aber ich muss etwas tun, für Hannah und … Überhaupt, was kann es schon schaden, wenn ich hier und da ein paar Fragen stelle?«

»Ich schätze, es würde nichts schaden«, sagte Henriksen, als könne er sich immer noch nicht vorstellen, was Sam sich von seinen Fragen erhoffte. »Aber wissen Sie, wenn Sie wirklich etwas tun wollen, dann ist das Beste, was Sie tun können, bei Hannah zu sein. Sie braucht jetzt Menschen um sich herum, besonders, solange ihre Familie noch nicht bei ihr ist.«

Sam hatte nicht vorgehabt, heute noch einmal zu Hannah zu gehen, aber er log und sagte: »Ich gehe zu ihr, sobald ich etwas gegessen habe.«

»Gut. Das wird ein sehr langer Tag für sie, also verbringen Sie Zeit mit ihr.« Es war eine Erinnerung daran, wie weit er nach wie vor davon entfernt war, ein normales Leben zu führen, sodass er sich von diesem jungen Polizisten sagen lassen musste, wie man ein anständiger und fürsorglicher Freund war. Henriksen schaute auf seine Uhr und sagte: »Und jetzt muss ich los.«

Sie standen beide auf und Sam und schüttelte seine Hand, während er sagte: »Danke, dass Sie gekommen sind.«

»Gern geschehen«, sagte Henriksen mit einem Lächeln, aus dem Erleichterung sprach, als hätte er erwartet, dass dieses Treffen auf irgendeine Weise schiefgehen würde.

»Und wenn ich etwas Interessantes herausfinde, werde ich es Sie wissen lassen.«

Das Lächeln verschwand und Henriksen sagte: »Tun Sie das. Aber Sam, bedenken Sie bitte, dass, wer auch immer Professor Todd umgebracht hat, sehr gefährlich ist und dass Ihr Freund sich mit einer Menge gefährlicher Leute eingelassen hat. Sie sollten also vorsichtig sein. Sie wissen, was ich damit sagen will – stellen Sie nicht zu viele Fragen.«

»Ich werde daran denken.«

Henriksen wandte sich zum Gehen, drehte sich aber noch einmal um und sagte: »Oh, ich nehme an, dass das nicht Sie waren, der irgendwelchen Journalisten erzählt hat, dass Tom Furst diesen Fall leitet?«

Sam lächelte und sagte: »Ich wusste gar nicht, dass er ihn leitet.«

»Das tut er auch nicht«, sagte Henriksen, dessen Gesichtsausdruck keinen Zweifel daran ließ, dass er genau wusste, dass es Sam gewesen war. Er lächelte und sagte: »Gut für Sie.«

Sam nickte und setzte sich wieder zu seinem Kaffee, während Henriksen hinausging. Er konnte sich nicht vorstellen, dass Todd sich mit gefährlichen Leuten abgegeben hatte, aber er nahm an, dass es am Gegenstand seines Forschungsgebiets lag, warum er in den Dunstkreis einiger ernstzunehmender Akteure geraten war und die Aufmerksamkeit vieler weiterer auf sich gelenkt hatte.

Das hatte ihn auf den Schirm der CIA, des SIS und sogar des dänischen Geheimdienstes gebracht. Der Mossad wusste wahrscheinlich auch, wer er war, ganz zu schweigen von noch jeder Menge anderer staatlicher und privater Sicherheitsorganisationen und Leuten, deren Geschäftstätigkeit sich am Rande der organisierten Kriminalität bewegte.

Und irgendwo in diesem Netz von Kontakten hatte irgendein Aspekt seiner Recherchen Wellen geschlagen, die hoch genug gewesen waren, um ihn umzubringen. Die potenzielle Größenordnung dieser ganzen Sache erklärte Henriksens Verwirrung über Sams Motive – was ihn betraf, war Sam nichts weiter als ein Freund der Familie, der den einzig sinnvollen Beitrag, den er leisten konnte, aus den Augen verloren hatte – nämlich, Hannah zu trösten.

Er musste zurück zu ihr, aber etwas anderes beschäftigte ihn nun – Henriksens Verhalten während ihres Aufenthalts in der Bar. Er war abgelenkt gewesen, von den Leuten in der Bar, von den Aktivitäten draußen auf dem Platz, von jeder Person, die die Lobby betrat oder verließ.

Er hatte die konstante, unterschwellige Abgelenktheit eines Bodyguards an den Tag gelegt, der unablässig mit den Augen die Menschenmenge abtastet, immer nach der nächsten Bedrohung Ausschau haltend. Sam betrachtete die Gäste an den anderen Tischen und die Position des Tisches, den Henriksen für sie ausgesucht hatte, und begriff augenblicklich, dass Henriksen nicht befürchtet hatte, angegriffen zu werden, sondern beobachtet und belauscht.

Und doch hatte er die Option ausgeschlagen, Sams Suite aufzusuchen, wahrscheinlich, weil er sich nicht sicher sein konnte, ob Sams Suite nicht schon verwanzt war. Sam hielt dies für wahrscheinlich, vielleicht erst seit letzter Nacht – der Bursche mit der Pistole hatte nicht wie ein Techniker ausgesehen, aber vielleicht hatte es zu Samanthas Auftrag gehört, nicht nur herauszufinden, was er hier wollte, sondern sicherzustellen, dass er nicht auf sein Zimmer ging, bevor sie dort fertig waren.

Es machte ihm nichts aus. Es war nicht das erste Mal, dass er verwanzt worden war, und er wusste, wie man sich in solchen Fällen zu verhalten hatte. Wenn überhaupt, dann würde das Entfernen der Wanzen höchstens seine Tarnung auffliegen lassen und dazu führen, dass die Situation eskalierte. Es war besser, sie an Ort und Stelle zu belassen, ihre Mittel zu unterminieren und ihnen nichts zu liefern.

Außerdem war der Gedanke an Henriksens Nervosität, ihre Unterhaltung könnte belauscht werden, viel interessanter. Er hatte versucht, Sam davon zu überzeugen, dass dies eine normale Ermittlung und die Beteiligung der CIA reine Routine war, aber es musste sich hier um alles andere als reine Routine handeln, wenn selbst der Polizei die Aussicht Unbehagen bereitete, zu involviert darin zu erscheinen.

Tom Furst war der Schlüssel, daran hatte Sam keinen Zweifel. Vielleicht hatte er nicht die Leitung über die Untersuchung inne, aber es war seine Operation, und die Wahrheit über Neils Tod zu erfahren, irgendeine Art von Gerechtigkeit für ihn zu erkämpfen, würde bedeuten, sich mit Furst anzulegen.

In gewisser Weise gefiel ihm diese Vorstellung, weil er bereits genau wusste, mit welcher Art von Mensch er es hier zu tun bekam; wie er dachte, wie er die Welt sah. Alles, was er an sich selbst inzwischen infrage gestellt hatte, alles, was er hatte hinter sich lassen wollen, alles war wieder da, verkörpert in der Person von Tom Furst.

8

Nachdem er zu Mittag gegessen hatte, ging er zu Hannahs Wohnung. Zur Sicherheit hatte er einen Stadtplan in seiner Tasche, aber inzwischen vertraute er darauf, dass er eine gute Vorstellung davon hatte, wie sich die Stadt zusammensetzte.

Während er so durch Kopenhagen ging, fiel ihm zum ersten Mal etwas auf, das von Anfang an eigentlich kaum zu übersehen war: Es war eine junge Stadt. Er sah eine Menge Menschen, die jünger waren als er selbst, Studenten und Teenager, und die meisten derer, die ungefähr in seinem Alter waren, hatten Babys oder kleine Kinder.

Auf den ersten Blick wirkte er hier nicht fehl am Platz. Er nahm an, die jugendliche Atmosphäre hätte ihm eigentlich das Gefühl grenzenloser Möglichkeiten geben und ihn daran erinnern sollen, dass er wieder ein freier Mann und immer noch jung genug war, etwas Neues anzufangen, aber sie hatte den gegenteiligen Effekt auf ihn, sie gab ihm das Gefühl, alt und isoliert zu sein.

Allein der Gedanke an Hannah bewahrte ihn vor dem Gefühl der totalen Entfremdung. Er war hier, unabsichtlich ein Teil dieses Spiels, in der idealen Position, ihr Unterstützung und Trost zu bieten, und doch fühlte es sich genau umgekehrt an, als sei sie diejenige, die ihm Trost spendete und ihm die Chance gab, der Mensch zu sein, der er sein wollte.

Als er zu Hannahs Wohnung kam, war die Polizei verschwunden. Die Straße war in sorgloser Missachtung der privaten Tragödie, die eine der Wohnungen heimgesucht hatte, wieder zu ihrem alten Erscheinungsbild ruhiger Normalität zurückgekehrt. Es schien, als wäre nichts und niemand jemals imstande, eine Lücke im Leben einer Stadt zu hinterlassen, die nicht sofort wieder mit der alltäglichen Routine gefüllt werden konnte: durch die Notwendigkeit, einen bestimmten Bus zu erwischen, durch das Sandwich im Park in der Mittagspause, dadurch, die Kinder von der Schule abholen zu müssen. Es bedurfte mehr als eines einzigen Mordes, um das zu ändern.

Er drückte auf die mit Todd/Browning beschriftete Klingel am Hauseingang und wurde im nächsten Moment, ohne dass er sich hätte ausweisen müssen, eingelassen. Als er den Treppenabsatz erreichte, stand Hannah erwartungsvoll im Türrahmen. Sie deutete ein Lächeln an, als sie Sam sah, ein stilles Eingeständnis der Enttäuschung, die nicht so sehr auf ihn gemünzt war, sondern auf jeden, der künftig diese Treppen hinaufgehen würde.

Sie war allein, wirkte aber robuster als zuletzt und war damit beschäftigt, die Küche aufzuräumen. Sie machte sich sofort wieder an ihre Arbeit und als er ihr in den Raum folgte, sagte sie: »Ich bin gerade am Aufräumen, spüle die ganzen Kaffeetassen. Sie wollten das machen, aber …« Er nickte. »Du solltest dir mal ansehen, was sie mit dem Arbeitszimmer gemacht haben.«

Er nickte wieder und ging zum Arbeitszimmer. Es war fast vollkommen leergeräumt, sogar die meisten Bücher waren verschwunden. Von dem Zimmer, das vor 24 Stunden noch hoffnungslos vollgestopft gewesen war, war nur noch das Knochengerüst übrig geblieben – die hölzernen Regale, an einigen Stellen immer noch durchgebogen von dem Gewicht, das sie getragen hatten, der leere Schreibtisch, der lederbezogene Bürostuhl, dessen Armlehnen erste Anzeichen von Abnutzung zeigten.

Er sah sich die Bücher an, die sie zurückgelassen hatten: eine willkürliche Zusammenstellung, darunter fünf Exemplare eines Buches von Todd selbst, *Ein unruhiger Frieden – der Libanon nach dem Bürgerkrieg*, einige Bücher über das alte Rom, ein dänisches Wörterbuch, eine Einführung in die moderne Kunst, ein Band über die Fotografien von Alfred Stieglitz.

So verwirrend er auch die Gedankengänge fand, die hinter der Entscheidung, welche Bücher man zurücklassen konnte, stehen mochten – noch verwirrender fand er das, was diese Fragmente über ihren Besitzer aussagten. Sie zeigten Sam, dass er Todd eigentlich gar nicht gekannt hatte, die Handvoll Bücher waren wie Artefakte in einer antiken Begräbnisstätte, sie boten nicht mehr als einen flüchtigen, quälenden Blick auf das Leben, das sie repräsentierten.

Er wollte gehen, blieb aber mit der Hand an der Tür stehen, genauso, wie Todd ihn am Abend zuvor am Hinausgehen gehindert hatte. Er drehte sich um, ließ seinen Blick noch einmal durch den Raum schweifen und erkannte jetzt, was ihm eigentlich schon in dem

Moment hätte auffallen müssen, als er seinen Fuß hier hineingesetzt hatte.

Dieses Arbeitszimmer war nicht ausschließlich als Tatort untersucht worden, und der Inhalt des Zimmers war nicht zur Beweissicherung mitgenommen worden. Sie hatten nach etwas gesucht, genauso wie Furst im Schlafzimmer und auch, als er das Kinderzimmer betreten wollte, nach etwas gesucht hatte.

Wenn also Todd von all diesen Geheimdiensten überwacht worden war, dann geschah das nicht nur wegen der Leute, mit denen er zu tun gehabt hatte oder weil er während der Recherchen für sein neues Buch etwas Heikles zutage gefördert hatte. Er hatte tatsächlich etwas in seinem Besitz gehabt, etwas, das von großer Bedeutung für sie und vielleicht auch für seinen Mörder war.

Sam hatte nicht die leiseste Ahnung, was das sein könnte, aber eine andere Frage erschien ihm im Moment weit interessanter. Momentan wurde der Inhalt von Todds Arbeitszimmer irgendwo in dieser Stadt durchgesiebt und Sam fragte sich, ob sie gefunden hatten, wonach sie suchten, und ob jemand, der so intelligent war wie Neil Todd, einen so wertvollen und gefährlichen Gegenstand in seinem Arbeitszimmer versteckt haben würde.

Er ging zurück in die Küche und fand Hannah bewegungslos an der Theke stehen, ein Tuch in der Hand, als sei sie während des Abwischens der Oberfläche versteinert. Als er näher kam, sah er, dass sie weinte. Er ging weiter und blieb ihr gegenüber auf der anderen Seite der Theke stehen, als sie aufschaute.

»Was soll ich tun, Sam? Was soll ich mit dem Rest meines Lebens anfangen?« Sie versuchte, sich zusammenzureißen, aber die Tränen liefen ihr in Strömen die Wangen hinunter. Ihr Anblick war herzzerreißend; jemand, in dem unübersehbar neues Leben heranwuchs und in dem gleichzeitig eine solche Leere und Verzweiflung herrschte.

»So darfst du nicht denken. Es gilt jetzt, den heutigen Tag zu überstehen und nur von Tag zu Tag zu denken, und die nächste Woche wird schon leichter sein als diese Woche und der nächste Monat leichter als dieser Monat.«

Es waren Plattitüden, aber sie waren das Beste, was er zu bieten imstande war. Er glaubte ohnehin nicht, dass sie ihm zugehört hatte.

»Ich kann nicht einmal...« Sie unterdrückte ein Schluchzen und wischte sich über die Augen. Er ließ ihr Zeit. »Manchmal stand ich in der Tür zu seinem Arbeitszimmer, hab ihn einfach nur beobachtet, weißt du, und nicht einmal diese Erinnerung wird mir gelassen, weil sie sein Arbeitszimmer mitgenommen haben.«

Das Bild, das er plötzlich vor Augen hatte, verursachte ihm Übelkeit; von einer Mutter irgendwo in Beirut, die trauernd am leeren Schreibtisch ihres ermordeten Sohnes stand. Einen Moment lang fragte er sich, ob der Journalist die Bücher in einer sinnlosen Geste zurückgeschickt hatte, und dann, ob er zuerst das Blut abgewischt hatte. Aber er wollte nicht darüber nachdenken, wollte sich nicht erinnern und sich die Konsequenzen seines damaligen Lebens vor Augen führen.

»Sie haben etwas gesucht.«

Sie bezweifelte das nicht, sah ihn jedoch konsterniert an, als ob sie nicht verstehen könnte, warum irgendjemand Todds Arbeitszimmer durchsuchen sollte, und als ob sie den Verdacht hatte, dass man ihn mit jemandem verwechselt hatte.

»Aber was? Was von Neils Sachen können sie bloß gewollt haben?«

»Ich weiß es nicht.« Er wusste, dass nichts mehr in der Wohnung zurückgelassen worden war, hatte aber das Gefühl, optimistisch wirken zu müssen, deshalb sagte er: »Wenn du irgendetwas findest, gib es mir.«

»Sam, du hast doch gesehen, wie sie hier alles auf den Kopf gestellt haben.«

»Das stimmt, aber trotzdem: *Wenn* du etwas findet, irgendetwas, das irgendwie nicht hierhergehört, dann werde ich dafür sorgen, dass es in die richtigen Hände kommt.«

Sie erinnerte sich an die Unterhaltung, die sie an diesem Morgen geführt hatten, und sagte: »Du meinst Lex?«

Er nickte, aber inzwischen fragte er sich, ob es bei Lex wirklich gut aufgehoben wäre. Es war nicht so, dass er ihm nicht vertraute, sondern vielmehr, dass er es nur zu gut nachvollziehen konnte, wenn Prioritäten gesetzt und Opfer gebracht werden mussten. Das hatte sein Leben bestimmt, und Lex' Leben war nach wie vor davon bestimmt. Die Wahrheit bedeutete Lex nichts, sie diente ihm höchstens als Verhandlungsgegenstand.

Als ob sie seine Gedanken lesen könnte, sagte Hannah: »Es ist seltsam, aber so, wie ich Lex Cameron in Erinnerung habe, kann ich ihn mir überhaupt nicht als Geheimagent vorstellen.«

»Er hat sich nicht verändert – du würdest es dir immer noch nicht vorstellen können.«

Sie lächelte ein wenig und sagte: »Wie wäre es mit einer Tasse Tee?«

Er schaute ihr dabei zu, wie sie ihn zubereitete. Als sie sich dann am Couchtisch gegenübersaßen, sagte er: »Kommt jemand zu dir? Ich meine, Verwandte oder ...«

»Meine Schwester kommt übermorgen. Meine Eltern sind auf einer Kreuzfahrt, deshalb wollten wir sie nicht kontaktieren, bevor sie nicht in Reichweite eines Hafens sind. Und Neils Eltern kommen heute Abend an, aber sie werden bei seiner Tante wohnen – sie kommen morgen früh vorbei.«

Es war ihm überhaupt nicht in den Sinn gekommen, dass sie neben ihrer eigenen Trauer auch mit der Trauer seiner Eltern würde fertigwerden müssen.

»Hast du sie angerufen?«

»Nein, Gott sei Dank. Die Polizei war großartig – sie haben sich mit seiner Tante in Verbindung gesetzt und die hat sie dann angerufen. Ich habe gestern Morgen mit ihnen gesprochen ... heute Morgen. Mein Gott, ich habe das Gefühl, dass es schon ewig her ist. Jedenfalls sind sie am Boden zerstört, wie du dir vorstellen kannst.«

Sam war sich nicht sicher, was er darauf antworten sollte, weil er keine Vorstellung davon hatte, wie groß deren Verzweiflung sein musste, aber dann lenkte ihn der Gedanke an die Ankunft all dieser verschiedenen Verwandten ab und er sagte: »Moment mal, du wirst doch heute Nacht nicht etwa allein hierbleiben?«

Trotz allem, was passiert war, wäre es mehr als seltsam gewesen, wenn er sich angeboten hätte, heute Nacht hier zu schlafen, aber sie schüttelte den Kopf und sagte: »Lene kommt wieder her. Sie bleibt heute Nacht hier und morgen auch. Sie ist so eine gute Freundin.«

»Ja, du hast Glück«, sagte Sam.

Sie lächelte ihn an, als würde sie etwas sehen, das sie vorher nicht bemerkt hatte, und sagte: »Danke, Sam, dass du heute hergekommen bist, besonders, nachdem man dich verhaftet hat.«

»Ich wurde nicht verhaftet. Offensichtlich ist es normal, dass Zeugen auf die Polizeiwache mitgenommen werden.«

Erstaunt sagte sie: »Oh mein Gott, du meinst, sie haben dich wirklich auf die Wache mitgenommen?« Er nickte und sie lachte, schien für einen Moment ihrer Trauer zu entkommen, als sie sagte: »Das ist ja schrecklich.«

»Sie waren wirklich nett und es hat seine Richtigkeit, dass sie mich erst ausschließen mussten. Die Tatsache, dass ich gestern hier aufgetaucht bin, war…«

»Warum bist du wirklich hergekommen, Sam?«

»Ich dachte, das hätte ich dir gesagt.«

»Du warst geschäftlich hier und Neil hatte um Lex' Adresse gebeten. Aber mal ehrlich, warum bist du gekommen?«

»Ganz ehrlich? Ich war nicht einmal geschäftlich hier. Lex hatte mich gebeten, eine Nachricht zu überbringen, als Gefallen, und ich war nicht abgeneigt, ihm diesen Gefallen zu tun, weil… nun, wegen dir, nehme ich an.« Sie sah verwirrt aus, beinahe so, als würde sie glauben, er hätte nur einen Scherz gemacht. »Du darfst nicht vergessen, ich wusste nicht, dass das passieren würde, mir war nicht einmal klar, dass Neil in Schwierigkeiten steckte. Als er sich meldete, dachte ich an dich, ich dachte, es wäre interessant, dich wiederzusehen.«

Sie klang nicht weniger verwirrt, als sie sagte: »Du wolltest mich sehen?«

»Hannah, ich habe es dir mehr oder weniger schon letzte Nacht gesagt, mein Leben war ein bisschen chaotisch in letzter Zeit, und ich weiß, es hört sich blöd an, aber du und ich, wir hatten eine Zeit lang etwas am Laufen, und ich schätze, ich wollte einen flüchtigen Blick auf ein anderes Leben erhaschen, ein Leben, das ich hätte führen können.« Er lachte über den Klang seiner eigenen Worte und sagte: »Himmel, das klingt gruseliger, als es gemeint ist – kurz gesagt, ich war in nostalgischer Stimmung.«

Überraschenderweise sah sie selbst ein wenig wehmütig aus, aber dann lachte sie, als fände sie diese Gedanken kindisch, und sagte: »Ich glaube, mich erinnern zu können, dass es an dir lag, dass sich nichts Ernsthaftes zwischen uns entwickelt hat.«

»Ich glaube, es lag an uns beiden.«

Gelassen widersprach sie ihm, mit dem entspannten Tonfall eines Menschen, der emotional nicht in einer Sache engagiert ist. »Nein. Deine Augen waren immer auf den nächsten großen Preis gerichtet. Du wolltest immer weiterziehen, zur nächsten Party, zu anderen Leuten. Ich dachte immer, du schaust dich nach einem anderen Mädchen um, aber ich glaube, du bist einfach nur einer dieser rastlosen Menschen, die immer auf der Suche sind, nach irgendetwas. Ich kann mir nicht vorstellen, dass du jemals sesshaft wirst.«

Er versuchte, diese bittere, aber nur allzu gute Einschätzung seines Wesens zu ignorieren, und sagte: »Aber andererseits, wenn wir ein Paar geworden wären, wärst du vielleicht nie mit Neil zusammengekommen.«

»Meinst du?« Sie lächelte, aber ihr Blick wirkte verloren. »Weißt du, ich wusste immer, dass die meisten Leute ihn für langweilig hielten. Und es war mir klar, dass das Zusammensein mit ihm mich von vielen Dingen ausschloss – nicht auf eine unangenehme Art und Weise – es passierte einfach. Aber es machte mir überhaupt nichts aus, weil ich ihn liebte. Weil er intelligent war und bescheiden und witzig und so mit sich selbst im Reinen, dass man sich in seiner Nähe einfach wohlfühlen musste. Aber er war keine *große* Persönlichkeit, deshalb hat der Rest von euch ihn nie richtig kennengelernt, weil ihr es nie versucht habt, und weißt du was: Ihr habt etwas verpasst. Weil er ein wundervoller Mensch war, in so vielerlei Hinsicht, dass ich es nicht in Worte fassen kann. Einfach der wundervollste Mensch, den man sich vorstellen kann.«

Sie verstummte, ihre Augen in einer fernen Vision verloren, ihre Traurigkeit noch verstärkt im Ausdruck all dieser Liebe und Erinnerung.

Sam fehlten die Worte. Durch die Kraft ihrer spontanen Lobrede fühlte er sich irgendwie minderwertig, vielleicht in dem Bewusstsein, dass wahrscheinlich niemals jemand solche Worte über ihn sagen würde, vielleicht auch durch das Gefühl, dass er Neil Todd nie hatte das Wasser reichen können; einem Mann, von dem er immer in neutralen Begriffen gedacht hatte, wenn er denn überhaupt an ihn gedacht hatte.

Die Haustürklingel ertönte und Hannah sagte: »Das wird Lene sein. Ich dachte vorhin schon, es wäre sie, als du geklingelt hast.«

Sie erhob sich, um an die Tür zu gehen, und Sam trank seinen Tee aus. Er war bereits aufgestanden, als sie mit Lene zurückkam. Sie begrüßten sich.

Hannah sah etwas verstimmt aus und sagte: »Gehst du schon?«

»Ja, ich muss ein paar Dinge erledigen, aber wir sehen uns morgen, wenn das okay für dich ist.«

Sie lächelte, doch dann sagte sie: »Am besten nicht vormittags – Neils Eltern. Weißt du was, ich rufe dich an.«

»Okay, und du weißt ja, wenn es irgendetwas gibt, das ich tun kann, zögere nicht.«

Sie dankte ihm noch einmal und umarmte ihn, bevor er ging. Ihre Körpersprache war entspannter als am Abend zuvor, vielleicht, weil wieder eine Art latente Verbindung zwischen ihnen entstanden war, aber wohl eher, weil sie in ihrer Trauer nicht imstande war, die Energie für so etwas wie Verlegenheit aufzubringen.

Er ging auf die Straße hinunter, wandte sich nach rechts und ging den Weg zurück, den er gekommen war. Er war erst ein paar Schritte gegangen, als er anhielt und sich umdrehte. Ein Transporter stand am anderen Ende der Straße, mit den Hintertüren in seiner Richtung, die Scheiben waren getönt.

Er wusste instinktiv, dass er den Amerikanern gehören musste und nicht der dänischen Polizei – und abgesehen davon, hatte nicht Henriksen etwas Derartiges angedeutet? Aber die Dreistigkeit der Aktion und der Mangel an Professionalität schockierten ihn – die Sache war so offensichtlich, dass er versucht war zu glauben, dass sie jeden wissen lassen wollten, dass ihr Transporter hier stand.

Sam zögerte nicht. Er beschloss, die Rolle des lästigen Zivilisten weiterzuspielen; eines Menschen, der solche Dinge zwar im Fernsehen gesehen hat, aber noch nie im realen Leben. Er ging direkt auf den Transporter zu und versuchte, durch die Heckscheiben hineinzuschauen, wobei er seine Hände dazu benutzte, das Sonnenlicht abzuschirmen. Er konnte nichts sehen, also klopfte er an die Scheibe. Es kam keine Antwort und auch sonst deutete nichts darauf hin, dass sich jemand in dem Auto befand.

Er nahm sein Handy und fotografierte das Nummernschild, dann trat er zurück und machte ein weiteres Foto von der Rückseite des Autos. Er lachte vor sich hin, als er sich vorstellte, dass vielleicht irgendwo jemand aus dem Wohnungsfenster schaute und sich fragte, warum da so ein Bursche seinen Transporter fotografierte, aber sein erster Instinkt sollte sich als richtig erweisen.

Es gab immer noch keine Anzeichen, dass sich jemand in dem Transporter befand, doch dann startete der Motor, ein überraschend leises Schnurren, und der Transporter fuhr augenblicklich los. Sam stand nur einige Meter entfernt, aber er war von der Geschwindigkeit, mit der der Fahrer beschleunigt hatte, überrumpelt worden. Er rannte wie ein Paparazzo los und erwischte das Auto erst, als es langsamer wurde, um am Ende der kleinen Straße abzubiegen. Er hielt sein Handy hoch und fotografierte blind in die ungefähre Richtung des Fahrers.

Er schaute sich das Bild an, während der Transporter in der angrenzenden Straße verschwand – es war nicht besonders gut, aber das Gesicht des Burschen war deutlich zu erkennen. Sam spürte einen kleinen Adrenalinstoß, weil er ein Überwachungsteam so erschreckt hatte, dass es die Stellung aufgegeben hatte, und einen von ihnen hatte er sogar dabei fotografiert. Und er hatte dabei nicht ein einziges Mal seine Rolle verlassen, hatte nichts getan, was den Verdacht erregen könnte, jemals irgendetwas anderes gewesen zu sein als ein Unternehmensberater.

Er schaute zurück in die Richtung von Hannahs Wohnung und lächelte. Sie wurde nach wie vor observiert und das bedeutete, dass sie noch nicht gefunden hatten, wonach sie suchten. Und vielleicht war *das* seine Chance, Fursts Bemühungen zu untergraben und Neils Tod zu rächen; nicht das ziemlich aussichtslose Unterfangen, zwischen all diesen dunklen Gestalten den Mörder ausfindig zu machen, sondern indem er das fand, wonach auch immer sie so verzweifelt suchten.

9

Es war später Nachmittag, als Sam zum Kongens Nytorv zurückkam, aber er wollte noch nicht in sein Hotel gehen, also ging er weiter bis ans Ende des Platzes, vorbei an den Cafés und Bars von Nyhavn. Sie waren bereits gut gefüllt mit Leuten, die zu zweit oder in Gruppen beisammensaßen und auf den schmalen Innenhafen hinausblickten. Viele andere hatten sich an den eigentlichen Hafen gesetzt und ließen die Beine über den Rand baumeln, während sie Bier aus Flaschen tranken.

Sam ging weiter, bis er dorthin kam, wo die Straße mit dem Kanal des Hafens zusammentraf. Dort stand ein modernes Gebäude aus Glas und Stahl direkt am Wasser, das von einer Holzveranda umgeben war, die ins Wasser hineinragte. Er schaute auf seinem Stadtplan nach und sah, dass es sich hierbei um das »Neue Schauspielhaus« handeln musste – offensichtlich war es fertiggestellt worden, nachdem die Karte gedruckt worden war.

In seinem Innern befand sich ein Café, aber auch das war schon gut gefüllt und hatte das Flair einer Touristenattraktion und Sam entschied sich dagegen, hineinzugehen. Er stand eine Weile auf der Holzveranda und schaute über das Wasser auf die Gebäude auf der anderen Seite: Auf einen Turm, der sich in die Höhe schraubte, Lagerhallen und Wohnungen, die spektakuläre Silhouette der Neuen Oper, die aussah wie ein auf einem Glasball ruhendes Sprungbrett und im weiteren Verlauf wie ein Kriegsschiff.

Er kehrte um und ging wieder in Richtung Nyhavn, ohne die Absicht, anzuhalten. Er genoss es, sich mit dem Rest der Menge mitzubewegen, sich ihrem Tempo anzupassen. Er befand sich ungefähr auf halber Strecke, als er das Gesicht eines Mannes, der sich ihm näherte, wiedererkannte.

Der Mann trug eine Sonnenbrille und ein blaues Hemd, das beige Jackett seines Anzugs hing lässig über seiner Schulter. Er hatte also seit heute Morgen die Kleidung gewechselt, aber es war zweifelsohne dieselbe Person. Sam hatte den Eindruck, dass er sogar irgendwie amerikanisch aussah.

Und sollte noch irgendein Zweifel daran bestanden haben, so wurde er beseitigt, als Tom Furst Sam entdeckte, ihn anlächelte und, als sie schließlich voreinander standen, zu ihm sagte: »Da sind Sie ja, Mr. Webster. Ich hoffe, Sie verzeihen mir das, aber ich bin Ihnen gefolgt.«

Sein Lächeln war so entwaffnend, dass Sam einige Sekunden brauchte, um zu begreifen, was er da eben gesagt hatte.

»Sie sind mir gefolgt?«

»Ja, ich habe in der Bar Ihres Hotels gewartet, weil ich mit Ihnen sprechen wollte, ein reiner Anstandsbesuch, und dann habe ich Sie über den Platz laufen sehen. Also habe ich eine Weile gewartet, aber dann habe ich mir gedacht, dass Sie wohl etwas trinken gehen, und bin Ihnen gefolgt.«

»Ja, ich habe daran gedacht, etwas trinken zu gehen, aber hier ist es ganz schön voll.«

Furst drehte sich zu den Tischen der Bar um, in deren Nähe sie standen, und sagte: »Hier gibt es einen freien Tisch. Macht es Ihnen etwas aus, wenn ich mich zu Ihnen setze?«

»Ich schätze nicht«, sagte Sam; er bezweifelte, dass er Furst irgendeine Information entlocken konnte, dachte aber immer noch, dass es einen Versuch wert war.

Furst setzte sich an den Tisch und sofort kam eine Kellnerin auf ihn zu. Als Sam sich an die andere Seite des Tisches setzte, sagte Furst: »Ist Bier okay für Sie?«

»Klar«, sagte Sam.

Furst unterhielt sich kurz mit der Bedienung. Sam konnte in dem allgemeinen Geräuschpegel kein einziges Wort verstehen, aber die Kellnerin lächelte so warmherzig, als hätte sie gerade zugesagt, mit Furst auszugehen. Dieser Bursche hatte Charme im Überfluss und das machte Sam augenblicklich misstrauisch.

Furst setzte sich und schaute sich um, während er sagte: »Ist es hier nicht wunderbar? Was dagegen, wenn ich Sie Sam nenne?« Sam zuckte mit den Achseln. »Gut, und ich bin Tom. Schön, Sie kennenzulernen, Sam.«

Er griff über den Tisch und schüttelte Sams Hand, schaute sich dann wieder um, das gut gelaunte Geplänkel der anderen Gäste in sich aufnehmend, die vorbeischlendernden Menschen, den Straßenmusiker, der weiter draußen den Kai entlang Gitarre spielte. Die Art, wie Furst das alles beobachtete, vermittelte Sam den

Eindruck, dass er nicht hier stationiert war, was wiederum bedeutete, dass er speziell für den Todd-Fall hierhergekommen war.

»Wo sind Sie abgestiegen?«

»Im Radisson Royal – ich bin ein Design-Freak, deswegen wollte ich unbedingt dort absteigen.«

Sam verstand den Zusammenhang nicht und Furst lächelte und sagte: »Das war das erste Design-Hotel, entworfen von Arne Jacobsen. Und ich bin in Zimmer 606 und das ist so cool – sie haben es genauso gelassen, wie Jacobsen es 1960 entworfen hat.«

Er war so enthusiastisch, dass es schwer war, sich darauf zu konzentrieren, wer dieser Mann war und was er repräsentierte. Jedenfalls war ihm nichts von der Führungskultur oder dem abgestumpften Weltschmerz anzumerken, den Sam mit seiner früheren Tätigkeit assoziierte.

»Was ist mit Ihnen, Sam, warum haben Sie das D'Angleterre ausgesucht?«

»Es ist komfortabel, diskret, in großartiger Lage. Warum hätte ich es nicht aussuchen sollen?«

»Da gibt es nichts dagegen einzuwenden«, sagte Furst. Ihr Bier kam. Furst erhob sein Glas, ein wenig Sam zuprostend, und als sie beide einen Schluck genommen hatten, sagte er: »Wie geht's Hannah?«

Eine einfache Frage, aber sie reichte aus, um Sam an alles zu erinnern, was hier nicht stimmte. Furst war nicht in Kopenhagen stationiert – er war extra wegen Neil Todd eingeflogen worden, vielleicht wegen etwas, das Neil während seiner Nachforschungen herausgefunden hatte, wahrscheinlicher noch wegen etwas, das sich in seinem Besitz befunden hatte; etwas, hinter dem sie immer noch her waren.

»Warum haben Sie Neil Todd observiert?« Furst sah bei dieser Frage so perplex aus, als wäre es ihm schleierhaft, warum Sam diese Frage als Antwort auf seine Erkundigung nach Hannahs Wohlergehen gestellt hatte. »Man muss kein Spion sein, um das zu kapieren, Tom – um von Anfang an an den Ermittlungen beteiligt zu sein, müssen Sie sich schon vorher für ihn interessiert haben. Selbst wenn die dänische Polizei Sie kontaktiert hat, sagen wir, einige Stunden, nachdem er ermordet wurde, muss sie bereits über Ihr Interesse informiert gewesen sein.«

Furst nickte zustimmend und sagte: »Ich denke, ›observiert‹ wäre ein wenig übertrieben. Ich gebe zu, dass wir interessiert an ihm waren, aber er war eben Spezialist auf einem Gebiet, das im Moment für einige Leute von beträchtlichem Interesse ist.«

»Es gibt viele Nahost-Spezialisten auf der Welt – zeigen Sie ihnen allen gegenüber dieses Maß an Interesse?«

»In diesem Punkt haben Sie nicht ganz unrecht«, sagte Furst. Er schien einige Sekunden lang das Für und Wider abzuwägen, bevor er sagte: »Das ist richtig, es gab da bestimmte Aspekte in Professor Todds Arbeit und seinem … Verhalten, die ihn für uns besonders interessant machten. Sie werden verstehen, dass ich Ihnen die Einzelheiten darüber nicht mitteilen kann.«

»Eigentlich kann ich das überhaupt nicht verstehen. Nichts, was Sie wissen, sollte uns vorenthalten werden.«

»Das glauben Sie doch wohl selbst nicht?«

In der Vergangenheit hatte er das nicht getan, aber jetzt schon.

»Geheimnisse dienen immer eigennützigen Interessen. Sie haben früher Regierungen gedient, aber jetzt dienen sie in erster Linie den Geheimdiensten selbst. Ich glaube nicht, dass wir unsere Steuern bezahlen sollten, um diese Art von Narzissmus zu finanzieren.«

»Nun, das ist eine Frage der Perspektive, schätze ich. Aber ich frage mich, ob Sie sich absolut sicher sind, dass Sie die Geheimnisse, wenn Sie sie kennen würden, der Welt wirklich mitteilen wollten?« Er trank einen Schluck und sagte dann: »Ich frage mich auch, ob Sie vielleicht aus Erfahrung sprechen?«

»Ich kann Ihnen nicht folgen.«

»Oh, aber ich bin sicher, dass Sie das können. Sehen Sie, Sam, Sie sind ein Rätsel. Es gibt über die zehn Jahre, nachdem Sie die Universität verlassen haben, keinen einzigen Eintrag über Sie, aber in den letzten achtzehn Monaten sind Sie aufgetaucht und haben zahlreichen zwielichtigen Geschäftsmännern eine erstklassige Sicherheitsberatung angeboten, mit der Art von Kenntnissen, wie man sie nur in einer Regierungsorganisation erwerben kann.«

»Man kann sich heutzutage wirklich so ziemlich alles aus dem Internet holen.«

Furst lächelte, ließ sich aber nicht aus dem Konzept bringen.

»Ich rate mal, angesichts der Tatsache, dass selbst ich bei Ihrem Namen passen muss, dass Sie bei der S8 waren.« Er wartete einen Moment und versuchte, Sams

Gesichtsausdruck einzuschätzen. »Oder vielleicht noch sind.«

»Ich weiß nicht, was die S8 ist oder über was Sie da überhaupt reden, aber ich kann Ihnen versichern, dass ich für niemanden arbeite.«

»Was machen Sie dann hier?«

»Ich versuche, herauszufinden, warum ein Freund gestorben ist, weil ich glaube, dass an seinem Tod etwas stinkt; der Gestank von Leuten, die mehr wissen, als sie zugeben. Es ergibt keinen Sinn, nichts von alldem.«

Raues Gelächter kam von einer großen Gruppe, die mehrere Tische in der Nähe besetzte, und einige Zurufe innerhalb der Gruppe führten zu weiteren Heiterkeitsausbrüchen. Vor dem Hintergrund des Gesprächs, das Sam und Furst führten, hörte es sich fast bedrohlich an.

Furst wartete, bis der Lärm abgeebbt war, und sagte: »Noch mal, Sam, wenn es darum geht, dass nichts einen Sinn ergibt, könnte ich Ihnen denselben Vorwurf machen. Sie behaupten, dem Tod Ihres Freundes auf den Grund gehen zu wollen, aber soviel ich weiß, waren Sie beide gar keine besonders guten Freunde. Sie haben ihn seit zwölf, dreizehn Jahren nicht mehr gesehen, oder stimmt das etwa nicht? Hatten keinen Kontakt miteinander, weil … nun, weil Sie eben keine guten Freunde waren, von Anfang an nicht. Sie können sicher verstehen, dass *das* jemandem aus meiner Branche verdächtig erscheinen muss.«

Es stimmte, er war kein enger Freund gewesen, und doch fühlte es sich nicht seltsam an, im Interesse dieses Freundes hier zu sein. Auf irgendeine Art hatte allein der Anblick von Neils geplündertem Bücherregal und

Hannahs anschließende Lobrede auf ihn Sam mit dem Gefühl zurückgelassen, einer Freundschaft, die hätte möglich sein können, beraubt worden zu sein; und eines Lebens, das, wenn auch nicht er selbst, nun andere verloren hatten. Er wünschte sich, jetzt die Chance auf diese Freundschaft zu haben, und es ärgerte ihn, dass es zu spät war.

»Es ist kompliziert – das macht es noch nicht verdächtig.«

»Sie wussten, dass Todd in Schwierigkeiten steckte – das war der wahre Grund für Ihr Kommen, oder?«

»Zum Teil«, sagte Sam, der nicht enthüllen wollte, dass er wusste, dass Neils Arbeitszimmer verwanzt war. »Aber Sie haben mir noch nicht den Grund genannt, warum Sie hierhergekommen sind.«

»Stimmt, und das werde ich auch nicht tun, weil ich es nicht kann, und weil es nichts mit Ihnen persönlich zu tun hat.« Er schaute sich wieder um, lächelte bei dem Anblick der hübsch gegiebelten Gebäude, der Cafés und Boote und Menschen, die ihr Beisammensein in der späten Nachmittagssonne genossen. Als er sich wieder umdrehte, war sein Gesicht ernst. »Das hier ist eine großartige Stadt, aber Sie sollten sie trotzdem verlassen, Sam. Sie sollten aus Kopenhagen verschwinden und alles Weitere Leuten überlassen, die wissen, was sie tun.«

Es war ein halbherziger Versuch, Sam aus der Reserve zu locken, doch dieser blieb gelassen und sagte: »Warum verschwinden Sie nicht? Ich bin Europäer – Sie sind derjenige, der hier zu Gast ist.«

Furst nahm den Angriff gut gelaunt hin und sagte:

»Jetzt gehen Sie ein bisschen zu weit, meinen Sie nicht? Laut meinen Informationen ist Ihre Mutter Amerikanerin.«

»Sie haben ganz schön viele Informationen, was?« Furst reagierte nur mit einem Grinsen, deswegen fügte Sam hinzu: »Wie auch immer, sie ist englischer Abstammung – sie sagt gerne, dass sie es zweihundert Jahre lang versucht haben, aber entschieden haben, dass es nicht funktioniert hat.«

Furst brach in Lachen aus, so laut, dass ein Pärchen, das inmitten der größeren Gruppe neben ihnen saß, herüberschaute und lächelte.

»Das gefällt mir!« Er nickte gedankenverloren und fügte dann in ruhigerem Ton hinzu: »Und ich habe Ihnen nicht befohlen, zu gehen, sondern Ihnen lediglich dazu geraten. Ich möchte nicht, dass Sie … Ihr Freund hat einige sehr ernstzunehmende Leute verärgert und, unter uns gesagt, war er entweder ein bisschen dumm oder sich nicht im Klaren darüber, in was er da hineingeraten war.«

»Aber Sie können mir nicht sagen, in was er verwickelt war.«

»Nein, und ich bin nicht melodramatisch, wenn ich Ihnen sage, dass es Ihre Sicherheit gefährden würde, wenn Sie es wüssten. Hannah ist in Sicherheit, davon sind wir überzeugt, aber jeder, der als Kontaktperson von Professor Todd angesehen wird, könnte in Gefahr sein, und das betrifft jetzt auch Sie.«

»Woher wissen Sie, dass Hannah in Sicherheit ist?«

»Das kann ich nicht sagen.«

»Warum sind seine Kontaktpersonen in Gefahr?«

Wieder antwortete Furst nur mit einem Schulterzucken. Wenn Olesen mit ihrer Einschätzung recht hatte, war es möglicherweise tödlich, Tom Furst zu reizen, aber angesichts seiner kompromisslosen Art konnte Sam nicht widerstehen, zu sagen: »Sie sind in Gefahr, weil Sie es noch nicht gefunden haben, oder? Niemand hat es bis jetzt gefunden, deswegen denkt ihr, einer seiner Kontaktpersonen könnte es haben.«

Zum ersten Mal während der zwei Gespräche mit Tom Furst erhaschte Sam einen flüchtigen Blick auf etwas wirklich Skrupelloses und Gefährliches. Trotz der Sonnenbrille, die seine Augen abschirmte, war da eine unterschwellige Veränderung seiner Gesichtszüge, die in Sam den Gedanken aufkeimen ließ, dass er zu viel gesagt hatte und dass Karin Olesen durchaus näher an der Wahrheit gewesen sein könnte, als sie geahnt hatte.

Aber nach einem Moment des Abwägens entspannte sich Furst und sagte: »Und nach was suchen wir Ihrer Meinung nach?«

»Sie müssen Geduld haben, Tom – ich bin nur ein Amateur, vergessen Sie das nicht, ich habe nicht Ihre Ausbildung. Aber man nimmt das Arbeitszimmer von jemandem nicht dermaßen auseinander, nur um Beweise zu sichern, und man durchsucht normalerweise auch nicht alle anderen Zimmer der Wohnung. Sie haben nach etwas gesucht und ich vermute, sein Mörder auch.«

Bevor Furst antworten konnte, klingelte sein Handy. Er nahm ab, lauschte für einige Sekunden und sagte dann: »Ich komme so schnell ich kann.« Er steckte sein

Handy wieder in seine Tasche und schaute Sam an, dieses Mal mit dem Gesichtsausdruck von jemandem, der ein Gespräch beenden möchte. »Das ist kein Spiel, Sam. Professor Todd wurde ermordet und er war nicht der Erste. Es gibt eine Verbindung zum Nahen Osten und ein Sicherheitsproblem, das ernst genug ist, dass Menschen dafür getötet werden, wenn sie der Sache zu nahe kommen. Das ist alles, was ich Ihnen dazu sagen kann, aber ich glaube, Sie können sich vorstellen, von was für einer Art von Leuten ich spreche.«

»Ja, ich kann sie mir nur allzu gut vorstellen, und das ist auch der Grund dafür, dass ich denke, dass es kompletter Bullshit ist. Islamische Terroristen und wütende Waffenhändler – als Nächstes erzählen Sie mir, dass die russische Mafia mit drin hängt und eine Gruppe von Ex-Nazis, die in Südamerika lebt – ich glaube einfach kein Wort davon.«

»Haben Sie mal über die Alternativen nachgedacht?« Sam sah ihn neugierig an und Furst erlaubte sich ein weiteres Grinsen, als er sagte: »Wenn Sie denken, dass diese Optionen abstrus sind, hoffe ich doch, Sie schließen auch die CIA als Bösewicht aus – Universitätsprofessoren zu ermorden gehört nicht zu unserem Standardprogramm.«

Sam wollte darauf antworten, weil so etwas einst Teil seines Standardprogramms gewesen war, blieb aber stumm, den äußeren Anschein stillschweigender Zustimmung wahrend.

Furst ließ nicht locker und sagte: »Also bleibt nur noch eine Möglichkeit übrig, wenn man darüber nachdenkt – eine verschlossene Tür, keine Anzeichen eines

Einbruchs, ein einziger Schlag auf den Kopf und nur eine einzige weitere Person in der Wohnung.«

Sam lachte und sagte: »Meinen Sie das ernst? Miss Browning im Arbeitszimmer mit einem Stück Rohr in der Hand? Verstehen Sie mich nicht falsch, ich bin sicher, Sie könnten das jedem anhängen, wenn Sie wollten, aber Hannah?«

Furst nahm einige Geldscheine aus seiner Geldbörse und legte sie unter sein Glas, während er sagte: »Entspannen Sie sich, Sam. Ich bin nicht hier, um jemandem etwas anzuhängen. Ich bin hier, um die Wahrheit herauszufinden, so widerwärtig sie auch sein mag.«

Sam fasste das so auf, als hätte Furst klein beigegeben, und er grinste, als er sagte: »Das ist gut, zehn Minuten beieinander, und schon habe ich Sie für die Seite der Wahrheit gewonnen. Vielleicht können wir uns bei der Suche sogar gegenseitig helfen.«

Dieses Mal lächelte Furst nicht.

Für einen Augenblick sah es so aus, als würde er überhaupt nicht antworten, aber dann stand er auf und sagte: »Verlassen Sie Kopenhagen, Mr. Webster. Auch wenn Sie in der S8 waren, Sie sind damit überfordert.«

»Wie ich bereits sagte, ich weiß nicht, was die S8 ist.«

»Dann stecken Sie wirklich in Schwierigkeiten. Wir haben unsere Mittel bereits ausgereizt und ich kann nicht für Ihre Sicherheit garantieren, wenn Sie bleiben.«

Sam lehnte sich in seinem Sitz zurück und hielt Furst dessen eigenen Ratschlag vor die Nase, indem er sagte: »Entspannen Sie sich, Tom – das ist eine sichere Stadt.«

Furst nickte und demonstrierte einmal mehr seine

gute Laune, dann ging er an der Uferpromenade entlang davon. Sam sah ihn in der Menge verschwinden. Furst zog sein Jackett über, als er sich noch so gerade eben in Sichtweite befand, und soweit Sam erkennen konnte, schaute er sich nicht ein einziges Mal um – er konnte nicht umhin, das Selbstbewusstsein dieses Burschen zu bewundern.

Die Bedienung kam und jetzt, während er so dasaß, machte es ihm nichts mehr aus, allein zwischen so vielen glücklichen Gruppen zu sitzen.

»Noch ein Bier, bitte.« Sie lächelte, nicht so herzlich, wie sie Furst angelächelt hatte, aber sie lächelte.

Er entschloss sich, am nächsten Morgen zur Polizei zu gehen. Es gab da ein paar Dinge, die er sie fragen wollte, immerhin hatte Furst ihm einige Anhaltspunkte gegeben; bruchstückhafte, lose Fäden, die zwischen den Nahtstellen ihrer Unterhaltung aufgetaucht waren.

Durch ihn war auch seine Einstellung eine andere geworden, eine, die er vorher nicht wirklich besessen hatte – eine tiefe Entschlossenheit, die Wahrheit ans Licht zu bringen. Erst während seines Gesprächs mit Tom Furst war ihm sein tief sitzendes Misstrauen gegenüber Geheimhaltung vollends bewusst geworden; eine Charaktereigenschaft, die mittlerweile fast schon Teil seiner DNA war und gleichzeitig auch der Charakterzug, dem er an jenem Tag in Beirut so entschieden den Rücken zugekehrt hatte.

Er hatte genug willkürliche Gewalt und Tod in der ganzen Welt gesehen, sodass ihn ein wenig mehr davon nicht beeindrucken konnte. Was ihm heute Übelkeit verursachte, war die große Lüge über das, was sie taten, und der Ursprung dieser Lüge; all die Menschen, deren Angehörige in Wahrheit wegen etwas ganz anderem gestorben waren, als sie glaubten.

Neil und Hannah waren genau solche Opfer, ihr Leben auseinandergerissen, die Schuld für die Gewalt auf das Buch geschoben, an dem Neil geschrieben hatte, während der wahre Grund ganz woanders lag, zweifelsohne ebenso selbstsüchtig wie das Denken, das zehn Jahre lang Sams Existenz als Unterbau gedient hatte. Aber die Wahrheit wartete immer noch darauf, entdeckt zu werden, und wenn Furst den Anschein gemacht hatte, die Fassung zu verlieren, dann, weil er befürchtete, dass Sam ihm dabei zuvorkommen könnte.

10

Am nächsten Morgen druckte Sam die wenigen Fotos, die er mit seinem Handy gemacht hatte, aus; die von dem Überwachungstransporter und das von dem Typen mit der Pistole, steckte sie in einen braunen Umschlag und übergab sie dem Portier des Radisson, adressiert an Tom Furst in Zimmer 606.

Angesichts der Warnungen vom Vortag war dies eine Art Absichtserklärung, eine, die bei Furst sogar für noch mehr Verwirrung sorgen würde, was Sams Hintergrund betraf. Es war die Aktion eines Amateurs, auch wenn sie für Unannehmlichkeiten sorgte und von großer Einsatzfreude zeugte, und Furst würde sich danach fragen, ob sie aus Überzeugung unternommen wurde oder nur ein Bluff war.

Von dort aus ging Sam am Bahnhof vorbei in Richtung der nichtssagenden Fassade des Polizeigebäudes, dessen öffentlicher Eingang beinahe versteckt lag, wenn man sich ihm von der Straße aus näherte, was den Eindruck der Undurchdringlichkeit noch verstärkte. Selbst Sam war zunächst ratlos, obwohl er erst am Morgen zuvor dort gewesen war, aber schließlich fand er den Eingang und meldete sich am Sicherheitsportal. Der Wachmann schaute von seinem Rätselheft auf und Sam sagte: »Hallo, ich möchte bitte mit Kommissar Carsten Nielsen oder Kommissar Jonas Henriksen sprechen.«

Der Wachmann schaute Sam über den Rand seiner Brille an und sagte: »Haben Sie einen Termin?«

Einige Polizeibeamte kamen hereingeschlendert und winkten dem Wachmann zu, der ihnen mit einem Kopfnicken antwortete.

»Nein, habe ich nicht, aber sie haben gesagt, dass ich jederzeit kommen kann, wenn ich noch Fragen habe. Mein Name ist Sam Webster.«

Sie hatten das nicht exakt so formuliert, aber der Wachmann blätterte in einem internen Telefonverzeichnis und hämmerte eine Nummer in das Telefon. Es dauerte eine Weile, bis jemand abnahm, und der müde Tonfall der kurzen Unterhaltung gab Sam das Gefühl, dass der Wachmann ihn als Belästigung empfand, unabhängig von der Reaktion der beiden Kommissare.

Nachdem er den Hörer aufgelegt hatte, reichte er Sam einen Ausweis und sagte: »Bringen Sie das an Ihrem Hemd an.« Er deutete auf den großen, runden Innenhof und sagte: »Sie können dort warten, aber gehen Sie nicht weiter. Er kommt gleich.«

Sam trat hinaus bis an den Rand des Hofs und schaute hinauf zum Himmel, der ihm irgendwie blauer erschien, weil er von der runden Dachsilhouette eingerahmt war. Aber er nahm an, dass er von hier aus auch grauer erschien, wenn es bedeckt war.

Einige Frauen standen am anderen Ende des Hofs, rauchend und plaudernd, der Schall trug ihre leise Unterhaltung bis zu ihm herüber. Eine Tür wurde geräuschvoll geöffnet und jemand trat heraus, aber es handelte sich dabei nicht um einen der beiden Kommissare; der Mann überquerte den Hof und ging durch eine andere Tür wieder ins Gebäude, während er den Frauen einige Worte zurief.

Schließlich gingen auch die Frauen und Sam wartete allein. Ein- oder zweimal schaute er sich nach dem Wachmann um, der sich wieder seinem Rätselheft zugewendet und anscheinend vergessen hatte, dass Sam noch da war.

Dann öffnete sich eine andere Tür zum Innenhof und Sam erkannte Henriksen, der, erneut ganz in Schwarz gekleidet, auf ihn zukam. Sam nahm an, dass er einmal mehr als Verlierer aus ihrem Knobelspiel hervorgegangen war.

Falls das tatsächlich der Fall gewesen sein sollte, so schaffte es Henriksen dennoch, ihm zuzulächeln. »Hi, Sam, Sie wollten mich sprechen?«

»Ja, hallo. Es tut mir leid, Sie belästigen zu müssen, aber es gibt da ein paar Dinge, die ich mit Ihnen durchgehen möchte.«

Er schien darüber nachzudenken. Sam vermutete, dass Henriksen überlegte, ob es einen einfachen Weg gab, ihn loszuwerden, oder ob es besser war, ihm seinen Willen zu lassen. Er entschied sich für Letzteres und sagte: »Sicher. Lassen Sie uns in einen anderen Teil des Gebäudes gehen und dort weiterreden.«

»Danke.«

Sam ging mit ihm über den Hof. Henriksen schaute auf, während sie gingen, und sagte: »Wir haben zurzeit herrliches Wetter. Genießen Sie die Stadt?«

Sam dachte an die verschiedenen Möglichkeiten, wie

man die Stadt genießen könnte: durch das Geflecht der Straßen zu spazieren, vor einer Bar in Nyhavn zu sitzen; eben die Art von Dingen, die die meisten Touristen tun würden. Er hatte diese Dinge auch getan, nur hatte er sie auf dem Weg zu Hannahs Wohnung oder während seiner Nachforschungen zu einem Mord an einem Journalisten getan, oder eben so, dass Tom Furst ihm den Rat geben konnte, Kopenhagen zu verlassen.

»Soweit ich kann«, sagte er, »aber ich habe viel Zeit mit Hannah verbracht.«

Er spürte, dass das etwas übertrieben war, aber Henriksen nickte und sagte: »Ja, es ist schwierig.«

Sie gingen in das Gebäude hinein, dann durch dieses hindurch und in einen kleineren Hof, der den Flair eines Mausoleums hatte; Metallsterne waren in den Stein eingelassen, Namen in schwarzen Buchstaben an den Wänden. Er war nach oben zum Himmel hin offen, aber die Öffnung war mit einem starren Metallgitter bedeckt, wahrscheinlich, um Vögel daran zu hindern, hineinzufliegen.

Henriksen sagte: »Das ist die Gedenkstätte für die Polizisten, die in Ausübung ihrer Pflicht gestorben sind.«

Er hatte leise gesprochen, aber seine Stimme klang laut und hallend, deswegen achtete Sam darauf, mit gedämpfter Stimme zu sprechen. »Man kann sich das kaum vorstellen, dass so etwas hier passiert.«

Es war lächerlich, so etwas in Anbetracht der momentanen Situation zu sagen, aber es gab nicht viel, was er sonst hätte sagen können, und Henriksen antwortete gutmütig: »Es ist zum Glück nicht die Regel.«

Sam schaute sich um und betrachtete den Hof. Er versuchte, herauszufinden, wo er sich im Verhältnis zu dem großen säulengesäumten Platz befand, den sie gerade überquert hatten. Als Henriksen ihn fragend anschaute, sagte er: »Ich hätte es mir denken können, weil wir gestern auch hier in einen Hof gefahren sind, aber ich habe mich in die Irre führen lassen, weil ich angenommen habe, dieses Gebäude wäre einfach ein riesiges Quadrat mit einem runden Hof in der Mitte.«

»Nein, es ist viel größer und komplexer, als es von außen aussieht.« Er lächelte, als wäre ihm zum ersten Mal aufgefallen, dass das Gebäude als Metapher für den Beruf, den sie ausübten, taugte, und vielleicht für diesen Fall ganz besonders. »Was wollten Sie mich fragen, Sam?«

»Ich wollte Sie fragen, ob es irgendeinen Anhaltspunkt dafür gibt, dass Hannah als verdächtig betrachtet werden könnte.«

»Nein.«

»Aber normalerweise wäre dem doch so, oder? Ich meine, sie war in der Wohnung mit ihm …«

»Sam, auch im Normalfall müsste man kein talentierter Polizist sein, um zu wissen, dass Hannah Todd ihren Ehemann nicht getötet hat. Aber uns liegen auch einige Beweise vor, die dagegen sprechen, und nein, ich kann Ihnen nicht sagen, welche.« Er lächelte und zuckte mit den Achseln. »Warum fragen Sie?«

»Oh, Tom Furst, dieser CIA-Typ – er hat versucht, mich von diesem Fall zu verscheuchen, und er hat angedeutet, dass, wenn ich Ärger mache, Hannah in ihr Visier geraten könnte.«

Henriksen sah verwirrt aus und sagte: »Sam, das ist nicht Ihr Fall. Sie sind kein Polizist.«

Sam lachte, ein Schuldeingeständnis, und sagte: »Stimmt, aber Sie wissen, was ich meine. Ich stelle Fragen und der CIA gefällt das nicht.«

»Vielleicht, weil es ungewöhnlich ist.« Sein Gesicht wurde ernst und er schaute, vielleicht ohne sich dessen bewusst zu sein, hinüber auf die Namensliste der Gedenktafel. »Und weil dieser Fall beträchtliche Ausmaße annimmt. Wir erhalten Unterstützung von vielen verschiedenen Behörden und eine Menge Leute sind daran beteiligt.«

»Warum ist Tom Furst dann so besessen davon, mich von der Bildfläche verschwinden zu lassen? Er hat mir gesagt, dass ich Kopenhagen verlassen soll.«

Zum ersten Mal sah Henriksen betroffen aus, sogar verärgert, dass Furst das gesagt haben könnte, aber er entspannte sich wieder und sagte: »Vielleicht denkt er an Ihre Sicherheit. Die Leute, die in diesen Fall verwickelt sind, die Leute, von denen wir *denken,* dass sie darin verwickelt sind, sind sehr gefährlich und Tom Furst könnte recht haben – Sie könnten schon allein deshalb in Gefahr sein, weil Sie ein Freund von Neil waren. Ich meine, warum wollen Sie riskieren, in eine Sache wie diese hineinzugeraten?«

»Da bin ich mir, ehrlich gesagt, nicht ganz sicher. Es fühlt sich einfach richtig an, verstehen Sie?«

Er dachte, dass Henriksen dafür vielleicht Verständnis aufbringen könnte, doch dieser warf ihm gut gelaunt lediglich einen resignierenden Blick zu und sagte: »Haben Sie noch andere Fragen?«

Sam hatte es fast vergessen, dabei war es die wichtigere der zwei Fragen, die er der Polizei hatte stellen wollen.

»Ja, habe ich. Ich wollte fragen, ob Neils Arbeitszimmer durchwühlt worden war?«

Henriksen sagte: »Aber wir glauben nicht, dass Diebstahl das Motiv war.«

»Das habe ich damit nicht gemeint. Hat es so ausgesehen, als hätte der Mörder etwas gesucht?«

Sich über diese Anschlussfrage ebenso wundernd schüttelte Henriksen den Kopf und sagte: »Nicht, soweit wir wissen. Der Raum war nicht verwüstet, falls Sie das meinen.«

»Gut. Danke.«

»Warum fragen Sie?«

»Oh, nur so. Hannah ist von der Frage besessen, ob irgendwas gestohlen wurde. Ich habe ihr schon gesagt, dass es nicht nach Raub aussieht, aber ...«

Henriksen lächelte geheimnisvoll, nicht ein Wort von dem glaubend, was Sam ihm plausibel zu machen versuchte, und sagte: »Ich habe einiges über Sie gehört.«

»Ach ja? Von wem?«

»Keine Sorge, nicht von den Amerikanern. Ein Freund von mir im Geheimdienst hat mir erzählt, Sie waren beim SIS.«

Sam fragte sich, ob das derselbe Bursche war, der Lex von dem Brief berichtet hatte, den Neil ihm geschickt hatte, oder ob es jemand war, mit dem er bei einem früheren Einsatz zusammengearbeitet hatte. In jedem Fall musste es ein Zufall sein.

»SIS? Das ist doch die korrekte Bezeichnung für den MI6, oder?«

Henriksen lachte, aber Sam war sich ziemlich sicher, dass er genau wusste, dass das stimmte, und war sich bewusst, dass ihm das einen kleinen Vorteil verschaffen könnte und sie ihm infolgedessen vielleicht etwas mehr Freiheit zugestehen würden.

Schließlich sagte Henriksen: »Aber wenn es stimmt, und Sie sind nicht mehr dabei, dann passen Sie bloß auf sich auf.«

»Das werde ich. Danke.«

»Gut. Kommen Sie, ich bringe Sie hinaus.« Er führte ihn zurück zu dem kreisförmigen Innenhof und sagte: »Von hier aus finden Sie alleine raus.«

»Ja, danke noch mal, dass Sie sich für mich Zeit genommen haben.«

Henriksen ging in das Gebäude zurück und Sam machte sich auf den Weg quer über den Hof. Er nahm seinen Besucherausweis ab, gab ihn dem Wachmann zurück und ging wieder auf die Straße hinaus.

Egal, welche Warnungen jetzt ausgesprochen wurden – Sam wusste, dass er an etwas dran war. Er brauchte Zeit zum Nachdenken, Zeit, um zu prüfen, ob noch andere Erklärungen infrage kamen, aber im Augenblick passte nur eine und diese besagte, dass dieses Verbrechen aus zwei Teilen bestand.

Neil war ermordet worden, weil er bei seinen Nachforschungen etwas entdeckt hatte; ein derart explosives Wissen, das zu besitzen ausgereicht hatte, dafür getötet zu werden.

Der zweite Teil des Verbrechens beinhaltete, den Beweis dieses Wissens wieder in Besitz nehmen zu wollen, weswegen die CIA und die Polizei Neils Arbeitszimmer ausgeräumt und seine Wohnung durchsucht hatten.

Wenn nicht der Mörder nach diesem Beweis gesucht hatte, konnte es nur eine Erklärung dafür geben – dieselben Leute, oder dieselbe Organisation, hatten beide Teile des Verbrechens verübt. Und wenn Karin Olesen recht hatte, wenn die CIA Neil getötet hatte, dann erklärte das, warum die Mörder das Arbeitszimmer nicht durchsucht hatten, denn Neils Tod gewährte Tom Furst alle Zeit, die er brauchte, um Neils Besitztümer zu durchsuchen, und das alles unter dem Deckmantel, die dänische Polizei zu unterstützen.

Er musste irgendwohin gehen, wo er über all das nachdenken konnte. Er dachte daran, wieder ins Stadtzentrum abzutauchen und sich eine Bar oder ein Café zu suchen und die Ideen direkt in seinen Kopf strömen zu lassen, aber gerade, als er losgehen wollte, klingelte sein Handy. Es war Hannah.

»Sam, würde es dir etwas ausmachen, wenn ich zu dir komme? Ich möchte dich um einen großen Gefallen bitten.«

»Natürlich, ich komme rüber.«

»Nein, ich komme zu dir – den ganzen Vormittag über waren Neils Eltern hier und jetzt habe ich das Gefühl, mal aus der Wohnung rauskommen zu müssen«. Sie konnte offensichtlich den Verkehrslärm hören, denn sie sagte: »Wo bist du gerade?«

»Ich bin gerade aus der Polizeistation gekommen.«

»Die Polizei wollte schon wieder etwas von dir!«

Er musste ein bisschen über ihre Empörung lachen

und sagte: »Nein, ich bin auf sie zugekommen. Ich glaube, sie sind genervt von mir, aber mich beschäftigen nach wie vor gewisse Fragen, die gestellt werden müssen. Aber hör mal, ich kann im Handumdrehen wieder im Hotel sein.«

»Nein, weißt du was – du müsstest zu deiner Linken ein großes Gebäude sehen – es ist ein Museum, die Glyptothek.«

»Ja, ich sehe es.«

»Du musst Eintritt bezahlen, um hineinzukommen, aber das Wintergarten-Café ist wirklich schön. Ich treffe dich dort in ungefähr zwanzig Minuten.«

»Ich werde da sein.«

Er legte auf und überquerte die Straße, in sich hinein grinsend bei dem Gedanken, dass Henriksen erfreut wäre – er verhielt sich nun tatsächlich wie ein echter Tourist, sogar mit Museumsbesuch. Und er lächelte auch bei dem Gedanken, sie zu sehen, seine Freude darüber lediglich im Hinblick auf den Gefallen, um den sie ihn bitten wollte, getrübt; er fürchtete, dass dies an Kompetenzen oder Eigenschaften appellieren würde, die er über die Jahre, seit er sie das letzte Mal gesehen hatte, verloren hatte.

11

Sam kaufte eine Eintrittskarte und ging in die Mitte des Wintergartens, der sich unter einer Glaskuppel im Zentrum des Museums befand, mit Palmen, die sich zum Glas emporreckten, Statuen inmitten der Blätter, das sanfte Plätschern eines Springbrunnens.

Das Café befand sich drüben auf der anderen Seite des kleinen Gartens, aber er wusste, dass er noch etwas Zeit überbrücken musste, bevor Hannah kam, deswegen bummelte er durch einige der Ausstellungsgalerien. Sie waren voller antiker Stücke aus dem alten Ägypten und anderen Teilen des Nahen Ostens, eine beruhigende Erinnerung daran, dass all das eines Tages vorbei sein würde.

Als er in den Wintergarten zurückkam, war Hannah gerade angekommen und schaute sich im Café suchend nach ihm um. Er hielt inne und starrte sie an, er hätte sie den ganzen Tag lang so anstarren können, aber als ob sie seine Gegenwart gespürt hätte, drehte sie sich um und lächelte. Sie sah aus, als hätte sie nicht viel geschlafen, schien die Nacht ansonsten aber gut überstanden zu haben.

»Ich habe mir einige der Ausstellungen angeschaut.«

Jetzt, da er näher bei ihr stand, konnte er sehen, dass ihre Augen immer noch rot und geschwollen waren.

Sie musste viel und auch erst kürzlich noch geweint haben. Momentan machte sie jedoch einen gefassten Eindruck, so, als würde die Zeit, die sie mit Sam verbrachte, ihr eine kurze Atempause von ihrer Trauer gewähren.

»Gut, das ist ja wenigstens etwas. Ich hasse die Vorstellung, dass deine ganze Reise umsonst gewesen ist.«

»Sie war überhaupt nicht umsonst.« Er deutete auf das Café und fragte: »Sollen wir?«

Sie nickte. Sie gingen hinüber und stellten sich an die Theke. Sie sprach mit dem jungen Mann dahinter dänisch, drehte sich dann zu Sam um und fragte: »Möchtest du Tee oder Kaffee, oder ein Bier oder irgendetwas anderes?«

»Kaffee bitte.«

»Und wie wär's mit etwas zu essen? Das Gebäck sieht gut aus, oder?«

Er nickte und sagte: »Such was für mich aus.«

Er dachte, sie würde vielleicht protestieren und fragen, wie sie etwas für ihn aussuchen sollte, wo sie ihn doch kaum kannte, aber das tat sie nicht.

Sie fanden einen Tisch mit Blick auf den Garten. Es war eigentlich viel zu heiß, wegen der Sonne, die durch das Glas hoch über ihnen schien, aber Hannah schien sich wohlzufühlen und Sam konnte es aushalten.

Als sie sich gesetzt hatten, sagte er: »Du sprichst also dänisch?«

»Nun, wir sind seit sechs Jahren hier, aber ich hatte schon lange vorher damit angefangen, dänisch zu lernen.

Fast von dem Tag an, als wir zum ersten Mal miteinander ausgingen, habe ich ihn ständig darum gebeten, mir dänische Wörter beizubringen.« Er lächelte bei dem Gedanken an diese frühe zweisprachige Vertrautheit.

Sie sagte: »Ich nehme an, du findest das ziemlich lahm.«

»Dann nimmst du etwas Falsches an. Ich finde es ... ziemlich cool.«

Sie nickte, seine Richtigstellung akzeptierend, aber mit ihren Gedanken längst woanders, und sagte: »Ich habe mich gerade eben schrecklich gefühlt. Ich weiß, es klingt lächerlich, aber ich habe versucht, ein Stück Kuchen auszusuchen, und sie sahen alle gut aus und ich habe mich plötzlich richtig schuldig dabei gefühlt, dass ich überhaupt auf irgendetwas Lust haben konnte, wo Neil doch gerade erst gestorben ist.«

»Ganz richtig. Ich glaube, das Mindeste, das Neil von dir erwarten kann, ist, dass du keinen Kuchen mehr isst.«

Sie lächelte, ja lachte sogar ein wenig und sagte: »Genau so etwas in der Art hätte er jetzt auch gesagt.«

»Zeit, die Probe aufs Exempel zu machen«, sagte er, als die Getränke und das Gebäck kamen. Und als sie anfing, zu essen, sagte er: »Weißt du, ich habe so etwas noch nie erlebt und ich hatte kaum eine Beziehung, die lange genug gedauert hat, um zu wissen, wie sich das anfühlt ...«

Seine erste Bemerkung, dass er noch nie mit dem Tod, oder vielmehr mit einem schmerzlichen Verlust, zu tun gehabt hatte, klang in seinen eigenen Ohren mehr als seltsam, aber Hannah hielt die Hand vor den Mund

und fragte gedämpft: »Warst du mal nahe dran, ich meine, zu heiraten oder so etwas Ähnliches?«

»Meine letzte ernstzunehmende Beziehung endete vor vier Jahren.« Er schüttelte den Kopf und fragte sich, ob es einen Unterschied gemacht hätte, wenn er Charlotte erst in den letzten achtzehn Monaten kennengelernt hätte und nicht schon damals. »Sie hieß Charlotte, und ja, ich hätte sie vielleicht geheiratet – Überraschung, Überraschung, meine ständige Abwesenheit war das Problem.«

»Habt ihr noch Kontakt?«

Ihre Stimme klang hoffnungsvoll und ermutigend und das brachte ihn zum Lächeln, aber er schüttelte den Kopf.

»Also, alles, was ich damit sagen wollte, war, dass ein schwieriger Weg vor dir liegt und dass du Gefühle wie Schuld und Wut und noch alle möglichen anderen Emotionen haben wirst, aber was du immer tun musst, ist, dir selbst zu vergeben, dass du so fühlst.« Sie lachte und er sagte: »Was ist?«

»Du bist ziemlich gut in so was.« Sie lachte wieder und sagte: »Ich glaube nicht, dass du im College jemals so sensibel warst.«

»Vielleicht hast du mir keine Gelegenheit dazu gegeben.«

»Vielleicht bist du reifer geworden.« Ihr Lächeln erstarb und sie rührte abwesend in ihrem Kaffee, bevor sie sagte: »Aber du hast recht. Das ist einer der Gründe, warum ich jetzt hier bin. Ich habe Neils Eltern erzählt, ich müsste heute Nachmittag etwas erledigen. Ich habe mich schrecklich gefühlt, weil das, was sie gerade durchmachen, sich jeder Vorstellung entzieht, aber ich habe mich so ohne Hoffnung gefühlt und am Ende wollte ich nur noch weg von ihnen. Sie sind wunderbare Menschen, aber ich muss positiv bleiben – es klingt wahrscheinlich dumm, aber ich denke die ganze Zeit, dass das Baby davon betroffen wäre, wenn ich mich gehen lassen würde und daran kaputtginge, und das ist das Einzige, was mir von Neil geblieben ist.« Ihre Stimme schwankte bei den letzten Worten, aber sie nickte und atmete tief ein und gewann ihre Fassung zurück.

»Natürlich ist es hart für sie, aber du musst zuerst an dich denken, besonders um des Babys willen.« Sie nickte, sah aber wieder sehr traurig aus, deswegen versuchte er, sie abzulenken, indem er sagte: »Du wolltest mich um einen Gefallen bitten?«

»Natürlich, ich kann nicht glauben, dass ich das jetzt beinahe vergessen hätte. Ich könnte das verstehen, wenn du nicht mitkommen willst, aber an der Universität wird heute Abend um halb zehn eine Totenwache bei Kerzenlicht abgehalten. Ich habe es Neils Eltern gegenüber nicht erwähnt, weil ich denke, dass das in ihrem jetzigen Zustand zu furchtbar für sie wäre, aber ich habe das Gefühl, dass ich hingehen sollte, und da habe ich mich gefragt ...«

»Natürlich komme ich mit. Es ist mir eine Ehre.« Sie sah ihn an, verblüfft, und er fragte: »Was ist?«

Sie schüttelte den Kopf und sagte: »Nichts, nehme ich an. Ich meine, danke.«

Mit mehr Nachdruck, aber guter Laune sagte er: »Was ist?«

»Es ist nur… Ich hatte nicht das Gefühl, dass du Neil besonders gernhattest. Ich bezweifele nicht, dass das alles ehrlich gemeint ist, ich kann nur nicht verstehen, was dich antreibt.«

»Ich hatte nichts gegen Neil, ganz im Gegenteil. Ich habe ihn einfach nur nicht besonders gut gekannt und wenn ich dir zuhöre, bedauere ich das wirklich. Vielleicht ist das ein Teil dessen, was mich antreibt, und ich schätze, der Rest ist eine Art egoistischer Impuls.« Sie schien ihm widersprechen zu wollen, aber er sagte: »Ich meine das vollkommen ernst, weil ich in meinem Leben nicht oft die Gelegenheit hatte, Gutes zu tun, und hier ist die Gelegenheit, alles mir Mögliche für dich zu tun und dafür zu sorgen, dass die richtigen Fragen gestellt werden.«

»Und deshalb warst du heute Morgen bei der Polizei.«

»Deshalb war ich bei der Polizei. Und ich muss etwas richtig machen, weil Tom Furst, der CIA-Typ, unglaublich scharf darauf ist, dass ich aufhöre, Fragen zu stellen.«

»Vielleicht denkt er einfach, dass du im Weg stehst.«

Sam lachte und sagte: »Das könnte sein, aber ich bezweifle es. Vielleicht komme ich Neils Tod nie auf den Grund, aber ich denke, dass er gestorben ist, weil er auf ein wirklich explosives Beweisstück gestoßen ist.« Seine schlimmsten Befürchtungen behielt er für sich, nämlich dass möglicherweise die CIA oder ein anderer Geheimdienst ihn getötet hatte, aber er sagte: »Ich habe außerdem das Gefühl, dass einige dieser Leute, die CIA oder der MI6, seinen Tod hätten verhindern können, und auch wenn ich das nicht mehr ändern kann, sollte trotzdem jemand dafür geradestehen.«

Eine Gruppe Schüler strömte in den Wintergarten, die Kinder waren ungefähr acht oder neun Jahre alt, überraschend leise und mit irgendwelchen Arbeitsblättern bewaffnet. Sam und Hannah betrachteten sie einige Sekunden lang.

Sam drehte sich um, als er Hannah sagen hörte: »Brüssel.«

»Bitte?«

Es schien sie zu bedrücken, als ihr bewusst wurde, wie bedeutsam dieses einzelne Wort im Nachhinein doch war.

»Vor zwei oder drei Wochen hat er eine kurze Reise nach Brüssel unternommen, für das Buch, um sich mit einem Typ zu treffen namens ...« Sie blickte nach oben, versuchte, sich an den Namen zu erinnern. »Van Allyn. Seinen Vornamen habe ich vergessen. Neil war aufgeregt, als er zurückkam. Und nervös. Er war definitiv mit seinen Nerven am Ende in den letzten Wochen, und wenn ich jetzt so darüber nachdenke, fing das mit der Reise nach Brüssel an.«

Sam dachte an den Brief zurück, den Neil ihm geschickt hatte, und überlegte, wie bald nach dem Brüssel-Trip er ihn abgeschickt hatte und wie lange der Brief gebraucht hatte, um von Dänemark erst zu seinen Eltern und dann zu ihm zu gelangen. Aber andererseits, nach dem, was Lex erzählt hatte, war es da wahrscheinlich sowieso schon zu spät gewesen. Vielleicht war alles von der Minute an zu spät gewesen, in der Neil sich entschieden hatte, nach Brüssel zu reisen.

»Also muss ich mehr über diesen van Allyn herausfinden, und was der Zweck dieser Brüssel-Reise war.«

»Dann solltest du mit Jesper Lind sprechen, dem Fachbereichsleiter. Du hast ihn gestern in meiner Wohnung knapp verpasst – er und Neil waren gute Freunde.«

»Das mache ich.« Er war nicht sicher, wie viel Zeit er an diesem Nachmittag mit Hannah verbringen würde, deswegen sagte er: »Wahrscheinlich morgen früh.«

Sie nickte zustimmend und sagte: »Das ist gut, weil ich euch dann heute Abend einander vorstellen kann und er dann weiß, dass er dir vertrauen kann.«

»Also ist er auch beunruhigt?«

»Ich glaube, er ist überzeugt davon, dass Neils Arbeit der Grund für seinen Tod war.«

Sie wurden für einen Moment von einer kurzen Lachsalve unterbrochen und schauten beide zu den Kindern hinüber, die sich in Gruppen über ihre Arbeitsblätter beugten. Es war nicht unmittelbar offensichtlich, was sie so erheitert hatte, aber mehrere der Gruppen mussten dasselbe lustig gefunden haben.

Hannah lächelte und sagte: »Das ist so eine großartige Stadt, um ein Kind aufzuziehen. Ich habe so lange davon geträumt. Darum glaube ich, dass ich von hier weggehen muss.« Sie bemerkte Sams überraschten Gesichtsausdruck und sagte: »Ich wusste sofort – es wäre wie ein Gefängnis, Neils Kind in Kopenhagen großzuziehen, einfach zu schmerzhaft. Und was soll ich hier ohne ihn?«

Er wusste nicht genau, warum, aber ihre Worte hatten ihn erschüttert, als hätte er so manches in ihr Bleiben investiert. Und doch erkannte er, wie sehr ihre Überlegungen Sinn machten, weil sie keine Familie hier hatte und hier nie wirklich heimisch werden würde und jede einzelne Straße, jedes Gebäude und jeder Jahrestag sie an Neil erinnern würden.

»Wann gedenkst du, zu gehen?«

»Ich weiß nicht genau, aber auf jeden Fall bald. Wir haben uns heute Morgen geeinigt, dass er in England beerdigt wird, in dem Dorf, in dem er aufgewachsen ist und in dem seine Eltern noch immer leben. Das wird wahrscheinlich Ende nächster Woche oder übernächster Woche sein. Ich weiß nicht, ob ich es ertragen kann, danach noch einmal herzukommen, deswegen ...«

Es schockierte ihn einmal mehr, gewahr zu werden, dass sie sich in ihrer Trauer um so profane Dinge wie das Organisieren einer Beerdigung und der Rückführung eines Leichnams kümmern musste. Bis auf seine Großeltern war er noch nie mit dem Tod eines ihm nahestehenden Menschen in Berührung gekommen und ihm wurde jetzt mit einiger Ironie bewusst, dass er für einen solchen Fall außerordentlich schlecht gerüstet wäre, sowohl was die anfallenden Vorkehrungen als auch die persönliche Verarbeitung eines Trauerfalls anging.

Trotzdem sagte er: »Okay, wenn es irgendetwas gibt, das ich tun kann, lass es mich wissen.«

Sie lächelte, eine zarte Erinnerung an ihre frühere Zerstreutheit, und sagte: »Okay, aber können wir jetzt erst mal hier rausgehen? Diese Hitze ist fast nicht mehr auszuhalten.«

»Gehen wir.«

Sie spazierten durch die Stadt in Richtung seines Hotels, ohne es dabei besonders eilig zu haben. Ungefähr auf halber Strecke sagte sie: »Ich denke, ich werde jetzt lieber in meine Wohnung gehen.«

Er fragte sich, ob sie es schon immer »meine Wohnung« genannt hatte oder ob sie damit erst in den letzten ein oder zwei Tagen begonnen hatte, nachdem sie entschieden hatte, dass die Formulierung »Zuhause« von nun an hinfällig war.

»Ich begleite dich.«

Er dachte, sie würde ihn zurückweisen und ihm erzählen, dass das nicht nötig sei, aber stattdessen deutete sie auf eine der Seitenstraßen und sagte: »Wir müssen da entlang. Wenn du nichts anderes vorhast, bist du herzlich eingeladen, dort ein bisschen rumzuhängen – wir können uns etwas aus meinem exzentrisch gefüllten Kühlschrank zu essen machen.«

»Was hast du in diesem außergewöhnlich bestückten Kühlschrank – viele saure Gurken?«

Sie lachte und sagte: »Wir sind hier in Skandinavien – man muss nicht schwanger sein, um verrückt nach sauren Gurken zu sein.«

Auf dieser Ebene machten sie weiter, während sie gingen, sie unterhielten sich über Nichtigkeiten, nachdem sie schon viel zu viel über die gewichtigeren Dinge gesprochen hatten, die sie bedrückten. Und er wurde sich der Blicke der anderen Menschen bewusst, während sie gingen; hin und wieder ein wohlwollendes Lächeln von Fremden, die sicherlich glaubten, dass sie ein Paar waren und bald Eltern werden würden. Es war ein seltsames Gefühl, er fühlte sich dadurch wie ein Betrüger, ein glücklicher Betrüger, der sich vorstellte, dass das sein Leben hätte sein können.

12

Einen Nachmittag lang verhielten sie sich, als sei alles in Ordnung. Sie verbrachten einige Stunden damit, in ihrer Wohnung zusammenzusitzen, Fotos wurden gemacht, ihr Gespräch hüpfte zwischen der fernen Vergangenheit, die sie bis zu einem gewissen Maß miteinander geteilt hatten und den vielen Jahren, die zwischen ihrem Wiedersehen lagen, hin und her.

Dann kochten sie zusammen, und entgegen seines früheren Urteils wusste Hannah sehr wohl etwas mit ihrer Küche anzufangen. Er genoss das Zusammensein mit ihr, vergaß dabei aber nie, dass sie sich lediglich entsprechend ihrer Rollen verhielten und dass sie darum kämpfte, ihren Kopf über Wasser zu halten und es eigentlich jemand ganz anderem zugedacht war, in ihrer Küche an der Arbeitsplatte zu stehen und Gemüse zu schneiden.

Er war beeindruckt davon, wie gut sie mit dem Schock zurechtkam, der da noch so frisch war, aber er erkannte auch, dass Neil weiterhin ihr Leben bestimmen würde, noch über viele Jahre hinweg und wahrscheinlich sogar für immer. Sie war wie jemand, der an einer unheilbaren Krankheit litt; sie lachte, lächelte, redete, aber das Strahlen ihrer Augen war weitgehend verschwunden.

Nach dem Essen war sie müde, also verabschiedete er sich, um sie schlafen zu lassen. Er ging zu seinem Hotel, duschte, zog sich um und fuhr um kurz vor neun mit einem Taxi zu ihr zurück.

Sie hatte einige Stunden geschlafen und sah gesünder aus, als er sie seit seinem Kopenhagenaufenthalt gesehen hatte, sogar gesünder als am ersten Abend, als er ihr angesehen hatte, dass es sie da schon belastete, zu wissen, dass etwas nicht in Ordnung war.

Sie verließen die Wohnung um kurz nach neun und legten die kurze Strecke zur Universität zu Fuß zurück, während die Dämmerung schon in Dunkelheit überging. Während sie gingen, sagte Sam: »Was ist mit Lene? Ich dachte, sie wollte heute Abend zu dir kommen.«

»Ich habe ihr abgesagt – ich muss mich früher oder später an den Gedanken gewöhnen, also warum nicht gleich. Es ist nicht so, dass ich mich alleine jemals unwohl gefühlt hätte. Und ich habe zusätzliche Türriegel an der Haustür angebracht. Die Polizei hat vorgeschlagen, die Schlösser auszutauschen, aber da die Schlösser nicht aufgebrochen wurden, finde ich das wenig sinnvoll.«

»Riegel sind sicherer«, sagte Sam. »Ein Türkeil ist auch eine gute Idee.«

Eine Pause entstand, bevor sie sagte: »Du hast dir darüber eine Menge Gedanken gemacht, oder?«

»Über Sicherheit? Ja, das ist so ’ne Art Hobby von mir.«

Sie bogen um die Ecke in die Straße, wo Neils Fachbereich untergebracht war. Auf der anderen Straßenseite befand sich eine Art Park, und weiter vorne zwischen den dunklen Bäumen und Büschen konnte Sam das Dach eines riesigen und verschnörkelten Gewächshauses sehen, dessen Glas ein einladendes, gedämpftes Licht aus seinem Inneren ausstrahlte.

An der Rückseite des Hauses seiner Großeltern hatte es ein großes Gewächshaus voller Pflanzen gegeben, und das rief eine Kindheitserinnerung in ihm wach – an einem Winterabend in dem Garten zu stehen, diese kleine, erleuchtete Welt zu sehen und davon in den Bann gezogen zu sein.

Er deutete darauf und sagte: »Was ist das für ein Ort?«

»Das Palmenhaus? Es gehört zum Botanischen Garten.«

»Es ist wunderschön. Ist es abends geöffnet?«

»Das weiß ich nicht. Wie, willst du da etwa jetzt reingehen?«

»Nein, ich war nur neugierig. Ich mag Gewächshäuser irgendwie.«

Sie lachte und sagte: »Das ist etwas, was ich nie gedacht hätte, aus deinem Mund zu hören.«

Und dann hakte sie sich bei ihm unter und einen Moment lang dachte er, diese Geste wäre Ausdruck ihrer neu gewonnenen Vertrautheit, als wäre ein Kanal zu diesen ersten, aufregenden Tagen im College geöffnet worden, als es so ausgesehen hatte, als würden sie beide mindestens beste Freunde werden.

Aber er war damals im Irrtum gewesen und er irrte sich auch heute. Das Fakultätsgebäude lag zu ihrer Linken und als sie die wartenden Menschen vor dem

Haupteingang sah, reagierte sie instinktiv mit einer Bewegung, die um Unterstützung bat.

Es waren weniger Menschen da, als Sam erwartet hatte, vielleicht ein Dutzend.

Außerdem blies ein starker Wind, sodass nur ein Pärchen sich damit abmühte, die Kerzen in ihren Händen am Brennen zu halten. Die anderen hatten es aufgegeben und hielten ihre erloschenen Kerzen, während sie sich leise unterhielten.

Sam tat es sehr leid für Hannah, er fragte sich, mit welchen Erwartungen sie hierhergekommen sein mochte und wie weit ihr Glaube an die Popularität ihres Ehemannes von der spärlichen Resonanz entfernt war. Es tat ihm auch für Neil leid; seine posthume Neubewertung des Mannes hinterließ in ihm das Gefühl, dass er mehr als das verdient gehabt hätte.

Er dachte daran, etwas zu sagen, aber sie waren schon beinahe bei der kleinen, verstreuten Gruppe von Studenten angelangt und einige von ihnen warfen einen Blick auf Hannah, als ob sie herausfinden wollten, ob es sich bei ihr um Professor Todds Ehefrau handelte.

Und jetzt, da sie näher kamen, konnte Sam sehen, dass diese Studenten vor einem langen Gewölbe standen, das in das Innere des Backsteinbaus führte, und dass darin noch mehr Studenten mit brennenden Kerzen standen.

»Das war mal das Kreiskrankenhaus«, sagte Hannah zerstreut. Sie führte ihn am Arm durch den Gang.

Ein Tisch war dort aufgestellt und ein Student mit Ziegenbärtchen und Brille reichte ihnen beiden eine Kerze. Er zögerte, als er ihre Kerzen entzündete, und

Sam meinte zu hören, dass er sie mit »Mrs. Todd« ansprach, als er einige leise Worte an sie richtete.

Aber Sam schenkte dem nicht weiter Beachtung. Sein Interesse galt längst dem großen Innenhof jenseits des Ganges. In der Mitte befand sich ein kleiner, hügeliger Garten, unter den begrünten Hügelchen verbarg sich eindeutig etwas Zweckmäßiges, Heizungsrohre oder Wasserleitungen. In den Ecken des Gartens standen einige Bäume, und sogar in dem Dämmerlicht, das herrschte, seit die Lampen im Hof ausgeschaltet worden waren, konnte man erkennen, dass sie in voller Blüte standen.

Das Dämmerlicht wurde von Kerzen herbeigeführt, denn entgegen seiner ursprünglichen Befürchtung drängten sich Hunderte von Menschen in dem Hof, die Handvoll, die draußen stand, hatte lediglich nicht mehr Platz darin gehabt. Er betrachtete diesen Garten, das Kerzenmeer und die traurigen halb erleuchteten Gesichter inmitten der Büsche und winzigen Hügel und Täler und erkannte, dass selbst seine Neubewertung Neil in Wirklichkeit nicht annähernd gerecht wurde.

Neil hatte nicht nur einer oder einigen wenigen Personen etwas bedeutet, sondern vielen. Es war klar zu erkennen, dass diese Studenten hier nicht einfach nur gekommen waren, um ihm die letzte Ehre zu erweisen, sondern dass sie hier waren, um ihren Kummer und ihre Dankbarkeit auszudrücken und miteinander zu teilen.

Sam hatte ein schlechtes Gewissen, weil er den Vergleich zu sich selbst zog. Er war sich der Egozentrik dieses Gedankens bewusst, aber wie sollte er nicht darüber nachdenken, welche Reaktionen sein Tod hervorrufen würde, wenn er heute oder morgen sterben würde? Von seiner Familie mal abgesehen, war er sich nicht sicher, bei irgendjemandem wirklich Eindruck hinterlassen zu haben, außer bei Lex, und selbst hier war er wahrscheinlich gerade auf dem besten Weg, dass dieser das Vertrauen in ihn verlor.

Als ob er daran erinnert werden müsste, dass er zufälligerweise im Augenblick den wertvollsten Freundschaftsdienst seit Langem leistete, fühlte er Hannahs Arm, der ihn sanft auf den Innenhof zog. Sie fanden einen Platz genau am Rand des Gartens, auch hier waren sie von Menschen umgeben, manche von ihnen unterhielten sich leise, viele schwiegen.

»Möchtest du dich lieber irgendwo hinsetzen?«

»Im Moment nicht. Ich glaube, sie wollen anfangen.«

Eine Bank stand inmitten der kleinen Hügel und jemand hatte sich gerade darauf gestellt. Er hielt eine Laterne, die sein Gesicht erleuchtete und die Menschen, die in seiner Nähe standen, aus dem Schatten holte und in ein nächtliches Rembrandt-Gemälde verwandelte.

Der Sprecher war jung, ein weiteres Indiz dafür, dass eher Studenten diese Totenwache organisiert hatten, als dass sie von der Fakultätsleitung vorgeschlagen worden war, und er sprach bewegende Worte auf Dänisch, eine Reihe von Leuten zu Tränen rührend, seine eigene Stimme ein- oder zweimal versagend.

Sam fühlte, wie Hannahs Arm sich mehrere Male verkrampfte, aber er glaubte nicht, dass sie weinte, und getraute sich nicht, ihr ins Gesicht zu schauen. Aber nach etwa einer Minute schaffte er es nicht mehr, dem Sprecher und der jungen Frau, die nach ihm sprach, seine volle Aufmerksamkeit zu schenken.

Als sich seine Augen an die Dunkelheit abseits des Kerzenlichts gewöhnt hatten, betrachtete er die Gesichter um sich herum; die meisten waren Studenten, aber einige wenige waren älter, wissenschaftliche Mitarbeiter oder andere Freunde. Es dauerte einige Minuten, bis er das erste Gesicht, das nicht hineinpasste, erkannte, aber direkt danach entdeckte er noch zwei weitere.

Es waren mindestens drei Männer vor Ort, die nicht in das Profil der Menschen passten, die gekommen waren, um Neil Todds zu gedenken. Auf irgendeine undefinierbare Art und Weise wirkten sie hier fehl am Platz, aber es war mehr als das. Sie waren zu aufmerksam, ihre Blicke tasteten permanent die Menge ab, als suchten sie jemanden.

Irgendwann erblickte einer von ihnen Sam, ein Flackern des Wiedererkennens, bevor er sich in Bewegung setzte. Der Typ flüsterte etwas und Sam vermutete, dass sie Mikrofone und Ohrstöpsel trugen. Dann nahm er noch mehr Bewegung wahr, vor der Dunkelheit eines der riesigen, gebogenen Fenster.

Die gesamte Totenwache wurde überwacht. Sam wusste nicht, ob von der dänischen Polizei oder vom dänischen Geheimdienst oder, was wahrscheinlicher war, von der CIA, aber, und das war noch wichtiger, er konnte sich nicht vorstellen, warum sie überhaupt hier waren. Es konnte nicht wegen der Suche nach dem Mörder sein – selbst wenn man davon ausging, dass irgendein Dritter für den Mord verantwortlich gewesen war, konnten sie wohl kaum erwarten, dass er hier auftauchen würde – aber er war sich nicht sicher, was sonst der Grund ihrer Anwesenheit sein könnte.

»Das ist Jesper Lind«, sagte Hannah, als ein anderer Sprecher die Bank erklomm. Er trug einen Bart und sah den Bildern des älteren Hemingway bemerkenswert ähnlich und sprach mit tiefer, bedächtiger Stimme. Er schaffte es, der versammelten Menge einige Lacher zu entlocken, verursachte aber auch ein solches Anschwellen der Emotionen, dass einige Leute hier und da zusammenbrachen und von den Nebenstehenden getröstet wurden.

Sam brachte endlich den Mut auf, sich zu Hannah umzudrehen. Sie erwiderte seinen Blick. Eine einzelne Träne rann ihre Wange hinunter, aber sie lächelte, in Erinnerungen schwelgend, dachte er, oder vielleicht in dem Versuch, ihn davon zu überzeugen, dass es ihr gut ging.

Als die Reden beendet waren, schien niemand es eilig zu haben, zu verschwinden. Manche gingen ein Stück in Richtung des Ganges oder gesellten sich zu Freunden und die Geräuschkulisse schwoll ein wenig an, aber die meisten blieben, wo sie waren, und einige setzten sich sogar auf die kleinen Grashügel.

Ein paar Leute sagten einige Worte zu Hannah, als sie vorbeigingen, und dann kam Jesper Lind auf sie zu und zum ersten Mal ließ Hannah Sams Arm los, damit sie ihn umarmen konnte. Er flüsterte ihr etwas zu, als er sie im Arm hielt, eine charismatische Aura umgab ihn, an der sich Sam irgendwie störte.

Als sie sich voneinander lösten, sagte Hannah: »Jesper, das ist unser Freund Sam Webster.«

Er lächelte Sam an und schüttelte seine Hand, während er sagte: »Schön, dich kennenzulernen, Sam – Hannah hat mir schon viel von dir erzählt.«

»Ich freue mich auch, dich kennenzulernen, Jesper.«

»Sam möchte sich morgen mit dir treffen, wenn das für dich okay ist. Er hat Fragen gestellt, die den Behörden auf den Zahn gefühlt haben.«

Jesper Lind lächelte mit dem Wohlwollen eines ehemaligen Aktivisten, wurde dann wieder ernst und sagte: »Natürlich, ruf mich einfach an – ich habe morgen nur wenige Vorlesungen, von daher passt es gut.« Er wendete sich wieder Hannah zu und sagte auf Dänisch einige Worte zu ihr, bevor er wegging.

Einige andere Leute kamen auf sie zu und da ihr Arm nicht mehr in seinem verankert war, rückte er von ihr ab, während sie mit ihnen sprach; er wahrte eine höfliche Distanz und wollte nicht mit den Leuten bekannt gemacht werden. Er war gerade dabei, nach den Männern Ausschau zu halten, die er vorher gesehen hatte, als er seinen Namen sehr nahe hinter sich hörte.

»Hallo, Sam.« Er drehte sich um und sah das unbekümmerte Lächeln von Tom Furst, im Schatten nicht weniger Charme versprühend. »Das war eine schöne Veranstaltung, finden Sie nicht auch?« Ohne seine Stimme zu erheben, sagte Sam: »Doch, aber ich kannte ihn auch. Und Sie sind hier, weil …?«

»Ich bin hier, um ihm die letzte Ehre zu erweisen, wenngleich ich ihn leider nie kennengelernt habe.«

»Und was ist mit Ihren Freunden? Für jemanden,

dessen Mittel so ausgeschöpft sind, scheinen Sie eine Menge Leute hier vor Ort zu haben.«

Furst schaute sich um und sagte: »Ich weiß wirklich nicht, was Sie meinen, Sam. Wir hatten ein Team vor Ort, das das Ganze von dort oben aus beobachtete.« Er deutete auf das gewölbte Fenster, an dem Sam vorhin Bewegungen registriert hatte. »Wir haben nicht wirklich erwartet, dass die Mörder hier aufkreuzen, aber eine übereifrige Herangehensweise zahlt sich gelegentlich aus.«

»Und die Typen in der Menschenmenge?«

Furst gelang es, ein verdutztes Gesicht zu machen und Sam ein weiteres Lächeln zu schenken, bevor er sagte: »Auf das Risiko hin, mich zu wiederholen, wir hatten ein Team im Fenster, aber keines auf dem Platz, nicht einmal ich selbst – ich bin ausschließlich aus repräsentativen Gründen hier.«

»Komisch, ich hätte schwören können, dass ich ein paar Typen auf dem Platz gesehen habe.«

»Nun, wenn Sie irgendein beweiskräftiges Foto haben, dann tun Sie sich bitte keinen Zwang an und bringen Sie es uns vorbei, und danke schon mal für die ersten Bilder – sehr unterhaltsam.«

»Ich habe keine Ahnung, von was Sie da reden«, sagte Sam, Fursts Ausweichmanöver nachahmend.

Fursts Lächeln wich keine Sekunde lang aus seinem Gesicht, begann jetzt aber allmählich zu bröckeln, als er sagte: »Was machen Sie immer noch hier, Sam? Sie werden mir das vielleicht nicht glauben, aber ich bewundere sogar, was Sie zu tun versuchen. Das Problem ist nur, dass Sie nicht helfen, und es ist ja nicht so, dass Sie die Leute finden werden, die das getan haben, oder Todds Assistenten aufspüren oder auch nur irgendeinen nützlichen Hinweis finden, was soll das Ganze also?«

»Was für ein Assistent?«

Furst schüttelte den Kopf, als wüsste er nicht, wo er beginnen sollte, und sagte: »Sehen Sie, das zeigt doch, wie wenig Sie auf dem Laufenden sind. Wir glauben, dass wir wissen, wer Neil getötet hat, aber der Schlüssel dazu ist sein Assistent – wir sind davon überzeugt, dass er die genaue Identität des Mörders kennt, und er ist verschwunden. Die Tatsache, dass Sie herumgeschnüffelt haben und noch nicht einmal von ihm wissen, zeigt doch, dass Sie dafür nicht taugen.«

Furst versuchte ganz offensichtlich, ihm eine Falle zu stellen, indem er ihn damit aufzog. Er hoffte, dass Sam diesen Assistenten für ihn finden würde, schaffen würde, was ihnen versagt geblieben war, weil Sam ein Freund der Familie war, jemand, dem man vertraute. Er befand sich in einem Dilemma, aber Sam war überzeugt davon, einen Assistenten ausfindig machen zu können, ohne gleichzeitig Furst auf dessen Spur zu bringen.

Er ignorierte den Hinweis für den Moment und sagte stattdessen: »Sie reden immer von Mördern. Warum denken Sie, dass es mehrere waren?«

»Sam, fahren Sie nach Hause. Sie können hier nichts tun.«

»Das kann ich nicht, Tom. Sehen Sie, je mehr Sie sich wünschen, dass ich von hier verschwinde, umso mehr denke ich, dass ich irgendwas richtig mache.«

Furst sah verärgert aus, aber er sammelte sich, seine

gute Laune fast unzerstörbar, und sagte: »Gute Nacht, Sam. Und passen Sie auf sich auf – da draußen laufen einige gefährliche Leute herum.«

Furst ging davon und genau in diesem Moment tippte Hannah Sam auf den Arm und sagte: »Bist du so weit?«

Er drehte sich um und sagte: »Klar. Und du?«

Sie nickte.

»Ich glaube, ich habe genug gutgemeinte Worte für einen Abend gehört.«

Sie gingen und stellten ihre erloschenen Kerzen auf dem Tisch ab, als sie durch den Gang kamen. Sam blickte noch einmal auf das ätherische Licht des Palmenhauses und dann machten sie sich auf den Weg zu ihrer Wohnung; am Anfang noch umgeben von anderen Leuten aus der Totenwache, dann verlief sich die Menge immer mehr, bis sie schließlich alleine auf der Straße waren.

Als sie die Eingangstür zu ihrer Wohnung erreichten, sagte sie: »Auf die Gefahr hin, dass ich damit deinen guten Geschmack beleidige, aber möchtest du vielleicht eine heiße Schokolade?«

Er lachte und sagte: »Leider ist davon nicht allzu viel übrig geblieben, das beleidigt werden könnte. Hast du Marshmallows?«

Sie sah ihn zweifelnd an, sagte aber: »Möglicherweise.«

»Nun gut, sie sind nicht direkt kriegsentscheidend. Ich hätte sehr gerne etwas heiße Schokolade.«

Während er das sagte, wurde ihm bewusst, dass dieses Gespräch auf der Treppe etwas Irritierendes hatte.

Sie waren nicht so eng befreundet, dass die stille Übereinkunft zwischen ihnen bestünde, dass er mit hineinkam, und als Resultat hatte er sich wie am Ende einer frühen Verabredung gefühlt, wenn der entscheidende Moment an der Türschwelle gekommen war. Wenn sie nicht hochschwanger und seit zwei Tagen verwitwet gewesen wäre, hätte er genau jetzt mehr erwartet als heiße Schokolade.

Dieser Eindruck blieb bestehen und verstärkte sich noch, als sie oben angekommen waren, zu einer Flut an unangemessenen Gedanken und Impulsen anschwellend. Er wollte ihre Lippen berühren, sie küssen und in seinen Armen halten. Es war noch nicht mal Begierde, obwohl er auch das fühlte, sondern der Wunsch nach Intimität, der Wunsch, mit ihr zusammen zu sein. Und er fühlte sich schäbig, weil er solche Gedanken hatte und wusste, dass es mehr über seine Einsamkeit als über irgendeine Verbindung zwischen ihnen aussagte.

Er war erst fähig, diese Gedanken zurückzudrängen, als sie sich mit ihren Getränken hingesetzt hatten und sie sagte: »Das war der CIA-Agent, mit dem du gesprochen hast, oder? Derselbe, der hier war.«

»Tom Furst, ja, das war er. Er versucht weiterhin, mich dazu zu überreden, die Stadt zu verlassen und mich rauszuhalten. Das überzeugt mich noch mehr, dass sie irgendetwas verbergen.«

Ihre Augen waren auf den Boden gerichtet, als sie sagte: »Würde es schrecklich klingen, wenn ich sagen würde, dass es mir egal ist, wer es getan hat und dass es mir auch egal wäre, wenn man es nie herausfinden würde?«

»Nein, es klingt nicht schrecklich, besonders jetzt nicht, aber ich denke, es wird dir jahrelang keine Ruhe lassen, wenn du es nicht herausfindest.«

»Aber das würde ihn auch nicht mehr zurückbringen – das ist alles, an was ich denken kann. Und wenn es ihn nicht zurückbringen kann, was ist es dann außer nutzloses Wissen?« Er suchte immer noch nach einer Antwort, als sie zu ihm aufschaute und ein wenig lächelte, bevor sie sagte: »Du weißt doch, dass sich zwischen uns beiden niemals etwas hätte entwickeln können, oder? Ich meine, das wäre niemals passiert.«

Er war von der plötzlichen Wendung des Gesprächs überrascht und fühlte sich, was lächerlich war, verletzt durch die Endgültigkeit ihrer Worte, aber er sagte: »Ich habe noch nicht viel darüber nachgedacht, aber nein, vermutlich nicht.«

Diese Antwort stellte sie zufrieden und sie sagte: »Würde es dir dann etwas ausmachen, dich ein bisschen zu mir zu setzen?«

»Das würde mir überhaupt nichts ausmachen.«

Er stand auf und setzte sich neben sie auf das Sofa und legte den Arm um ihre Schulter. Sie lehnte sich augenblicklich zurück, entspannte sich und kuschelte sich an ihn. Sein Arm wurde in einer Position gegen den Sofarücken gedrückt, von der er wusste, dass sie bald unbequem sein würde, deswegen bewegte er ihn und sie schmiegte sich noch enger an ihn, ein kurzes Ringen um die richtige Position, bevor sie es beide bequem hatten.

»Es bedeutet mir viel, dass du in den letzten Tagen hier warst. Ehrlich, ich weiß nicht, was ich sonst gemacht hätte.«

»Du wärst auch so zurechtgekommen, und außerdem habe ich eigentlich überhaupt nichts gemacht.«

»Das brauchtest du auch nicht. Du warst da, das ist alles, was zählt.«

Er dachte daran zurück, was Jonas Henriksen zu ihm gesagt hatte, oder war es Nielsen, dass das Beste, was er tun konnte, war, Hannah zu trösten. Damals erschien es unwahrscheinlich, dass allein seine Anwesenheit genügen könnte, aber nun saß sie hier und sagte dasselbe.

»Es ist schön, ausnahmsweise mal etwas Gutes zu tun.«

»Ich bin sicher, du hast schon viele gute Dinge getan.«

Er dachte an die vergangenen Jahre, seit sie sich aus den Augen verloren hatten, zurück. Er wünschte, er könnte behaupten, dass eine seiner Operationen, nur eine einzige, einen größeren Nutzen gehabt hatte als die Kosten, die sie verursacht hatte, aber das konnte er nicht. Er war Teil eines Spiels gewesen, mehr nicht, auch wenn es viele gab, die sich einzureden versuchten, dass das, was sie taten, einen Wert hatte. Er war Teil eines Spiels gewesen und schämte sich, als ihm bewusst wurde, dass er es genossen hatte.

Sie drehte sich ein wenig zu ihm herüber und sagte: »Du *hast* doch gute Dinge getan, oder?«

Er wollte sie nicht enttäuschen, aber er mühte sich vergeblich, ihr etwas präsentieren zu können, und schließlich sagte er aus Verzweiflung: »Ich bin der Pate von Lex' Tochter. Zählt das?«

»Natürlich.« Sie kuschelte sich wieder an ihn. »Ich

glaube, du bist ein toller Patenonkel. Du wärst auch ein toller Vater.«

»Meinst du?«

»Natürlich. Du willst doch Kinder, oder?«

»Ich glaube schon, wenn der richtige Zeitpunkt gekommen ist.« Aber im Moment war er sich nicht sicher, wann diese Zeit kommen würde. Auch wurde er ihrer Beurteilung nicht gerecht, wenn man bedachte, dass er sein Patenkind erst drei Mal gesehen hatte.

Aber Hannah schien zufrieden und sagte: »Gut.« Sie saßen eine Weile schweigend da. Hannah klang schläfrig, als sie irgendwann sagte: »Ich sollte wirklich ins Bett gehen.«

Sie rührte sich nicht und er sagte: »Deine Schwester kommt morgen, oder?«

»Morgen früh. Viel los morgen.«

Noch immer machte sie nicht die geringsten Anstalten, aufzustehen, deswegen sagte er: »Dann solltest du jetzt schlafen und ich sollte gehen.«

Sie nickte und zog sich widerstrebend von ihm zurück, und er erkannte, dass nicht er es war, den sie nur zögernd losließ, sondern die Wärme und der Trost eines anderen Körpers. Er wusste genau, wie sie sich fühlte.

Sie schien munterer, sobald sie auf ihren Füßen stand, sämtliche Schläfrigkeit fiel von ihr ab und sie sagte: »Willst du dir ein Taxi rufen?«

»Nein, ich laufe zurück.«

»Okay.« Sie nickte und fügte noch den Nachsatz hinzu: »Oh, und geh um diese Uhrzeit besser nicht durch den Park. Geh außen herum.«

Er konnte sich immer noch nicht vorstellen, dass

diese Stadt viele gefährliche Ecken hatte, besonders nicht im Zentrum. »Ist es gefährlich?«, fragte er.

Sie lächelte und sagte: »Für einen hübschen Burschen wie dich möglicherweise schon – es ist so etwas wie ein Schwulentreffpunkt.«

»Oh. Komisch, ich bin gestern durch den Park spaziert und niemand hat einen Annäherungsversuch gemacht – vielleicht bin ich gar nicht so hübsch.«

Sie lächelte, aber erneut kam eine Welle der Müdigkeit über sie, deshalb beeilte er sich, ihr Gute Nacht zu sagen, und machte sich auf den Weg hinunter zur Straße. Er befolgte ihren Rat und lief um das südliche Ende des Parks herum, ehe er auf die älteren Straßen zusteuerte.

Die ersten Straßen, die er entlangging, waren ruhig und menschenleer, obwohl er hier und da Stimmen und Musik hören konnte, die aus anderen, kleinen Straßen oder aus Gebäuden, an denen er vorbeikam, zu ihm drangen. Der Wind hatte aufgefrischt und blies jetzt kalt, und er kuschelte sich in seine Jacke, während er lief.

Es dauerte nur wenige Minuten, bis er wusste, dass er verfolgt wurde. Er konnte es nicht wirklich festmachen, vielleicht eine Andeutung von Fußschritten oder einfach ein Instinkt, ein Unbehagen in seinem Rückgrat. Er drehte sich gelegentlich um und hoffte, einen Blick auf jemanden erhaschen zu können, und dann sah er den Typen endlich: jung, in Jeans und dunkler Jacke.

Sam bog in eine längere Straße ein und dieses Mal konnte er eine kleine Gruppe von Menschen am anderen Ende sehen, die vor einer Bar standen. Sie sahen aus wie Studenten und vielleicht waren sie auch bei der Totenwache gewesen. Er lief ein kleines Stück in ihre Richtung, trat jedoch dann in eine nach hinten versetzte Einfahrt, die wahrscheinlich in einen kleinen Hof führte.

Binnen Sekunden hörte er den Burschen um die Ecke kommen. Er war zunächst verwirrt bei dem Anblick der Menschenmenge weiter vorne und dachte vielleicht, Sam wäre schon dort angekommen. Er war schon an der Einfahrt vorbeigegangen, als ihm klar wurde, dass er sein Ziel verloren hatte; er drehte sich um – zu spät.

Sam war hinter ihm herausgetreten und packte ihn jetzt und stieß ihn heftig Richtung Einfahrt, seine Verteidigungsbewegungen konternd, sogar vorausahnend. Als er ihn gegen das schwere Holztor wuchtete, fasste er mit seiner freien Hand in die Jacke des Mannes, fand eine Pistole und entsicherte sie.

Der Typ hörte auf, sich zu wehren, und fiel in eine gefügige Starre, als er den plötzlichen kalten Druck seiner eigenen Waffe fühlte, die ihm unter sein Ohr gepresst wurde.

»Sag mir, wer du bist und warum du mich verfolgst, oder das hier endet genau jetzt.«

»Sie irren sich, ich bin nicht…« Sam drückte den Lauf fester in das Grübchen hinter dem Kieferknochen und brachte ihn so zum Schweigen. Er hatte für den Moment sowieso genug gehört – der Typ war Engländer.

»Du willst mich wohl verarschen – bist du beim SIS? Hat Lex dich geschickt?«

»Wer? Ich bin…«

»Alex Cameron!« Sams Stimme war so laut, dass er eine kurze Unterbrechung der Gespräche an der entfernten Straßenecke bemerkte. Aber es dauerte nicht lange und sie fingen wieder an, zu lachen und Witze zu machen. Mit leiserer Stimme sagte er: »Gib mir dein Handy und mach keine Dummheiten – ich bin dafür berüchtigt, achtlos mit Feuerwaffen umzugehen.«

Der Bursche gab ihm sein Handy, so vorsichtig, dass Sam ihm am liebsten gesagt hätte, er solle sich beeilen. Dann wählte er Lex' Nummer zu Hause, ohne den Druck der Pistole zu verringern. Nach ein paarmal Läuten ging Lex dran.

»Hallo?«

Sam konnte Stimmen im Hintergrund hören. Er brauchte einige Sekunden, um sie zuzuordnen, und war verwirrt, als es ihm gelang. Er sagte: »Warum ist Holly noch auf?«

»Das ist eine lange Geschichte, aber danke der Nachfrage – darum haben wir dich zum Paten ernannt.« Seine Stimme wurde leiser, aber schärfer, als er fragte: »Was hast du mit dem Handy gemacht, das ich dir gegeben habe?«

»Ich habe es nicht mehr gebraucht, deswegen habe ich es einem Penner gegeben – hat er schon angerufen?«

»Mehrere Male. Beim dritten Anruf habe ich gemerkt, dass nicht du dran bist.« Er wurde wieder sachlich und sagte: »Was willst du, Sam?«

Sam drückte mit der Waffe fester zu und sagte: »Wie heißt du?«

»David Hennessy.«

»Okay, Lex, ich will, dass du mir erzählst, warum mich David Hennessy verfolgt und warum ich ihn jetzt mit einer Waffe bedrohe. Und wenn du leugnest, ihn hierher geschickt zu haben, erschieße ich ihn.«

Eine Pause entstand und dann sagte Lex: »Du bist nicht aus Kopenhagen weggegangen, als ich dich darum gebeten habe. Ich wollte sichergehen, dass du nicht irgendetwas Kontraproduktives tust. Aber ich schätze, ich komme zu spät, weil Furst immer nervöser wegen dir wird.«

Sam spürte Enttäuschung in sich aufsteigen. Lex wusste genau, was vor sich ging, dessen war sich Sam sicher, aber er würde es ihm nicht verraten und das erwartete Sam auch nicht von ihm. Aber genauso wenig war er bereit, Lex' Worten Folge zu leisten und Abstand zu nehmen, denn er glaubte nicht eine Sekunde lang, dass irgendetwas hier schwerer wog als das Leben von Neil Todd.

»Ich reiche dich jetzt rüber zu Hennessy – wenn ich ihn noch mal sehe, werde ich tatsächlich etwas sehr Kontraproduktives tun.«

Sam gab ihm das Handy und ging gleichzeitig auf Abstand. Er hielt die Pistole weiterhin auf Hennessy gerichtet, als dieser ein kurzes, einsilbiges Gespräch mit Lex führte. Sam konnte Lex' Stimme hören, müde und bedächtig, aber Hennessy sah bedrückt aus, als er das Handy ausschaltete und wieder in seine Tasche gleiten ließ.

»Das habe ich wohl total vermasselt«, sagte er und schaute Sam an.

»Okay, du bist nicht gerade Zorro, aber ich würde

mich deswegen nicht fertigmachen.« Sam gab ihm die Pistole zurück, genau wissend, welchen Ärger Hennessy bekommen würde, wenn er ohne sie zurückkam, und sagte: »Ich würde sagen, wir verzichten auf ein Wiedersehen.«

»Danke.« Hennessy nickte und ging davon, in die Richtung, aus der sie gekommen waren.

Sam wartete einen Moment und ging dann los, und als er die Menschentraube an der Ecke erreicht hatte, ging er in die Bar hinein und bestellte sich einen großen Brandy. Es war verrückt, aber seine Nerven vibrierten – sein früheres Leben war nicht immer so aufregend gewesen, ganz und gar nicht, aber dieses kleine Geplänkel hatte ihn daran erinnert, was von seinem alten Leben er vermisste. Nicht dass er es jemals genug vermissen würde, um dahin zurückzukehren.

Eine gemischte Gruppe Studenten stand in der Nähe und einer von ihnen fing seinen Blick auf und sagte etwas auf Dänisch. Fast im selben Augenblick, als er Sams Gesichtsausdruck sah, sagte er auf Englisch: »Du warst bei der Totenwache für Professor Todd.«

Die anderen drehten sich zu ihm um und schauten ihn erwartungsvoll an. Die gesamte Gruppe war attraktiv, wie die Studenten, die auf Werbeplakaten abgebildet waren, frisch und voller Hoffnung, als wäre dies ihr erster Vorgeschmack einer Tragödie.

Sam sagte: »Ja, ich war mit seiner Frau dort.«

»Ja, ich habe dich gesehen«, sagte ein Mädchen aus der Gruppe.

»Ich bin ein Freund von ihnen«, sagte Sam und fühlte sich, als würde er die Wahrheit sagen.

Der Erste nickte und sagte: »Willst du dich zu uns setzen?«

Sam blieb eine Weile bei ihnen. Die ganze Gruppe sprach seinetwegen Englisch; sie erzählten ihm von ihrem Professor und stellten ihm Fragen zu Hannah. Er genoss ihre Gesellschaft, auch das eine Erinnerung an eine glücklichere Zeit in seinem Leben.

Und während er sich unterhielt, kam ihm eine Sache, die Lex gesagt hatte, wieder ins Gedächtnis und verursachte jedes Mal ein leichtes Kribbeln, wenn er daran dachte.

Tom Furst wurde nervös. Er hatte bisher nicht das Gefühl gehabt, große Fortschritte zu machen, aber wenn Tom Furst nervös wurde, war er vielleicht näher an der Wahrheit, als er wusste.

13

Im Innenhof der Universität deutete nur noch wenig darauf hin, was am vorigen Abend dort stattgefunden hatte. Der Tisch stand noch im Gang und eine Schachtel mit abgebrannten Kerzen stand daneben auf dem Boden, aber der Hof war sauber und voller Studenten, die kamen und gingen; in den Ständern entlang einer Seite parkten Fahrräder.

Es war wieder ein sonniger Tag und eine kleine Gruppe Studenten lag auf den grasbewachsenen Hügeln und sonnte sich, umgeben von Büchern und Taschen, träge miteinander plaudernd. So betrachtet, dachte Sam, war eine Universität nichts anderes als ein Abbild des Lebens im Zeitraffer – egal, wie sehr eine Person auch vermisst wurde, die Dinge würden wieder ihren gewohnten Lauf nehmen und bald würde seine Abwesenheit überhaupt nicht mehr wahrgenommen werden.

Als er Jesper Linds Büro fand, war die Tür nur angelehnt, aber er konnte innen Stimmen hören, eine davon gehörte Lind. Er klopfte und drückte die Tür ganz auf. Eine Studentin saß Lind gegenüber am Schreibtisch und beide schauten jetzt zu Sam.

»Tut mir leid, ich kann später wiederkommen, wenn du beschäftigt bist.«

Lind lächelte und sagte: »Ist schon okay, Sam, wir waren gerade fertig.« Er sprach fröhlich Dänisch mit der Studentin, als er sie aus seinem Büro hinausbegleitete. Anschließend schloss er die Tür, nahm wieder Platz und sagte: »Möchtest du einen Kaffee?«

»Nein, danke, es sei denn, du willst auch einen.«

Lind schüttelte den Kopf, schaute dann zur Tür und zog an seinem Hemingway-Bart, während er sagte: »Ein nettes Mädchen, aber eine, die sich immer Sorgen macht – sie ist mühelos die beste Studentin in ihrem Kurs, aber sie nimmt so viel Zeit in Anspruch mit ihren ständigen Bedenken.«

Auch Sam schaute zur Tür, als ob die Studentin noch immer da wäre, und weil ihm keine passende Antwort einfiel, sagte er: »Ich fürchte, ich nehme deine Zeit auch in Anspruch.«

Lind machte eine wegwerfende Handbewegung und sagte: »Nein, das ist wegen etwas Wichtigem. Du willst etwas über Neil erfahren.«

Sam nickte und sagte: »Ich weiß wahrscheinlich schon das meiste, was ich wissen muss, aber ich bin dankbar für alles, was du mir darüber erzählen kannst, warum er so angespannt war und wer ihm seiner Meinung nach etwas antun wollte, irgendetwas darüber.«

»Ich weiß nicht viel«, sagte Lind. »Aber ich bin mir sicher, dass Neil Beweise dafür gefunden hat, dass der amerikanische Geheimdienst in eine sehr ernste Sache verwickelt ist. Ich kann mich eindeutig daran erinnern, dass er den Ausdruck ›unvorstellbare Konsequenzen‹ benutzte, als er mir davon erzählt hat, aber natürlich hat er keine Details genannt.«

Sam konnte sich nicht vorstellen, dass dieser Ausdruck im Zusammenhang mit dem Buch stand, an dem Neil gearbeitet hatte. Neil hatte gesagt, dass es nicht direkt mit dem Buch zusammenhing, deswegen konnte Sam nur vermuten, dass er bei seinen Nachforschungen unverhofft etwas viel Größeres zutage gefördert hatte.

»Aber es hatte etwas mit dem Nahen Osten zu tun?«

»Anzunehmen«, sagte Lind, als ob man diesen Punkt kaum diskutieren müsste.

»Hannah denkt anscheinend, dass die Reise nach Brüssel eine große Rolle gespielt hat und dass er danach besorgt gewesen zu sein schien.«

»Ja, ich denke, sie hat recht – er war sehr aufgeregt, als er von Brüssel zurückkam. Ist er dort auf diesen Beweis gestoßen? Oder hat er dadurch erst die Bedeutsamkeit eines Beweises erkannt, den er schon in seinem Besitz hatte? Diese Fragen sind schwer zu beantworten, aber Brüssel war der Katalysator, da bin ich mir ziemlich sicher.«

»Was war das für eine Reise?«

Das Telefon auf Linds Schreibtisch begann zu klingeln. Er schaute es an, als würde er überlegen, ob er abnehmen sollte oder nicht. Letzten Endes starrte er es einfach so lange an, bis es aufhörte zu klingeln, und wandte sich wieder Sam zu.

»Er wollte sich dort mit Richard van Allyn treffen, einem amerikanischen Wissenschaftler, der irgendeine Funktion bei der NATO hat, aber weitgehend selbstständig arbeitet. Eine wirklich inspirierende Persönlichkeit, die Art Mensch, die in die Politik gehen sollte. Ein republikanischer Denker in den meisten Belangen, aber keiner von der reaktionären Sorte, wenn du weißt, was ich meine.«

Sam lächelte höflich, er wollte nicht über Politik sprechen, aber er war sofort fasziniert von den Neuigkeiten, dass Neil in Brüssel einen Amerikaner besucht hatte, jemanden, der mit der NATO in Verbindung gestanden hatte. Wenn irgendetwas auf die Gründe hindeutete, warum Furst und die CIA in diese Ermittlung involviert waren, dann das.

»Ich sollte diesem Burschen einen Besuch abstatten.«

Lind nickte bedauernd und sagte: »Ja, das solltest du, aber er ist gestorben. Er hatte Krebs im Endstadium – der Bauchspeicheldrüse, glaube ich –, aber einige Tage nach Neils Rückkehr gab es eine Verwechslung mit der Dosis von van Allyns Morphium – Neil war darüber sehr bestürzt.«

Das alles war nicht wirklich verwunderlich. Angenommen, van Allyn hatte Neil den Beweis geliefert, von dem sie die ganze Zeit redeten, wahrscheinlich, weil er wusste, dass seine Zeit ablief und er ihn in sicheren Händen wissen wollte, hätte sein Tod so bald danach in Neil keinerlei Zweifel darüber aufkommen lassen, wie gefährlich diese Information war. Vielleicht war sein Assistent deswegen verschwunden.

»Ich habe jemanden Neils Mitarbeiter erwähnen hören – er ist verschwunden?«

»Er hat sich dazu entschlossen, unterzutauchen«, sagte Lind mit einem Lächeln, das wieder eine Aktivistenvergangenheit vermuten ließ, als ob er unzählige Geschichten über das Umgehen von Behörden und das

Leben in besetzten Häusern erzählen könnte. »Erland hat Neil auf dem Trip nach Brüssel begleitet und als sie die Nachricht von van Allyns Tod erhielten, hat Neil entschieden, dass es das Beste für Erland wäre, irgendwohin zu gehen, wo er in Sicherheit ist. Das ist sein Name, Erland Gregersen.«

»Dann muss ich mit *ihm* sprechen.«

Lind sagte: »Ich habe dir doch gerade gesagt, dass er untergetaucht ist.« Sam gab darauf keine Antwort, sondern schaute Lind einfach weiter an, an die Aktivistenvergangenheit appellierend, die er bei ihm vermutete, und mit einem Gesichtsausdruck, als würde er sich fragen, ob Lind ihn wohl für einen Trottel hielt. Es funktionierte, denn schließlich schrieb Lind das Wort ›E-Mail‹ auf ein Stück Papier und schob es über den Schreibtisch.

Sam schrieb seine E-Mail-Adresse auf das Papier und schob es zurück, woraufhin Lind sagte: »Du denkst wohl, wenn du mich lange genug anstarrst, werde ich es dir sagen, aber ich weiß nicht, wo Erland ist. Noch nicht mal Neil hat das gewusst.«

»Versprichst du mir wenigstens, dass du mir Bescheid sagst, wenn er sich meldet?«

»Versprochen, aber erwarte nicht, dass das in nächster Zeit passiert. Komm, ich bringe dich zur Tür.«

Sie standen auf und gingen in den Flur hinaus und Sam sagte: »Du denkst, dass dein Büro verwanzt ist?«

Lind lachte und sagte: »Ich vermute seit vierzig Jahren, dass mein Büro verwanzt ist. Dieses Mal ist es das vielleicht wirklich. Aber ich habe das ernst gemeint, dass ich nicht weiß, wo er ist, und ich kann nichts versprechen. Ich versuche mein Bestes, aber Erland wird so vorsichtig wie nie zuvor sein.«

»Das kann man ihm kaum verdenken«, sagte Sam. »Hast du einen Stift und einen Zettel bei dir?«

Lind nickte, griff in seine Jackentasche und reichte Sam einen Stift und ein kleines Notizbuch. Sam schrieb eine andere E-Mail-Adresse auf eine freie Seite.

»Verwende diese Adresse – sie ist sicherer.« Er gab ihm sein Notizbuch zurück, schüttelte dann seine Hand und sagte: »Danke für deine Zeit, Jesper.«

»Nichts zu danken.«

Er verließ die Universität und ging zu Hannahs Wohnung, auf demselben Weg, den sie am Abend zuvor gemeinsam gegangen waren. Aber als er bei ihr klingelte, blieb der Türöffner für die Haustür stumm.

Er vermutete, dass sie mit ihrer Schwester unterwegs war, aber ihre Abwesenheit ließ ihn daran denken, dass hier in naher Zukunft niemand mehr sein würde, den er kannte. In Wahrheit hatte er keine echten Freunde hier gehabt, als er angekommen war, und wenn Neil nicht ermordet worden wäre, konnte er sich nicht vorstellen, wie ihre Freundschaft so weit wiederbelebt worden wäre, dass er hierhin zurückgekehrt wäre.

Jetzt allerdings, als er vor ihrer leeren Wohnung stand, fühlte er sich so verloren, als wäre er der Einzige innerhalb eines großen Freundeskreises, der nicht langsam die Stadt verließ.

Er ging den Weg zurück, den er gekommen war, bis zu einem Eckcafé, in dessen Fenster seltsame Schaufensterpuppen standen, jede von ihnen mit einem ausgestopften Tierkopf, den Körper in antike Gewänder gehüllt. Er setzte sich zu einer Handvoll Einheimischer und trank zwei Gläser Bier, zu seinem dritten Bier bestellte er sich ein Sandwich dazu.

Als er zu Hannahs Wohnung zurückkam, war immer noch niemand zu Hause, und da er nicht recht wusste, was er tun sollte, setzte er sich auf eine Treppenstufe vor dem Haus und wartete; er schaute auf die leere Straße und fragte sich, wann das Observierungsteam abgezogen worden war und hoffte, es war in der Nacht geschehen, als er an die Scheibe ihres Transporters geklopft hatte.

Er hatte zwanzig Minuten dort gesessen, als ein dunkelblaues Auto in die Straße bog, langsam vorwärtsglitt und schließlich vor Sam anhielt. Darin saßen Nielsen und Henriksen und schenkten ihm ein Lächeln, das vage kameradschaftlich war oder zumindest suggerieren sollte, dass sie alle im selben Boot saßen. Auf eine seltsame Art und Weise war Sam froh, sie zu sehen.

Sie stiegen aus dem Auto. Nielsen ließ seine Tür offen und lehnte sich gegen den Türrahmen. Henriksen kam von seiner Seite herüber und lehnte sich mit verschränkten Armen gegen das Auto.

»Hallo, Sam«, sagte Henriksen.

»Hallo, Jonas«, sagte Sam, der sich nun berechtigt fühlte, ihn beim Vornamen zu nennen.

Nielsen blickte zur Wohnung hoch und sagte: »Ich schätze mal, sie ist nicht zu Hause.« Sam schüttelte den Kopf. »Wirklich schade, aber es war auch nur ein Höflichkeitsbesuch.«

»Um ihr zu sagen, dass Sie den Mörder noch nicht gefunden haben.«

Nielsen lachte und sagte: »Es ist erst Mittwoch. Vielleicht arbeitet die Polizei in Ihrem Land schneller als wir?« Sam lachte auch ein bisschen, als er erkannte, dass er ins Schwarze getroffen hatte. »Sie hat uns eine Nachricht hinterlassen, dass sie wegzieht, deswegen sind wir eigentlich nur gekommen, um ihr zu sagen, dass wir mit ihr in Verbindung bleiben werden.«

»Und was ist mit Ihnen, Sam? Wann, denken Sie, werden Sie die Stadt verlassen?«

Sam schaute Henriksen an und sagte: »Ich denke, ich werde gehen, wenn Tom Furst geht oder dann, wenn ich auf alles eine Antwort bekommen habe, was auch immer zuerst passiert.«

Henriksen nickte und Sam meinte, einen Hauch von Bewunderung in seinem Gesicht zu erkennen; vielleicht, weil Sam kein berufliches Interesse hier hielt und er trotzdem nicht gewillt war, aufzugeben.

»Sagen Sie ihr, dass wir hier waren«, sagte Nielsen, »und dass wir es später noch mal versuchen.«

»Mach ich, falls ich sie sehe.«

Nielsen stieg in den Wagen, machte aber die Tür nicht zu und Henriksen ging wieder um den Wagen herum, hielt jedoch inne, als Sam fragte: »Warum haben Sie Neil keinen Polizeischutz angeboten?«

Die zwei Kommissare schauten sich verwirrt an und es schien, als würden sie unbewusst eine Münze werfen, denn Henriksen machte wieder einen Schritt zurück in Richtung Sam und sagte: »Er hat nie um Schutz gebeten – wir haben von all dem erst erfahren, als er ermordet wurde.«

Sam nickte, er hatte diese Antwort erwartet. Dann

aber sagte er: »Das ist doch komisch, oder? Er wusste mindestens in seinen letzten zwei Wochen, dass er in Gefahr war, und hat doch nicht um Polizeischutz gebeten und ist nicht ein Mal zur Polizei gegangen, um seine Befürchtungen zu äußern. Denken Sie nicht, er wäre zu Ihnen gekommen, wenn er Angst vor islamischen Extremisten oder Waffenhändlern gehabt hätte? Der Mann hat eine hochschwangere Frau und erwartet sein erstes Kind, er denkt, dass islamische Extremisten hinter ihm her sind und geht trotzdem nicht zur Polizei.«

Er konnte sehen, dass seine Argumentation Nielsen Kopfzerbrechen bereitete und er darüber nachdachte, aber Henriksen sagte: »Sie denken, er hatte Angst vor *uns* und dass *wir* eine Bedrohung für ihn waren?«

»Nein, ich denke nur, dass er nicht geglaubt hat, dass Sie fähig oder willens gewesen wären, ihn vor der CIA zu schützen.«

Die zwei Kommissare tauschten abermals einen kurzen Blick; es war nur unterschwellig, aber der Ausdruck in ihren Augen verriet sie. Sie wussten nicht, wer Neil getötet hatte, waren aber beide klug genug, um zu wissen, dass der ganze Fall nicht richtig zusammenpasste; vielleicht hatten sie bereits selbst die wahren Beweggründe der CIA diskutiert.

Dennoch sagte Henriksen: »Sam, es ist immer kompliziert, wenn Geheimdienste beteiligt sind, und vielleicht beeinträchtigt Ihre eigene Geschichte Ihr Urteilsvermögen. Aber glauben Sie mir – Tom Furst ist einer der Guten.«

Sam lächelte und sagte: »Und was heißt das dann für mich?«

Henriksen lächelte zurück, gab aber keine Antwort. Er stieg in das Auto, Nielsen schlug die Tür zu und beide winkten beiläufig, als sie davonfuhren.

Sam setzte sich für einige Minuten wieder hin und dachte über die erstaunliche Behauptung nach, dass Tom Furst einer der Guten sei. Dann warf er einen prüfenden Blick auf sein Handy und sah, dass er eine E-Mail erhalten hatte. Jesper Lind hatte Erfolg gehabt.

Er öffnete sie und fand zwei Zeilen mit einer knappen Anweisung vor: »*Morgen zwölf Uhr, Södergatan in Malmö. Setzen Sie sich auf eine Parkbank, der Skateboarder wird Sie finden. EG.*«

Dort war er also, Erland Gregersen, der wissenschaftliche Assistent, den Furst vergeblich versucht hatte aufzustöbern, und er hatte direkt auf der anderen Seite der Öresund-Meerenge in Schweden gesessen.

Es war eine weise Entscheidung Gregersens gewesen. Er war in ein anderes Land gegangen, hatte sich dabei aber nur eine halbe Stunde von Kopenhagen entfernt aufgehalten. Ohne Zweifel hatten Furst und seine Leute überall, nur nicht da, nach ihm gesucht, möglicherweise, um ihn zu beseitigen, möglicherweise, um den Beweis, den sie in Neils Besitztümern gesucht hatten, wieder in die Hände zu bekommen.

Die Frage nach diesem Beweis war das Einzige, das Sam beunruhigte. Wenn Gregersen das hatte, was auch immer sie von van Allyn in Brüssel bekommen hatten, und wenn er von dem Mord an Neil erfahren hatte und um sein eigenes Leben fürchtete, warum hatte er dann nichts unternommen, um sich seine Sicherheit zu kaufen? Was immer es auch war, wenn es derart explosiv war, warum hatte er es nicht an eine Zeitung geschickt? Und wenn er den Beweis nicht hatte, warum war Furst hinter ihm her? Was wusste Erland Gregersen, das ihn so wichtig machte?

14

Es war riskant, Ablenkungsmanöver zu unternehmen – an Fursts Stelle würde Sam jegliche Steigerung seiner Aktivitäten damit beantworten, noch mehr Leute auf ihn anzusetzen und er würde in der sicheren Überzeugung, dass etwas im Gange war, unter allen Umständen versuchen, ihm auf den Fersen zu bleiben.

Seiner Erfahrung nach bestand die beste Ablenkung oft darin, nichts zu tun, was Aufmerksamkeit erregte – wenn er ganz unverhohlen zum Bahnhof gehen, eine Fahrkarte nach Malmö kaufen und sich mit Gregersen treffen würde, hatte er gute Chancen, alles erledigt zu haben, bevor die Überwachungsbilder ihnen Klarheit verschaffen konnten. Die einzige Unbekannte war, dass er nicht genau wusste, wie eng sie ihn schon beschatteten.

Infolgedessen versuchte Sam, einen Mittelweg zu finden. Er ging morgens zur Hotelrezeption und fragte nach dem einfachsten Weg nach Helsingor, das auf derselben Bahnstrecke wie Malmö lag, nur in der Gegenrichtung. Dann ging er Richtung Bahnhof, aber als er sich sicher fühlte inmitten des Geschnatters der Menschenmenge, nahm er sein Handy und buchte für den frühen Nachmittag einen Flug nach Brüssel, den er mit seiner Kreditkarte bezahlte.

Falls er beschattet wurde oder seine Kartentransaktionen oder Telefonanrufe überwacht wurden, würde der Erwerb eines Flugtickets den ersten großen Alarm auslösen, und dann würden sie Fangen mit ihm spielen und sich bemühen, extra viele ihrer Leute vor Ort zu positionieren. Dieser logistische Engpass würde Sam als Chance dienen.

Er kaufte einen Fahrschein, sobald er am Bahnhof angelangt war, tauchte dann in der Menschenmenge unter und ging hinunter zu den Bahnsteigen, wo er sich zwischen die anderen Passagiere stellte und auf den Zug nach Helsingor wartete. Ein anderer Zug fuhr auf dem Gleis hinter ihm ein, mit Bestimmungsort Flughafen und dann weiter nach Malmö.

Er schaute auf die Bahnhofsuhr, verglich sie mit seiner Armbanduhr, wartete, lauschte der Warnung, dass die Türen automatisch schlossen, drehte sich in letzter Sekunde um und stieg in den Zug. Dieser fuhr fast augenblicklich ab und Sam setzte sich in das kleine Erste-Klasse-Abteil, in dem er der einzige Reisende war. Soweit er sehen konnte, war nach ihm niemand mehr in den Zug gestiegen.

Auch sonst saßen nur wenige Reisende in dem Waggon. Er studierte sie aufmerksam, während der Zug durch die Außenbezirke der Stadt fegte, bereit, den Zug, falls nötig, am Flughafen zu verlassen, auch wenn er überzeugt davon war, dass ihm niemand gefolgt war.

Nachdem der Zug den Flughafen verlassen hatte, fuhr er in den langen Tunnel, der den Anfang des Verbindungsstückes nach Schweden bildete. Er tauchte auf einer flachen Insel auf, die Straße auf der einen Seite, den Blick über den Öresund auf der anderen, die Sonne auf dem Wasser schimmernd und die Umrisse der Sandbänke und tieferen Wasserstellen deutlich hervorhebend.

Ohne es sehen zu können, spürte Sam, wie der Zug die Brücke hinaufkletterte, die über eine Länge von vierzehn Kilometern die Meeresenge zwischen Dänemark und Schweden überbrückte. Die Bahnstrecke verlief unterhalb der Straßenbrücke und man konnte die Umgebung nur durch die überkreuzten Deckenstreben zwischen den beiden Ebenen hindurch flimmern sehen. Am anderen Ufer war eine größere bauliche Entwicklung zu beobachten, die Gegend um Malmö befand sich augenscheinlich inmitten von Sanierungsmaßnahmen. Der Zug hielt noch einmal, in Malmö-Süd, bevor er kurz danach den Hauptbahnhof erreichte. Sam blieb noch eine Weile auf seinem Platz sitzen und beobachtete, wie die anderen Passagiere den Zug verließen, dann setzte er sich selbst in Bewegung.

Er hatte noch zehn Minuten Zeit und es war nicht weit, deswegen spazierte er langsam über die Steinbrücke, die vor dem Bahnhof über einen vielbefahrenen Kanal führte, und auf den Marktplatz hinaus. Es war ein schöner Platz, eine Mischung aus idyllischen skandinavischen Häusern in unterschiedlichen Sommerfarben und einem barock anmutenden Gebäude, das wohl das Rathaus oder etwas Ähnliches war.

Aber der Zauber verflüchtigte sich auf der Södergatan, der für Autos gesperrten Einkaufsstraße, die auf die andere Seite des Platzes führte. Sie war so anonym wie jede andere Einkaufsstraße in jeder anderen westlichen Stadt und so überfüllt, dass Sam augenblicklich verstand, warum Gregersen sie als Treffpunkt ausgesucht hatte.

Er kam an einer Gruppe junger Männer mit Klemmbrettern vorbei, die versuchten, Leute dazu zu verpflichten, irgendwelche wohltätigen oder anderen Sachen zu unterstützen; ohne großen Erfolg, soweit Sam sehen konnte. Keiner von ihnen versuchte, ihn anzuhalten, und er fragte sich, ob es daran lag, weil sie ihn als Ausländer erkannt hatten oder weil er die falschen Schwingungen aussandte und sie genau wussten, dass es Zeitverschwendung wäre.

Etwas weiter standen einige Parkbänke. Er blieb stehen, nahm auf einer der Bänke Platz und hielt nach einem Skateboarder Ausschau. Die Straße war gepflastert, deswegen war er sich nicht ganz sicher, ob man hier so einfach mit einem Skateboard fahren könnte. Um fünf nach zwölf war immer noch kein Skateboarder aufgetaucht.

Er kam zu der Schlussfolgerung, dass Gregersen entweder kalte Füße bekommen hatte oder, noch schlimmer, ihn nur nach Malmö hatte kommen lassen, um ihn zu testen. Dann erblickte er sie, ein Mädchen mit stacheligen blonden Haaren und einem Rucksack, das Skateboard lässig an der Seite.

Er stand auf, um zu ihr zu gehen, aber sie machte nicht den Eindruck, als hätte sie ihn gesehen; ihre Augen waren nach vorne gerichtet, ihr Gesicht ohne Regung. Dann, ohne ihn anzuschauen oder ihren Schritt zu verlangsamen, drückte sie ihm im Vorbeigehen einen Zettel in die Hand. Er hätte ihr am liebsten etwas hinterhergerufen, um ihr zu sagen, dass sie alles falsch gemacht hatte, dass ein entspanntes Treffen immer weniger Verdacht erregte als die Art von Dingen, die sie in Filmen gesehen hatte.

Stattdessen schaute er ihr zu, wie sie sich von ihm entfernte und ihr Kopf in der Menschenmenge untertauchte, dann senkte er den Blick und öffnete den gefalteten Zettel, um die Botschaft darauf zu lesen.

»Sie werden beobachtet – das Meeting ist abgesagt.«

Das sollte wohl ein Witz sein! Er schaute an den umliegenden Gebäuden hoch und dann wieder auf die Menschen. Er war sich sicher, dass ihm niemand gefolgt war, und er fragte sich, wie Gregersen zu einer anderen Schlussfolgerung gekommen war. Er schaute sich um, um zu sehen, wohin das Mädchen verschwunden war; er suchte die Menge nach ihren blonden, stacheligen Haaren ab, konnte sie aber nirgends entdecken.

Er schlug ihre Richtung ein und tastete die Straße die ganze Zeit über mit den Augen ab. Sie war schon verschwunden, doch er beschleunigte seine Schritte; er dachte, wenn er schnell genug zu dem Platz zurückkäme, könnte er sie vielleicht wiederfinden.

Er sah, wie einer der Unterschriftensammler auf ihn zukam und sich ihm in den Weg stellte. Der Junge sprach ihn auf Schwedisch an, woraufhin Sam sein Tempo etwas drosselte und sagte: »Tut mir leid, ich bin Tourist.«

Der Junge lächelte wieder und sagte: »Bleiben Sie stehen und sprechen Sie mit mir, Sie Arschloch.« Sam stutzte und der Junge sagte: »Ich bin Gregersen – tun Sie jetzt einfach so, als würde Sie das, was ich sage, interessieren.«

Sam schaute ihn an. Er hatte schwarzes Haar, die Spitzen mit Gel bearbeitet, aber es sah aus, als wäre es gefärbt. Außerdem trug er eine Brille mit einem schweren schwarzen Gestell, aber Sam wurde das Gefühl nicht los, dass die Gläser Attrappen waren.

»Mir ist keiner gefolgt«, sagte Sam, der sich unwohl fühlte bei der Art und Weise, wie sie diese Sache hier angingen.

»Hoffentlich nicht«, sagte Gregersen. »Tut mir leid, dass ich Sie als Arschloch bezeichnet habe. Ich bin ganz schön angespannt wegen dieser Sache.«

»Wir können woanders hingehen, wenn dir das lieber ist.«

Gregersen schüttelte den Kopf und sagte: »Nichts für ungut, aber ich weiß nicht, ob ich Ihnen trauen kann. Jesper hat gesagt, dass Sie etwas gefunden haben, hinter dem die Amerikaner her sind.«

»Er hat vielleicht etwas übertrieben. Alles, was ich weiß, ist, dass du und Neil etwas von van Allyn bekommen habt und die CIA danach sucht...«

Mit einem Anflug von Ungeduld sagte Gregersen: »Haben Sie das Päckchen?«

»Was? Nein, das habe ich auch nie gesagt.«

»Verdammt noch mal! Nach dem, was Jesper zu mir gesagt hat, habe ich gedacht, Sie hätten es gefunden.«

Sam schüttelte den Kopf, ebenso frustriert, dass Jesper Lind seine Fortschritte so übertrieben dargestellt hatte, und sagte: »Nein, aber ich denke genauso wenig, dass die CIA es gefunden hat. Und ich weiß...«

»Sie wissen noch nicht mal, worum es hier geht, oder?« Mit einem anklagenden Tonfall, so als würde er Sams zweifelhafte Behauptungen über seine Freundschaft mit Neil als Lüge entlarven wollen, sagte er: »Neil hat Ihnen nichts erzählt.«

»Er hat mir nichts erzählt wegen dem, was Anders Tarding passiert ist. Aber ich weiß, dass es um Operationen des amerikanischen Geheimdienstes geht, vermutlich im Nahen Osten.«

Gregersen lachte ungläubig und sagte: »Ich glaube es nicht. Sie haben sich selbst in Gefahr gebracht, mich in Gefahr gebracht und Sie denken, es geht darum, den Syrern Waffen zu verkaufen! Das hier ist viel größer, so groß, wie es nur geht.«

Jetzt war es an Sam, ungeduldig zu werden, nachdem dieser junge Bursche mit ihm wie mit einem Idioten gesprochen hatte, und er sagte: »Okay, wie wäre es, mir einen Hinweis zu geben – schließlich bin ich deswegen hier.«

»Einen Hinweis? Einen verdammten Hinweis? Denken Sie mal an den 11. September. *Darum* geht's hier. Van Allyn …«

Sie wurden von einem seltsamen, schnappenden Geräusch unterbrochen, als würde ein riesiges Stück Gummiband reißen, und eine Sekunde lang dachte Sam, dass etwas gegen Gregersens Kopf geworfen worden wäre, von dort abprallte und dann auf dem Boden neben ihnen aufschlug.

Gregersens Gesicht war plötzlich entstellt und er begann zu fallen. Jemand neben ihm schrie. Sam schaute auf das Kopfsteinpflaster, dann auf Gregersen, als er auf dem Boden aufschlug, Blut aus seiner Wunde sprudelnd. Er sah, dass der Gegenstand, den er auf dem Boden hatte aufschlagen sehen, nicht gegen Gregersen geflogen war, sondern von ihm weg und in Wirklichkeit ein großes Stück von seinem Hinterkopf war.

Noch mehr Schreie waren zu hören. Gregersen lag ausgestreckt auf dem Pflaster und sein Arm bewegte sich, eine seltsam zuckende Bewegung, als versuche er, seinen Arm hochzuheben und zu fühlen, was mit seinem Kopf los war, aber es war nichts weiter als ein Nachbeben der Nerven. Gregersen war tot, sein Kopf auseinandergerissen wie ein zerbrochenes Spielzeug.

Sam starrte zu ihm hinunter, während Menschen zu der Leiche hin eilten. Ein Pärchen mit Erste-Hilfe-Kenntnissen suchte vergeblich nach einem Lebenszeichen, nach irgendeinem Hinweis, dass man noch etwas tun konnte.

Er hatte schon vorher Opfer von Heckenschützen gesehen, und er hatte schon jemanden gesehen, der aus großer Entfernung niedergeschossen worden war, aber er hatte noch nie einen Treffer mit einer solchen Geschwindigkeit aus allernächster Nähe gesehen und es war schwer zu begreifen, sogar für ihn. Sam hatte mit jemandem gesprochen und jetzt lag eine Leiche vor ihm, und das seltsam organische Geräusch, das er gehört hatte, schien nicht ausreichend sein zu können, um Gregersen von einem Zustand in den anderen zu befördern.

Mittlerweile hatte sich eine stattliche Menschenmenge um Sam und die Leiche versammelt. Einige schauten ihn besorgt an, andere misstrauisch, als ob möglicherweise er dafür verantwortlich sein könnte, dass hier eine Leiche mit herausquellendem Gehirn auf dem Kopfsteinpflaster lag.

Einige von ihnen sprachen ihn sogar an und stellten ihm Fragen, und dann deutete einer von ihnen auf ihn und sagte etwas auf Schwedisch, das voller Alarm klang und eine sofortige Reaktion der restlichen Menge hervorrief.

Noch mehr Menschen schauten auf ihn, ihre Blicke wurden von dem schrecklichen Bild des toten Körpers auf irgendetwas an Sams Erscheinungsbild gezogen. Einige zeigten nun auf ihn, wichen aber gleichzeitig vor ihm zurück. Ein Ausruf verursachte noch mehr Schreie und einige Menschen fingen an, wegzurennen. Sam verstand nicht, warum, wusste aber, dass es etwas mit ihm zu tun haben musste und dass sie vor ihm davonliefen.

Innerhalb weniger Sekunden stand Sam allein da, nur er und die Leiche von Gregersen, eine kleine Gruppe stand etwa zehn Meter hinter ihm, als würde sie von einem unsichtbaren Seil festgehalten werden. Die meisten flohen die Straße entlang oder flüchteten sich in Geschäfte. Diejenigen, die das Geschehen beobachteten, schauten mit einer Mischung aus Faszination und Angst zu.

Ein Mann, der endlich verstanden hatte, dass Sam kein Schwede war, deutete auf seine eigene Brust und rief: »Schauen Sie, da, auf Ihrem Körper.«

Sam schaute an sich herunter. Er brauchte einen Moment, um den Lichtpunkt in der Mitte seiner Brust zu sehen. Sein Herz begann zu rasen. Ohne nachzudenken wich er einige Schritte zurück, als ob das etwas ändern könnte. Gleichzeitig schaute er an den Gebäuden der Umgebung hoch und versuchte herauszufinden, wo der Schütze war.

Er sah erneut an sich herunter, während er sich langsam rückwärts bewegte. Er merkte, wie sich die Menge mit ihm verschob und einen festen Abstand zu ihm einhielt. Der Lichtpunkt wanderte über seine Brust, blieb aber weiterhin fest auf ihn gerichtet.

Sam wusste, dass dies kein Akt der Gnade von Seiten des Schützen war – er wartete mit ziemlicher Sicherheit nur auf einen Befehl und Sam wollte nicht mehr dort herumstehen, wenn dieser Befehl kam. Eine Überdosis Adrenalin strömte in seinen Blutkreislauf, befeuerte seine Muskeln, begann zu jucken, und er wirbelte herum und sprang in die Menge.

Sie teilte sich, indem sie erneut in Panik und Rufe und Schreie ausbrach, denn diese ganz gewöhnlichen Passanten und Einkaufsbummler befürchteten, im Zuge dessen, von was auch immer sie gerade Zeugen geworden waren, in ein Kreuzfeuer hineinzugeraten.

Sam rannte weiter, fieberhaft nachdenkend und befürchtend, dass jeder nächste Schritt von einem plötzlichen Schlag gegen seinen Kopf oder Körper unterbrochen werden würde, und diese Angst ließ ihn schneller und schneller laufen. Er konnte hören, wie die Menge ihm hinterherrief, vielleicht, weil sie den Schrecken überstanden glaubte und nun realisierte, dass jemand Sam anhalten sollte, aber Sam hielt nicht an. Er rannte am Platz entlang, bog dann ab, stürmte durch eine Seitenstraße, bog wieder ab und binnen einer Minute schauten ihn die Leute nur noch an, weil er rannte und nicht, weil sie gesehen hatten, was passiert war.

Er wurde langsamer, ging schließlich nur noch und betrachtete sich in einem Schaufenster, um zu sehen, ob er blutbespritzt war. Aber sein Gesicht und seine Kleidung waren sauber, soweit er sehen konnte; er hatte beim Einschlag des Schusses in Gregersens Kopf nichts von dem Blut abbekommen.

Vor ihm war eine große Kirche und er atmete ein paarmal tief durch, bevor er durch ihre Pforten trat, den Gang entlangschlenderte und sich in eine der Bänke setzte. Und jetzt erst merkte er, dass sein Herz heftig schlug und nicht langsamer wurde, der Herzschlag so schnell, dass es sich anfühlte, als bestünde die Gefahr, dass es versagte.

Ein Küster kam aus einer Tür nahe des Altars und das Echo seiner Schritte dröhnte durch die Stille der Kirche. Er begann, Mikrofone vor den Stühlen in der Nähe des Altars aufzustellen, als Vorbereitung für einen Gottesdienst. Sam beobachtete ihn und starrte hinauf zu dem lichtdurchfluteten Inneren des Kirchenschiffes. Er lauschte den fernen Sirenen und zwang sein Herz, sich zu beruhigen.

Ein- oder zweimal, während er dort saß, bahnten sich seine Gedanken ihren Weg zurück zu dem, was er gerade gesehen hatte, und vor seinen Augen baute sich das Bild Gregersens wieder auf, nur um es dann noch einmal von dem rasend schnellen Schuss einer Heckenschützenkugel auseinandergerissen zu sehen; sein zusammenfallendes Gesicht, das Stück seines Schädels, an dem noch Fleischfetzen hingen und das Gewebe, das auf dem Boden neben ihm lag.

Er versuchte, all das zu verdrängen. Es gelang ihm nicht, denn er fand nichts, was seine Gedanken stattdessen ausfüllen konnte. Und als er etwas fand, war es nur die Wut, dass dieser Junge auf diese Art auf der Straße ermordet worden war, und die Wut auf sich selbst, weil er auf die ein oder andere Art genau das getan hatte, was Furst von ihm wollte und ihn zu Gregersen geführt hatte.

Und doch konnte er immer noch nicht glauben, dass er verfolgt worden war. Er war zu vorsichtig gewesen, zu aufmerksam. Er hatte ihnen nicht genug Zeit gegeben, um selbst einem improvisationsfreudigen Heckenschützen die Gelegenheit zu geben, sich zu positionieren. In diesem Moment wurde ihm klar, dass er vielleicht nicht verfolgt worden war, sondern dass sie seine Pläne schon zu einem früheren Zeitpunkt abgefangen haben mussten. Das empfand er sogar als noch größeres Versagen; ein Versagen, dessen verdammtes Ergebnis einige Hundert Meter von ihm entfernt auf einer belebten Straße lag.

Eine der Sirenen ertönte ganz in der Nähe und der Küster schaute auf, kurz abgelenkt von der Hektik der Welt dort draußen, bevor er wieder in die sicheren Gefilde kirchlicher Routine zurückkehrte. Doch das Geräusch der Sirene hatte auch Sam aus seinen Gedanken gerissen und ihm bewusst gemacht, dass da Polizisten sein würden, die ihn befragen und vielleicht sogar festhalten würden, bis sie wüssten, was geschehen war.

Er ging zum Bahnhof zurück, mit gleichmäßigen Schritten, nicht wie jemand, der es eilig hat. Dann tauchte er in der Menschenmenge unter und durchforstete die Anzeigetafeln nach der Ankunft des nächsten Zuges aus Kopenhagen.

Er stieg sofort ein, nachdem der Zug eingefahren

war, wieder der einzige Passagier in dem kleinen Erste-Klasse-Abteil, und schaute zu, wie sich der Rest des Waggons jenseits der automatisch schließenden Glastür füllte, bis schließlich alle Sitzplätze belegt waren und einige Menschen stehen mussten.

Der Zug fuhr an und Sam schaute aus dem Fenster, dann zu den Menschen, die hinter der Glastür standen: Eine asiatische Frau mit einem Kinderwagen und fünf oder sechs Einkaufstüten versuchte, ein quengelndes Baby zu beruhigen. Eine andere asiatische Frau, die zu der ersten zu gehören schien, stand mit ausdruckslosem Gesicht daneben, offenbar unbeeindruckt von dem sich windenden und schreienden Kind.

Sie verließen den Zug in Malmö-Süd, so wie viele andere Passagiere auch. Nun hatte Sam eine bessere Sicht in den Waggon und er studierte die Gesichter der Handvoll Menschen, die er sehen konnte; zwei blonde Mädchen im Teenageralter, die verschwörerisch miteinander tuschelten, ein Geschäftsmann mit einem Koffer, wahrscheinlich auf dem Weg zum Flughafen, ein dunkler Bursche mit Lederjacke und leerem Gesichtsausdruck, eine Frau, die in ihr Handy schnatterte.

Sein Blick schweifte zurück zu dem Mann mit der Lederjacke. An seiner Erscheinung war nichts Bemerkenswertes, eine Unauffälligkeit, die garantierte, dass niemand im Zug sich später an seine Anwesenheit würde erinnern können. Sam hatte diese Eigenschaft selbst nie besessen, aber er kannte viele, die sie hatten, Lex eingeschlossen.

Und nachdem er sie oft genug beobachtet hatte, war es gerade diese Anonymität, die sich ihm einprägte.

Sam würde sich an diesen Mann erinnern können; und so auch jetzt, denn er hatte ihn schon einmal gesehen – es war eines der beobachtenden Gesichter im Universitätshof während Neils Totenwache, einer der Männer, von denen Furst behauptet hatte, dass sie nichts mit ihm zu tun hätten.

Sam stand auf und ging in den Hauptteil des Waggons und den Gang entlang. Keiner der anderen Reisenden schaute auf, auch nicht der Mann mit der Lederjacke.

Als Sam vorbeiging, bemerkte er, dass der Mann eine ausgebeulte Segeltuchtasche unter dem Tisch verstaut hatte. Sam setzte sich ihm gegenüber auf die andere Seite des Ganges und wandte sich ihm zu – der Mann schaute weder in seine Richtung noch hatte sich sein Gesichtsausdruck verändert, aber Sam war sich jetzt ganz sicher, dass es derselbe Mann war.

Er holte sein Handy heraus und aktivierte dessen Kamerafunktion, dann hielt er es hoch, als würde er eine Nummer suchen und machte ein Foto von ihm. Er speicherte es ab, hielt sich dann das Handy ans Ohr und sagte leise: »Sie hätten mich auch erschießen sollen, als Sie Gregersen erledigt haben.«

Jeder andere in Hörweite hätte angenommen, dass Sam in sein Handy gesprochen hatte, aber der Bursche zeigte jetzt eine Reaktion. Er schaute zu Sam rüber, mit einem leicht überraschten Gesichtsausdruck, als hätte er ihn bisher gar nicht bemerkt. Als sich ihre Blicke trafen, sprach Sam weiter.

»Wie wäre es, wenn ich die Polizei rufe, damit sie uns an der nächsten Station in Empfang nehmen kann?

Wie fänden Sie das? Ich bin sicher, sie würde sich sehr dafür interessieren, was Sie in Ihrer Tasche haben.«

Der Bursche sprang so schnell von seinem Sitz auf, dass Sam damit rechnete, er würde zuschlagen. Aber der Mann beugte sich hinunter, hob seine Tasche auf und ging den Waggon entlang, als wäre er von einem Betrunkenen oder Spinner belästigt worden. Als er an der Tür am anderen Ende des Waggons angekommen war, schaute er zurück.

Sam starrte ihn an, während er in seinen Augenwinkeln die flackernden Schatten der Brückenpfeiler wahrnahm. Sie fuhren über die Brücke, und das bedeutete, dass sie sich schon auf dänischem Gebiet befanden. Mit diesem Gedanken schaute er seine Geldbörse durch, zog Jonas Henriksens Karte heraus und machte sich daran, dessen Nummer zu wählen.

Er hatte gerade die ersten Ziffern eingetippt, als der Zug plötzlich ruckte und hart bremste. Er wurde nach vorne geschleudert. Das Handy rutschte ihm aus der Hand und flog scheppernd auf den Tisch und dann auf den Boden, seine andere Hand knüllte die Visitenkarte zusammen. Die Bremsen quietschten und sonderten einen strengen Brandgeruch ab. Sam stemmte sich gegen den Tisch, aber als der Zug endgültig zum Stehen kam, war dies weniger dramatisch, als er angenommen hatte. Er wurde noch einmal durchgeschüttelt, das war alles.

Er schaute wieder nach vorne, dorthin, wo der Bursche mit der Lederjacke gestanden hatte, aber dieser war verschwunden und die Tür stand offen. Die Frau, die in ihr Handy gesprochen hatte, eilte an Sam vorbei zu der offenen Tür, weiter in ihr Handy redend, vielleicht immer noch mit derselben Person, und kommentierte erstaunt das Geschehen.

Sam sprang auf und folgte ihr zur Tür, wo sie beide hinausschauten, sich sicherheitshalber an jeweils einer Seite des Türrahmens festhaltend, auch wenn der Zug weiterhin stillstand. Zwischen den beiden Gleisen verlief eine niedrige Trennmauer, auf der der Mann nach vorne rannte. Vor ihm beugte sich jemand aus dem Zug, ihm zurufend, entweder der Schaffner oder der Zugführer, woraufhin der Mann hinunter auf das andere Gleis sprang.

Es schien eine verzweifelte Reaktion auf Sams Drohung. Sie waren in der Mitte der Brücke, der Autoverkehr toste über ihnen, der Wind peitschte heftig, zu weit von allem entfernt, um zu Fuß entkommen zu können. Sam schaute hinaus auf die Weite des diamanten funkelnden, blauen Wassers, eine Windkraftanlage in der Mitte, die Elemente gleichzeitig gezähmt und Respekt einflößend.

Ein Signal ertönte und die Frau, die neben Sam stand, rief etwas, entweder in ihr Handy oder zu ihm, und Sam schaute wieder nach vorne. Der Bursche rannte mit einiger Mühe in der Mitte des Gleises entlang, doch aus der Gegenrichtung näherte sich ihm unaufhaltsam ein anderer Zug.

Der Zugführer hupte erneut, und als ob er den näher kommenden Zug erst jetzt sehen würde, hielt der Bursche abrupt an und kletterte auf den Zaun jenseits der Gleise; sich weigernd, seine Tasche loszulassen, balancierte er unsicher auf dem Zaun, als der Zug mit sinnlos quietschenden Bremsen vorbeidonnerte.

Sam und die Frau mit dem Handy waren instinktiv vor dem vorbeifahrenden Zug zurückgewichen, aber sobald er verschwunden war, eilten sie zurück an die Tür. Auf dem Zaun war niemand mehr zu sehen, niemand rannte die Gleise entlang. Der Schaffner und der Zugführer ihres Zuges sahen gleichermaßen verwirrt aus.

Man konnte über Hilfsleitern nach oben gelangen und Sam lauschte auf die Geräusche des Verkehrs über ihnen und suchte nach Anzeichen, dass der Verkehrsfluss von einem verirrten Fußgänger unterbrochen worden war, aber die Verkehrsgeräusche blieben gleichförmig und stet. Er fragte sich, inwieweit die Möglichkeit bestand, dass der Bursche hinuntergestürzt war, und konnte nicht umhin, zu denken, dass er diesen Tod verdient gehabt hätte.

Der Schaffner sprach in sein Handy, während er an der Trennwand entlang zu ihnen ging. Als er sie erreicht hatte, sagte er etwas auf Dänisch und die Frau beendete ihr eigenes Gespräch und antwortete ihm. Sie schaute Sam um Unterstützung bittend an.

»Er hat die Notbremse gezogen und muss die Tür mit Gewalt aufgerissen haben, das ist alles, was ich weiß.«

Die Frau nickte und sagte: »Er hat gefragt, ob sich der Mann irgendwie merkwürdig benommen hat.«

Sam schüttelte den Kopf und sagte: »Ich glaube nicht. Ich hatte ihn bis zu dem Moment, als er den Zug verlassen hat, noch nicht mal bemerkt.«

»Genau dasselbe habe ich auch gesagt.«

»Okay«, sagte der Schaffner. »Wir müssen uns darum

kümmern, den Zug wieder fahrbereit zu machen, und mit den anderen Reisenden sprechen.«

Als hätten sie sich nun endgültig auf eine gemeinsame Sprache für ihr Gespräch geeinigt, sagte die Frau auf Englisch zum Schaffner: »Was, denken Sie, ist mit ihm passiert?«

Der Schaffner schaute die Brücke entlang, dann zu ihnen zurück, und sagte: »Schwer zu sagen. Sie sollten jetzt wieder zu Ihren Plätzen zurückgehen.«

Sie taten, wie ihnen geheißen, und kehrten in unterschiedliche Bereiche des Waggons zurück, auch wenn Sam nicht das Risiko einging, Aufmerksamkeit auf sich zu ziehen, indem er sich wieder in das Erste-Klasse-Abteil setzte. Während der zehn Minuten, die es dauerte, bis der Zug weiterfahren konnte, und auch, als sie langsam den noch vor ihnen liegenden Brückenabschnitt entlangfuhren, schaute er ununterbrochen auf die Brücke hinaus.

Es gab einige Verwirrung, als sie den Kopenhagener Flughafen erreichten. Dafür sorgte zum einen die Durchsage, dass der Zug hier endete, und zum anderen zwei uniformierte Polizisten, die mit dem Schaffner ihren Waggon betraten. Der Schaffner deutete auf Sam und die Frau, er erklärte ihnen vielleicht, dass er bereits mit ihnen gesprochen hatte.

Einer der Polizisten sagte: »Wir müssen mit jedem von Ihnen sprechen, bevor Sie den Zug verlassen.« Er wiederholte seine Anweisung auf Dänisch, obwohl ihn die anwesenden Fahrgäste offensichtlich schon beim ersten Mal verstanden hatten.

Sein Kollege sprach mit den beiden Mädchen und

dem Geschäftsmann mit dem Koffer. Sam versuchte, ihre Gespräche mitzuhören, weil er sich im Klaren darüber war, dass ohne Weiteres einer der anderen Passagiere ihn dem Burschen gegenüber hätte sitzen sehen oder seine Bemerkungen hätte hören oder den kurzen Blickkontakt zwischen ihnen hätte beobachten können.

Sam bemerkte, wie der Geschäftsmann jetzt auf ihn zeigte – wieder konnte er nicht genau hören, was er sagte, aber er sah, dass der Polizeibeamte Interesse zeigte. Jedenfalls gab er dem Geschäftsmann irgendeine Anweisung, der daraufhin nervös auf seine Armbanduhr schaute; vielleicht dachte er an das Flugzeug, das er erreichen musste.

Der Polizist kam zu Sam herüber und sagte: »Sie waren in der Ersten Klasse und haben sich dann hier herübergesetzt. Ist das richtig?«

»Ja, das ist richtig«, sagte Sam, der schon an die nächste, unvermeidliche Frage dachte.

»Warum haben Sie den Platz gewechselt?«

»Ich hatte keinen Empfang für mein Handy und dachte, es läge vielleicht an meinem Abteil, deswegen bin ich hierhergegangen. Und hatte Empfang.«

Die Frau, die mit ihm an der Tür gestanden hatte, sagte: »Ja, ich habe ihn hier sitzen und telefonieren sehen.« Sie drehte sich mit einem Lächeln zu Sam um und fügte hinzu: »Aber es ist nur Zufall – es ist nicht immer möglich, Empfang zu haben.«

Sam zuckte mit den Schultern und stellte sich begriffsstutzig, und der Polizist sagte: »Hat keiner von Ihnen beobachtet, dass sich der Mann merkwürdig verhalten hat?«

Sie wiederholten, was sie zuvor dem Schaffner auf dieselbe Frage geantwortet hatten, und Sam verabschiedete sich von der Frau, als er den Zug verließ.

Er wartete nicht auf einen anderen Zug. Er nahm ein Taxi, um vom Flughafen zurück in die Innenstadt zu fahren. Und erst im Taxi begann er nachzudenken und überlegte hin und her, was Gregersen ihm in den Sekunden vor seinem Tod gesagt hatte. Die Frage, ob Sam verfolgt worden war oder nicht, war im Vergleich dazu bedeutungslos.

Was immer ihnen van Allyn bei dieser Reise nach Brüssel gegeben hatte, es hatte mit dem 11. September zu tun. Sam hatte schon viele Verschwörungstheorien gehört, die meisten von ihnen voller Hysterie und übertrieben kompliziert, wenn man dem gegenüber die brutale Einfachheit des Ereignisses selbst betrachtete, Flugzeuge in Wolkenkratzer zu steuern.

Sogar Sams früherer Branche, die selbst auf Lügen und Verschwörungen gegen die Wahrheit und der Manipulation von Wahrnehmungen aufgebaut war, waren die meisten Theorien rund um den 11. September lächerlich erschienen. Es gab zu wenig zu gewinnen, zu viel zu inszenieren, und, das Wichtigste für eine Operation diesen Ausmaßes: Kein einziger ernstzunehmender Beweis war jemals aufgetaucht.

Bis jetzt, vielleicht. Ob es nun der Beweis für eine Verschwörung oder eine Vertuschung oder lediglich für Sicherheitslücken war – das, was van Allyn besessen hatte, war sicherlich von einem ganz anderen Kaliber. Angesichts seiner Krebserkrankung im Endstadium hatte er die Notwendigkeit gefühlt, diesen Beweis weiterzugeben, ihn Neil Todd und Erland Gregersen anzuvertrauen, und, womit auch immer es zu tun hatte, es war der Beweis für etwas so Ernstes, dass es allen dreien einen frühen Tod beschert hatte.

Und jetzt begann er auch zu verstehen, warum die CIA keine Informationen mit dem SIS teilen wollte, warum Furst eine so straffe Ermittlung durchführte, warum er selbst für die Standards seines Berufes so rücksichtslos war. Sam verstand sogar, warum seine eigene Präsenz Furst so irritierte.

Wenn er schon eine Ahnung von Sams früherer Karriere hatte und, noch wichtiger, von den Gründen für seinen Ausstieg, würde er den Verdacht hegen, dass Sam diesen Fall unwiderstehlich finden würde, weil er ihm die Möglichkeit offerierte, seinen früheren Beruf endgültig abzulegen.

Zumindest diesbezüglich hätte Furst recht. Sam wollte Gerechtigkeit für Neil Todd und Hannah, und für den Mann, den er gerade hatte sterben sehen, aber wenn sich ihm die Chance bieten sollte, gleichzeitig eine solche Wahrheit ans Licht zu bringen, würde es mehr als einen Tom Furst brauchen, um ihn aufzuhalten.

15

Sam hatte sich vom Taxi am Radisson absetzen lassen. Er ging hinüber in den Barbereich und bestellte sich einen großen Brandy, dann rief er die Hotelrezeption an und ließ sich mit Zimmer 606 verbinden. Wie er erwartet hatte, nahm keiner ab – Tom Furst war irgendwo anders beschäftigt.

Er nahm sich Zeit für seinen Brandy und sammelte seine Gedanken. Es gab nicht viel, was er im Moment tun konnte, aber er war entschlossen, den Ball an Tom Furst zurückzuspielen und ihn wissen zu lassen, dass es mit dem Tod von Gregersen noch nicht vorbei war. Er würde so lange an Tom Furst dranbleiben, bis er die Wahrheit über das, was hier geschehen war und was sie so verzweifelt zu verbergen versuchten, herausgefunden hatte.

Mit diesem Gedanken sendete er Jonas Henriksen das Foto, das er im Zug gemacht hatte, und bat darum, er möge es zur Identifikation seinem Freund im Geheimdienst übergeben. Er bezweifelte, dass er eine Antwort bekommen würde, aber es würde die Polizei zum Nachdenken bringen und vielleicht den Druck auf Furst erhöhen.

Er trank sein Glas aus und zahlte, nahm einige Geldscheine aus seiner Tasche und ging hinüber zum Empfangstresen des Portiers. Es war ein anderer als der, bei dem er die Fotos für Furst hinterlegt hatte, und Sam lächelte und sagte: »Hi, ich wollte fragen, ob es vielleicht möglich wäre, Zimmer 606 zu sehen?«

Er wollte gerade erklären, was für ein Designfan er war, aber es war offensichtlich ein häufig genannter Wunsch, denn der Portier lächelte und sagte: »Ich sehe mal nach, ob es zur Zeit belegt ist.« Einige Sekunden später runzelte er die Stirn. »Leider wohnt gerade jemand in Zimmer 606. Wie lange sind Sie noch in Kopenhagen?«

»Ich reise morgen ab«, sagte Sam mit überzeugend enttäuschter Miene. Er legte seine Hände auf den Tresen und achtete darauf, dass das Geldbündel in seiner Hand gut zu sehen war, während er sagte: »Es würde mir so viel bedeuten, es zu sehen – ich nehme nicht an, dass es einen Weg gibt, einen Blick hineinzuwerfen, wenn der Gast nicht da ist? Ich fasse auch nichts an.«

»Tut mir leid, Sir, aber das ist nicht möglich.«

»Verstehe«, sagte Sam. Er reichte dem Burschen eine Hundert-Kronen-Note und sagte: »Danke trotzdem, dass Sie nachgeschaut haben.«

»Danke, Sir.« Sam wandte sich schon zum Gehen, als der Portier ihn zurückrief: »Sir, einen Moment bitte.« Sam drehte sich wieder um und nachdem sich der Portier im gesamten Empfangsbereich umgeschaut hatte, sagte er: »Ich sehe, dass es Ihnen viel bedeutet, und da es hier unten gerade ruhig ist, schätze ich, dass es niemandem schadet, wenn Sie mal einen Blick hineinwerfen.«

Sam lächelte und folgte dem Mann zu den Aufzügen;

er tat sein Bestes, um sich enthusiastisch zu Arne Jacobsen zu äußern, während sie hochfuhren. Der Portier klopfte, als sie bei Zimmer 606 angekommen waren, und als er keine Antwort bekam, schloss er die Tür auf und bedeutete Sam, ihm hineinzufolgen.

Dafür, dass das Design vor fast fünfzig Jahren entworfen worden war, sah das Zimmer auf eine zurückhaltende Art immer noch erfrischend modern aus, der Sitzbereich vom Schlafzimmer durch einen Vorhang getrennt, der zurückgezogen war. Die Fenster boten eine eindrucksvolle Aussicht über den Bahnhof und den Rest der Stadt. Aber das Erstaunlichste an dem Raum war, dass er fast völlig unbewohnt aussah. Hier und da lagen ein paar von Fursts Sachen herum, aber er hatte in seiner Umgebung beeindruckend wenig Spuren hinterlassen.

»Unglaublich«, sagte Sam. »Und alles ist noch genau so, wie Jacobsen es entworfen hat?«

Der Portier antwortete mit einem gewissen Stolz in der Stimme, und Sam ließ ihn ein oder zwei Minuten lang reden und lenkte ihn lange genug ab, um unbemerkt seinen Fahrschein nach Malmö auf den Couchtisch fallen zu lassen. Sam wusste, dass gerade solche kleinen Gesten für die größte Beunruhigung sorgen konnten. Er wusste auch, dass Furst das Ticket sofort entdecken und genau verstehen würde, was es bedeutete.

Als er zum D'Angleterre zurückkam, bat er um seine Aktentasche aus dem Safe und nahm sie mit in seine Suite, wo er sie zunächst an der Tür stehen ließ.

Dann durchkämmte er das Zimmer. Er schaute zuerst an allen offensichtlichen Plätzen nach, bevor er die Sonde aus seiner Tasche nahm, um die verbliebenen Abhörgeräte aufzuspüren – als er damit fertig war, war eine ganze Sammlung zusammengekommen, einige davon waren selbst ihm unbekannt.

Zufrieden, dass der Raum sauber war, nahm er eine seiner Pistolen, lud sie und legte sie samt Schulterhalfter in den Zimmersafe. Er duschte und zog sich um, und als er anschließend das Zimmer verließ, nahm er die Aktentasche mit, um sie wieder an der Rezeption abzugeben – es war schon nach fünf, aber er hoffte, dass er Jesper Lind noch erwischte, bevor er Feierabend machte.

Als er jedoch die Aktentasche an der Rezeption übergab, sagte die junge Frau hinter dem Tresen: »Mr. Webster, da ist gerade ein Fax für Sie gekommen – wir wollten es Ihnen gerade auf Ihr Zimmer bringen.«

Sie überreichte ihm einen Umschlag, der ein gefaltetes Blatt Faxpapier enthielt.

Darauf stand geschrieben: *Haben Ihren Freund identifiziert – Treffen im Café Turell um 18 Uhr.*

»Wo ist das Café Turell?«

»Das ist gar nicht weit. Ich kann es Ihnen auf dem Stadtplan zeigen.« Sie nahm einen der ausliegenden Stadtpläne, zeichnete ihm den Weg ein und erklärte ihm, wo das Café im Verhältnis zum Hotel lag.

»Danke.«

Er nahm den Stadtplan an sich und kehrte zu seinem Zimmer zurück – Lind würde bis morgen warten müssen –, aber er fragte sich, ob das Fax echt war. Wenn es von Henriksen kam, wovon er eigentlich ausgehen musste – warum hatte er diese Art der Kontaktaufnahme gewählt und warum hatte er es nicht unterschrieben?

Aber wenn es eine Falle war, hätte das Fax mehr Details enthalten, irgendetwas, um möglichst kein Misstrauen in ihm aufkommen zu lassen. Und obwohl er nicht den geringsten Zweifel daran hatte, dass Furst vorhaben könnte, ihm eine Falle zu stellen, so traute er ihm doch mehr Klasse zu als etwas so Melodramatisches zu arrangieren wie ein Treffen in einem Café mit einem anonymen Informanten.

Er bewaffnete sich dennoch und fand kurz vor sechs einen Weg durch den Servicebereich nach draußen, anstatt das Hotel durch die Eingangstür zu verlassen. Es war kurz nach sechs, als er am Café ankam.

Es war ein netter Ort, eine schmale, silberne Bar, an deren einem Ende sich ein Restaurantbereich befand. Das andere Ende war gemütlicher, die Wände mit gerahmten Drucken von Buchumschlägen bedeckt, alle von dem namensgebenden Dan Turell. Es herrschte bereits reger Betrieb, stylishes Publikum, viele Studenten.

Sam bestellte einen großen Macallen-Whiskey, dann schaute er sich um, als könnte er sich nicht entscheiden, wo er sitzen wollte. Eine junge blonde Frau saß auf der Bank unter der Wand mit den gerahmten Buchumschlägen, mit zurückgekämmten Haaren und einer von Weitem kaum auffallenden Brille, das Gesicht ernst, aber schön.

Sams Blick verweilte einen Moment lang auf ihr und sie hob freundlich grüßend die Hand.

Er winkte zurück und schlenderte mit seinem Drink

in der Hand zu ihr hinüber und setzte sich ihr gegenüber an den Tisch. Das hatte zur Folge, dass er dem Raum den Rücken zukehrte, was er an sich immer zu vermeiden versuchte, aber da er schätzte, dass sie Henriksens Kontakt zum Geheimdienst war, würde er ihr vertrauen müssen, ihm den Rücken freizuhalten.

Sie hatte ein Glas Bier vor sich stehen und trank erst einmal einen kleinen Schluck, bevor sie sagte: »Ich bin Marika. Schön, Sie kennenzulernen, Sam.«

»Gleichfalls, Marika. Ich nehme an, Sie sind der Geheimdienstkontakt von Jonas.«

Sie lächelte und sagte: »Das kann man so sagen. Jonas ist mein Lebensgefährte.«

»Ich verstehe. Also, wie haben Sie von mir erfahren?«

»Das kann ich nicht sagen.« Sie lächelte erneut, spielerisch, und er wusste instinktiv, dass sie glücklich waren, und er beneidete sie und Jonas Henriksen, weil sie in der Lage waren, trotz ihrer Jobs so etwas wie ein normales Leben zu führen.

»Und was ist hiermit? Sind Sie offiziell hier?«

»Ja und nein.« Wieder war diese Verspieltheit in ihren Augen, aber sie fügte hinzu: »Es ist in unserem Interesse, bis zu einem gewissen Maße mit Ihnen zu kooperieren, aber natürlich nur inoffiziell. Immerhin sind Sie eine Zivilperson.«

Er nickte und fühlte, dass ein Hauch von Kritik in ihrer letzten Bemerkung lag, als ob er seiner Berufung den Rücken gekehrt hätte, als er seinen Job hingeworfen hatte. Und er konnte jetzt nicht damit anfangen, ihr zu erklären, dass das, was er jetzt tat, tausendmal näher an seiner ursprünglichen Berufung war, als es seine Arbeit bei der S8 jemals gewesen war.

»Okay, also, was habt ihr herausgefunden?«

»Sie zuerst. Warum wollen Sie wissen, wer er ist?«

Sam nickte, das *quid pro quo* akzeptierend, und sagte: »Er hat heute in Malmö Erland Gregersen getötet. Dieses Bild ist im Zug zurück nach Kopenhagen aufgenommen worden – kurz danach ist er aus dem Zug gesprungen und verschwunden.«

»Interessant. Letzteres ist als möglicher Selbstmord gemeldet worden, aber… Wir erwarten nicht, dass eine Leiche gefunden wird.« Sie betrachtete ihr Bier, als könnte sie sich nicht entscheiden, ob sie noch einen Schluck trinken sollte oder nicht, dann schaute sie auf und sagte: »Er heißt Areq Balayan, ein armenischstämmiger US-Bürger. Er war mal bei der CIA, hat aber schon seit mehr als zehn Jahren nicht mehr für sie gearbeitet. Er ist das, was man einen Söldner nennen könnte, aber er arbeitet nur für eine kleine Anzahl von Kunden, darunter sind einige, die sich an den Randzonen der industriellen Welt befinden.«

Sam wusste genau, was Marika mit den Randzonen der industriellen Welt meinte, und fühlte sich leicht aus dem Gleichgewicht gebracht durch die Erkenntnis, dass Balayan mit großer Wahrscheinlichkeit für einige der Leute gearbeitet hatte, die er selbst in den letzten achtzehn Monaten mit einer Sicherheitsberatung versorgt hatte.

»Also, was macht er hier? Für wen arbeitet er?«

Sie zuckte mit entwaffnender Aufrichtigkeit die Schultern und sagte: »Wir wussten noch nicht mal, dass er in Kopenhagen war. Natürlich hilft es uns, die Anzahl der Personen, die etwas mit dem Mord an Professor Todd und Erland Gregersen zu tun haben könnten, zu verringern.«

»Er könnte immer noch für die CIA arbeiten.«

»Das denke ich nicht.« Ihrem Lächeln war anzumerken, dass Jonas sie darauf vorbereitet hatte, dass Sam in diese Richtung steuern würde. »Wir haben gute Beziehungen zur CIA.«

»Sie ist eine viel geschmähte Organisation, aber sogar gute Geheimdienste tun schlechte Dinge. Und ich weiß darüber mehr als die meisten anderen.«

Sie antwortete mit einem kurzen Nicken, das andeutete, dass sie etwas über seine Vergangenheit wusste, und nahm einen weiteren Schluck von ihrem Bier. Er folgte ihrem Beispiel und nippte an seinem Whiskey.

»Ich wünschte, ich könnte mehr für Sie tun, aber …«

Er schüttelte seinen Kopf. »Wenn Sie nicht wissen, nach was sie suchen, gibt es nicht viel mehr, was Sie mir erzählen *können*. Sie sagen, Balayan ist immer noch am Leben, deswegen nehme ich an, dass er noch hier in der Stadt ist – ich muss mir nur einen Weg ausdenken, ihn aufzuscheuchen, dann sehen wir weiter.«

»Warum haben Sie ihn nicht im Zug festgehalten?«

»Weil ich zu diesem Zeitpunkt noch davon überzeugt war, dass er ein CIA-Agent ist – ich wollte gerade Jonas anrufen, als er die Notbremse gezogen hat. Ich war mir sicher, dass ihn die CIA würde verschwinden lassen. Aber jetzt, da ich weiß, dass er kein CIA-Mann ist, offiziell wenigstens, wäre es wahrscheinlich das Beste für mich, wenn ich ihn mir schnappe.«

»Es sei denn, *Sie* finden, was sie suchen.«

Er lächelte und sagte: »Also geben Sie zu, dass sie etwas suchen.«

»Nein, ich reflektiere nur Ihre Überlegungen.« Sie erwiderte sein Lächeln, sagte aber: »Ich muss gehen, Sam. Ich wünsche Ihnen Glück, aber ich muss Ihnen ja nicht sagen, dass alles vielleicht nicht so ist, wie es aussieht, und dass Sie sehr vorsichtig sein müssen.«

»Danke.«

Sie stand auf und ging, und Sam setzte sich auf ihren Platz – die Bar hatte sich während ihres Gesprächs sogar noch mehr gefüllt – und nuckelte an seinem Whiskey.

Heute Abend konnte er nichts mehr tun. Er wollte noch nicht einmal zu Hannah gehen und ihr von Erland Gregersen erzählen oder ihr die ganze Sache erklären müssen, falls sie es schon in den Nachrichten gesehen hatte.

Am nächsten Morgen würde er noch einmal Jesper Lind besuchen, weil das Ziel, Areq Balayan aus dem Verkehr zu ziehen, nach wie vor nur an zweiter Stelle stand; ein Ziel, das sich nur zu gut dazu geeignet hatte, es Marika als seine Hauptpriorität darzustellen. Es würde einige Befriedigung darin liegen, den Mann, der wahrscheinlich Neil Todd getötet hatte, aus dem Verkehr zu ziehen, aber es wäre noch weit befriedigender, die Gründe für seinen Mord herauszufinden.

Irgendwo in Kopenhagen existierte ein Päckchen – so hatte es Gregersen bezeichnet, Gregersen, der tot war, der derartig zugerichtet worden war, dass sein Kopf nicht mehr als solcher erkennbar gewesen war –

und dieses Päckchen enthielt die Beweise, die zu Neils Tod geführt hatten.

Wenn es um etwas anderes gehen würde, wenn es, wie er anfangs vermutet hatte, um Waffenhandel in Syrien oder etwas Ähnliches gehen würde, wäre er vielleicht nicht so interessiert gewesen, aber es ging um den 11. September, und dieselbe brennende Neugierde, die wahrscheinlich in Neil und seinem Assistenten erwacht war, hatte nun auch Sam gepackt.

Er wollte dieses Päckchen, oder er wollte wenigstens wissen, was sie wussten, auch in Anbetracht der zu erwartenden Risiken. Er würde sich auch nicht scheuen, es der Welt mitzuteilen, trotz Fursts höhnischer Andeutung des Gegenteils. Er würde es der Welt mitteilen, weil er dem Urteil der Öffentlichkeit mehr traute als seinen früheren Kollegen. Ganz gleich, was Neil herausgefunden hatte oder wie groß die Folgen waren – es gab keine Wahrheit, die nicht erzählt werden durfte.

16

Er wusste nicht, wie gut Jesper es aufnehmen würde, ihn erneut zu sehen, und ob er ihn verantwortlich für das machen würde, was mit Gregersen passiert war. Er konnte noch nicht einmal davon ausgehen, dass Lind schon wusste, was geschehen war – Sam hatte in der vorigen Nacht mehrere Male den Fernseher eingeschaltet, es war ihm jedoch nicht gelungen, irgendwelche neuen Berichte über den Vorfall in Malmö zu finden.

Wie bei seinem ersten Besuch war Linds Tür nur angelehnt, also klopfte er an und schob die Tür ganz auf. Lind saß alleine an seinem Schreibtisch und schien zu arbeiten, aber er schaute auf, und als er Sam sah, nahm sein Gesicht den trüben Ausdruck eines Menschen an, der die tragische Niederlage eingesteht, die sie seit ihrem letzten Treffen erlitten hatten.

Sam schloss die Tür, stellte seinen Rucksack neben den Schreibtisch und setzte sich wortlos hin. Schließlich sagte er: »Du hast gehört, was passiert ist?«

»Es ist meine Schuld«, sagte Lind. »Ich hätte wissen müssen, dass sie dir folgen.«

Sam hatte immer noch Zweifel daran, dass er verfolgt worden war. Noch nicht einmal wegen der Vorsichtsmaßnahmen, die er getroffen hatte oder der logistischen Frage, einen Heckenschützen dermaßen schnell an Ort und Stelle zu platzieren – es war Instinkt. Und doch musste er vielleicht akzeptieren, dass sich sein Instinkt in den achtzehn Monaten, seit er ausgestiegen war, verflüchtigt hatte; dass er ihn im Stich gelassen und zu einer Selbstgefälligkeit verführt hatte, die den Schützen auf Gregersens Spur gebracht hatte.

Er dachte daran, zu erwähnen, dass auch Lind sein Blatt überreizt hatte und dass sich Gregersen vielleicht nie zu dem Treffen bereit erklärt hätte, wenn ihm nicht suggeriert worden wäre, dass Sam das Päckchen hatte, aber er hielt sich zurück. Lind fühlte sich sowieso schon schlecht genug, und Sam wollte die Schuld nicht auf ihn abwälzen – dies war sein Kreuzzug gewesen.

Lind seufzte und sagte: »Hast du wenigstens etwas herausgefunden?«

»Nicht wirklich«, sagte Sam. Er wollte den 11. September nicht erwähnen, weil er keine Ahnung hatte, inwieweit allein diese Information tödliche Folgen hatte. Er war bereit, sein eigenes Leben in Gefahr zu bringen, aber die Universität hatte schon genug Leute verloren. »Er hat bestätigt, dass es um etwas geht, das van Allyn ihnen gegeben hat, aber er hatte erst wenig gesagt, als ... Es ging alles sehr schnell.«

Lind nickte und sagte: »Also nehme ich an, du bist der Mann, mit dem sie sprechen wollen, der Mann, mit dem das Opfer zu besagter Zeit gesprochen hat?«

»Ja, ich schätze, das bin ich. Aber ich kann meine Zeit nicht mit der Polizei dort drüben verschwenden – ich habe zu viel zu tun.«

Lind schaute ihn leicht verwirrt an, dann sagte er: »Du machst nicht weiter?«

»Doch, natürlich. Ich bin auf dem Weg, herauszufinden, wer Neil ermordet hat und warum. Erland Gregersens Tod bestärkt mich nur noch.«

Er sagte das ebenso in Richtung etwaiger Wanzen, die möglicherweise im Büro angebracht worden waren, wie zu dem Mann, der ihm gegenübersaß, aber Lind schüttelte den Kopf und sagte: »Dann bist du verrückt. Wer immer das getan hat, hat schon zwei Menschen ermordet, vielleicht sogar noch mehr – es ist ein Leichtes, dich zu dieser Liste hinzuzufügen.«

»Das weiß ich, aber ich muss es trotzdem tun, für mich und für Hannah.« Die Worte klangen hohl und er realisierte erst jetzt, dass er sie seit über zwei Tagen nicht gesehen hatte.

Als wollte er diese Tatsache entlarven, sagte Lind: »Hast du Hannah in letzter Zeit mal gesehen?«

»Nicht seit Dienstagabend.«

»Du weißt, dass sie wegzieht?«

»Ja, das hat sie mir erzählt.« Aber in Linds Frage hatte etwas mitgeklungen, dass ihn veranlasste, zu fragen: »Du meinst doch nicht etwa, dass sie schon bald geht?«

Lind nickte, leicht überrascht, dass Sam das nicht wusste, und sagte: »Ich glaube, sie fährt morgen.«

»Oh, das wusste ich nicht. Ich muss zu ihr gehen.« Er hatte plötzlich das Gefühl, sich beeilen zu müssen. »Kann ich mal einen Blick in Neils Büro werfen?«

Lind zuckte mit den Achseln und sagte: »Sicher, du kannst es dir anschauen, aber sie haben es komplett ausgeräumt, es stehen nur noch die Möbel drin. Sie haben gesagt, dass sie alles wieder zurückbringen, aber…«

»Natürlich. Ich habe nicht erwartet, dort irgendetwas zu finden, aber man weiß ja nie.«

Lind lächelte, als sei er beeindruckt von Sams Entschlossenheit, diese Sache weiterzuverfolgen, und sagte: »Komm mit. Es gibt da noch etwas, das ich dir zeigen kann.«

Er stand auf und Sam folgte ihm, aus seinem Büro hinaus und mehrere Gänge entlang. Er hielt vor einer Bürotür, an der kein Name, sondern nur die Zimmernummer stand, durchsuchte seinen Schlüsselbund und öffnete sie. Lind schaltete das Licht ein, als sie das Büro betraten.

»Das ist Erland Gregersens Büro. Es wurde ihm nicht offiziell zugewiesen und erscheint in den Unterlagen nicht als sein Büro, deswegen haben sie nie danach gefragt und ich habe ihnen nie davon erzählt.« Er löste den Schlüssel von den anderen und händigte ihn Sam aus. »Schließ ab und bring mir den Schlüssel zurück, wenn du fertig bist.«

Sam nickte und sagte Danke, und Lind ließ ihn allein.

Es war ein vollgestopfter Raum, sogar noch vollgestopfter als Neils Arbeitszimmer. Das Einzige, was fehlte, war ein Computer, aber Sam nahm an, dass Gregersen irgendeinen Laptop benutzt hatte, den er für gewöhnlich mitgenommen hatte – auf dem Schreibtisch war jedenfalls eine Fläche von entsprechender Größe frei geräumt.

Er durchsuchte erst den Schreibtisch, fand aber nichts von Interesse in den Schubladen, nur gedruckte Blätter und handschriftliche Notizen. Ein Schreibblock lag auf dem Schreibtisch neben der Stelle, wo der Laptop gestanden haben könnte. Er schaute ihn durch – hingekrakelte Notizen in Dänisch, Kaffeeflecken, Kritzeleien, einige von ihnen obszön, eine andere nahm den größten Teil einer Seite ein und sollte eindeutig die Zwillingstürme in New York darstellen. Sam betrachtete die Notizen auf dieser Seite und auf den umliegenden Seiten und suchte nach irgendeinem Hinweis zwischen den dänischen Wörtern, fand aber keinen.

Danach durchsuchte er das Zimmer. Er wusste, dass er das Päckchen hier nicht finden würde, weil Gregersen gefragt hatte, ob er es gefunden hatte. Das ließ vermuten, dass Neil es versteckt hatte, und es sah ganz danach aus, als hätte Furst es mittlerweile gefunden, vielleicht in den Sachen, die sie aus Neils Büro mitgenommen hatten, und doch … Und doch war Sam überzeugt davon, dass sie es noch nicht gefunden hatten, dass das Interesse, das sie an ihm zeigten, auf der Hoffnung beruhte, dass er sie zu dem Päckchen führen würde, genauso wie er sie zu Gregersen geführt hatte.

Schließlich schaute er die Bücherregale entlang, nach etwas suchend, das zwischen ihnen versteckt worden sein könnte. Es war der einzige Bereich, in dem Gregersen tatsächlich Ordnung gehalten hatte, die meisten Bücher sahen ungelesen aus und waren in den Regalen so säuberlich aufgereiht, dass es nicht zum Rest des Zimmers passte; als wären die Bücher schon da gewesen, bevor Gregersen gekommen war und ein heilloses Durcheinander angerichtet hatte.

Als Sam einen Zettel erblickte, der ein wenig aus den Seiten ragte, wirkte er deplatziert genug, dass er den Band vom Regal nahm und den Zettel freilegte. Es war kein besonders eindrucksvoller Fund, aber nachdem nichts anderes zum Vorschein gekommen war, reichte dieser Zeitungsausschnitt aus, um ein Lächeln auf Sams Gesicht zu zaubern.

Es war Richard van Allyns Nachruf, aus einer der britischen Zeitungen, wie es aussah. Sam las ihn schnell im Stehen durch; seine Zugehörigkeit zur amerikanischen Oberschicht, seine zehn Jahre in der akademischen Welt, bevor er Sonderberater der NATO geworden war.

Die eigentliche Enttäuschung lag in van Allyns Spezialgebiet – er war Experte für die OPEC und Themen der Energiesicherheit. Sam erschien es sofort plausibel, dass Neil mit ihm über das Buch, an dem er arbeitete, hatte sprechen wollen, aber es war schwer vorstellbar, warum van Allyn ein Päckchen mit Beweisen, die mit dem 11. September im Zusammenhang standen, in seinem Besitz gehabt haben könnte.

Sam öffnete das Buch erneut, um das Blatt wieder hineinzustecken. Aber während er das tat, fiel eine andere Seite hinaus, glitt auf den Boden und rutschte unter den Schreibtisch. Er legte das Buch beiseite und bückte sich nach dem Zettel. Es war ein gefaltetes DIN-A4-Blatt, ein Ausdruck eines anderen Nachrufs, der aus dem Internet gezogen worden war.

Der Nachruf galt einem Mann namens Charles Baxter, der am 10. September 2003 gestorben war, eine Schlüsselfigur in amerikanischen Geheimdienstkreisen und ein wichtiger Akteur in den Regierungen von George Bush, Bill Clinton und George W. Bush. Der Name kam ihm vage bekannt vor, aber eher aus der Presse als durch seinen alten Job.

Sam überflog das Blatt Papier und fand im unteren Abschnitt die Informationen, die für ihn von Belang waren; die Tatsache, dass sein Tod Selbstmord gewesen war, und dass manche einen depressiven Schub vermuteten, der durch das Versagen des Geheimdienstes, das zum 11. September geführt hatte, ausgelöst worden war.

Er ging den Nachruf von hinten noch einmal durch, die undurchsichtigen Jobbezeichnungen, sein kometenhafter Aufstieg beim FBI, seine Herkunft aus der amerikanischen Oberschicht. Und dann fand er die Verbindung, etwas, das er überflogen hatte, ohne dass es ihm beim ersten Mal überhaupt aufgefallen war – Baxters Mutter war Eleanor van Allyn gewesen. Baxter und van Allyn waren also miteinander verwandt, Cousins vielleicht.

Sam hörte Schritte den Gang entlangkommen, und obwohl er nicht glaubte, dass jemand in dieses Büro kommen würde, faltete er das Blatt zusammen und steckte es in seine Tasche. Er hob das Buch auf, in dem es gesteckt hatte, und stellte es gerade auf das Regal zurück, als die Schritte innehielten und ein Schlüssel in die Tür gesteckt wurde.

Die Person auf der anderen Seite tastete eine Weile herum, bevor sie merkte, dass die Tür bereits offen war.

Sie zog den Schlüssel wieder aus dem Türschloss und drückte die Tür auf, zuerst vorsichtig, dann mit mehr Entschlossenheit, als sie ihn dort stehen sah und ihn wiedererkannte. Es war das Mädchen mit den stachligen, blonden Haaren, das Mädchen mit dem Skateboard, das ihm Erlands Nachricht übergeben hatte.

Sie starrte ihn einige Sekunden lang an, ihre Blicke sprangen hin und her, als wüsste sie nicht recht, wie sie auf seine Anwesenheit reagieren sollte. Er konnte sehen, welche Reaktion zuerst an die Oberfläche kommen würde, sah es in ihr hochkriechen und war darauf vorbereitet, als sie sich mit erhobener Hand auf ihn stürzte.

Er packte ihr Handgelenk und fing den heftigen Schlag ab, dann griff er mit seiner freien Hand nach ihrem linken Unterarm. Sie gab nicht nach. Sie trat nach ihm, warf ihren Körper gegen ihn, wand sich und versuchte sich loszureißen, mit zusehends nachlassenden Kräften.

Während der gesamten Auseinandersetzung war kein Wort gefallen, aber schließlich, als sie aufgab und er sie losließ, wich sie einen Schritt zurück und sagte: »Du Bastard. Weißt du, was du getan hast?«

Sam nickte und sagte: »Es tut mir leid.« Ihre Augen blitzten vor Zorn über diese vier Worte, so sehr, dass er sich gegen einen neuen Angriff wappnete, aber er ebbte wieder ab. »Sieh mal, sie haben mich dazu benutzt, um ihn zu kriegen. Ich hatte keine Ahnung, dass sie …«

»Erland dachte, du hättest etwas gefunden, das er brauchte.«

In Sams Neugier mischte sich der Verdacht, dass sie

nicht wusste, um was es dabei ging; dass sie nichts von dem Päckchen wusste, das Gregersen als gefährlich genug erachtet hatte, um es selbst vor den Freunden geheim zu halten, die ihm am nächsten gestanden hatten und denen er am meisten vertraut hatte.

»Warst du seine Freundin?«

Sie sah ihn bei dieser Frage irritiert an, sagte aber: »Wir waren nur gute Freunde. Wir studieren beide hier an der Fakultät – wenn auch in verschiedenen Studienrichtungen.«

»Sieh mal, Jesper Lind hat übertrieben und Erland erzählt, ich wäre in dieser Sache weiter, als ich in Wirklichkeit bin. Ich habe ihn nicht darum gebeten und ich wusste davon nichts. Es tut mir wirklich leid, dass dein Freund ermordet worden ist, aber ich habe in gutem Glauben gehandelt und ich bin hier, weil ich versuche, die Leute dranzukriegen, die das getan haben, dieselben Leute, die Professor Todd getötet haben.«

Sie starrte ihn an, dann lachte sie, voller Bitterkeit, und sagte: »Hör dir mal selbst zu. Denkst du, du bist so eine Art Superheld? Du hast mit Leuten zu tun, die dir den Kopf mitten auf einer belebten Straße wegblasen können – es gibt *nichts*, was du gegen sie tun kannst.«

Sam versuchte, darauf eine Antwort zu finden, wohl wissend, dass es keine gab. Erland Gregersen war tot wegen ihm – weit davon entfernt, ein Superheld zu sein, hätte er ebenso gut auf Fursts Gehaltsliste stehen können.

»Kannst du jetzt gehen? Ich möchte jetzt hier allein sein.«

Sie trat zur Seite und Sam ging zur Tür. Er drehte sich

um, bevor er das Zimmer verließ, und sagte: »Es tut mir leid um deinen Freund, aber ich werde helfen. Ich werde dafür sorgen, dass jemand dafür bezahlt.«

Sie starrte ihn voller Verachtung an und sagte: »Erland hat bezahlt, dafür hast du gesorgt.«

Er schloss die Tür, ohne zu antworten, und ging den Gang entlang, um Lind den Schlüssel zurückzubringen.

Erland hatte bezahlt, genau wie Neil, genau wie van Allyn. Die einzige Person, die nicht bezahlt hatte, war Tom Furst und zum ersten Mal fragte sich Sam, ob das Mädchen recht hatte und ob er wirklich dafür gerüstet war, etwas daran zu ändern.

Denn das, was ihn am meisten an Tom Furst beunruhigte, war das Ausmaß, in dem er ihn an sein früheres Ich erinnerte. Sein Tätigkeitsfeld war wahrscheinlich nicht ganz dasselbe, aber ähnlich genug, und Sam wusste nur zu gut, dass Menschen ihres Arbeitsbereiches immer einen hohen Preis von den Menschen um sie herum forderten, ihn aber sehr selten selbst bezahlten.

17

Ein Auto parkte auf der Straße, als er aus dem Universitätsgebäude kam, und besagter Tom Furst lehnte dagegen, entspannt aussehend. Aber anstatt wütend zu werden, als er ihn dort stehen sah, war das Gegenteil der Fall: Es beruhigte ihn. Jede Heimlichtuerei war verschwunden. Im Gegenteil, diese Machdemonstration schien psychologischer Natur zu sein, mit dem Ziel, Sam davon zu überzeugen, dass ihnen nichts, was er tat, verborgen blieb, und das wiederum ließ vermuten, dass ihnen Sam immer noch ziemlich zu schaffen machte.

Fursts Lächeln war davon nichts anzumerken.

»Hoffentlich habe ich Sie nicht aufgehalten«, sagte Sam, als er bei ihm ankam.

Furst warf einen Blick auf den Rucksack – vielleicht überlegte er, ob Sam seine Waffe dort aufbewahrte – und sagte: »Überhaupt nicht. Springen Sie rein, ich fahre Sie.«

»Nein, danke, ich laufe lieber.«

Er zögerte nicht und machte sich schnellen Schrittes auf den Weg. Er hatte gesehen, dass ein Fahrer in dem Auto saß, und hörte nun, wie Furst Anweisungen gab, und dann, wie sich seine Schritte von hinten näherten. Wieder machte er einen entspannten Eindruck, als er Sam eingeholt hatte.

»Es ist ein schöner Tag. Ich werde mit Ihnen laufen.« Sam antwortete nicht und schließlich sagte Furst: »Zum D'Angleterre zurück?«

Sam hatte geplant, erst zu Hannah zu gehen, aber er wollte Furst keinen Vorwand liefern, zu ihrer Wohnung zurückzukehren, deshalb sagte er: »Ja, es gibt da einige Dinge, denen ich nachgehen muss.« Er dachte daran, eine Bemerkung über den Zusammenhang mit dem 11. September fallen zu lassen, aber sein Instinkt warnte ihn davor und erinnerte ihn an jenes jähe Aufblitzen von Skrupellosigkeit in Fursts Augen vor ein paar Tagen.

Ob vorgetäuscht oder nicht, Furst schien seine Bemerkung überhört zu haben und sagte einfach: »Oh, ich glaube nur, wir müssen hier über die Straße – so würden Sie zu der Wohnung der Todds kommen.«

Sam betrachtete ihn, während sie an der Kreuzung standen und auf grünes Licht warteten.

»Hannahs Wohnung. Und sie zieht weg.«

»Das habe ich gehört. Also gibt es für Sie keinen guten Grund mehr, hierzubleiben, nehme ich an.«

»Es sei denn, wir beide fangen an, miteinander saufen zu gehen.«

Furst lachte und ihre Ampel wurde grün und sie überquerten die Straße. Während sie weitergingen, fragte er: »Sie waren gestern nicht zufällig in Malmö?«

»Ich habe darüber nachgedacht, hatte aber leider meinen Fahrschein verlegt.«

»Ich glaube, mein Zimmer ist schöner als Ihres, oder?« In seiner Stimme lag ein Anflug von Schärfe, der darauf hindeutete, dass ihn das Ticket auf dem Couchtisch geärgert hatte, egal wie locker er jetzt dahinplauderte.

Sam schaute ihn an, als er sagte: »Ich gebe zu, dass Sie mich überlistet und wie einen Idioten haben aussehen lassen. Ich habe ihn für Sie gefunden und darauf können Sie sich was einbilden, aber jetzt haben Sie Gregersens Blut an Ihren Händen.«

Schweigend gingen sie einige Schritte, dann sagte Furst: »Klischees sind die Viren, die ursprüngliches Denken töten – etwas, dass einer meiner alten Collegeprofessoren zu sagen pflegte.«

»Was?«

»Nichts. Der Punkt ist, Sam, wenn Sie *uns* erzählt hätten, wo Gregersen ist, wäre er genau jetzt noch am Leben.«

»Natürlich, weil irgendwelche geheimnisvollen islamischen Extremisten verantwortlich für all das sind, oder waren es Waffenhändler, oder wie wäre es mit der OPEC? Mal überlegen, wer bestens ausgebildete Heckenschützen zur Verfügung hat und wer in eine Wohnung einbrechen kann, ohne irgendwelche Einbruchsspuren zu hinterlassen?«

»Jede Menge Leute, meiner Erfahrung nach.«

»Sie meinen, jede Menge Behörden, und ich weiß, dass es nicht meine war.«

»Ihre? Ich dachte, Sie sind ausgeschieden?«

Sam warf ihm einen kurzen Blick zu, aber Furst hielt seine Augen auf die Straße vor ihnen gerichtet, einen irritierend milden Ausdruck auf seinem Gesicht.

»Tom, wir können uns so viel in Wortspielen ergehen, wie Sie wollen, aber ich weiß, dass Sie hinter Neils und Gregersens Tod stecken. Und ich werde herausfinden, warum, wenn ich kann, aber das Entscheidende ist, dass ich weiß, dass Sie es waren.«

Spielerisch sagte Furst: »Ich persönlich oder meine Behörde?«

»Ist das ein Unterschied?«

»Wahrscheinlich nicht. Wenn da einer wäre, hätte ich vielleicht auch aufgegeben.«

Furst blieb stehen. Sam drehte sich um, überrascht, das Auto heranziehen zu sehen. Es war ihnen vorher nicht dicht gefolgt. Furst ging zu dem Wagen hinüber und öffnete die hintere Tür, dann schaute er Sam an.

»Wissen Sie, wenn ich die Gewohnheit hätte, jeden, der mir in die Quere kommt, zu töten, dann sollten Sie sich mal eine Frage stellen.« Er lächelte. »Warum habe ich dann Sie nicht getötet?«

Er wollte in das Auto steigen, aber Sam zeigte auf ihn und sagte höhnisch: »Weil ihr es immer noch nicht gefunden habt, richtig?« Er lachte. »Ihr habt es immer noch nicht gefunden und ihr hofft, dass ich es für euch finde, genauso, wie ich Gregersen für euch gefunden habe.«

Ausnahmsweise sah Furst weder amüsiert noch drohend aus, nur enttäuscht, als er sagte: »Sam, ich wünschte, ich könnte Ihnen die vielen Dinge erklären, bei denen Sie in dieser Sache falschliegen. Das wünschte ich wirklich.« Er stieg ins Auto und schlug die Tür zu; es verschwand augenblicklich im Verkehr.

Sam kaufte ihm das nicht eine Sekunde lang ab – zu sehr klang es nach der gebräuchlichsten Lüge der Geheimdienste, eine mit vielen Variationen, die aber fast immer mit den Worten »Wenn du wüsstest, was ich weiß« begannen.

Er ging in dieselbe Richtung weiter, kehrte aber in ein Internetcafé ein und stellte Nachforschungen zu Charles Baxter an. Die ersten Ergebnisse waren gleich vielversprechend, aber mit jedem neuen Blog oder Forum, das er aufrief, musste er feststellen, dass sie mehr versprachen, als sie schließlich beinhalteten.

Es herrschte allgemeine Übereinstimmung darüber, dass die US-Regierung, oder wenigstens Teile von ihr, den Anschlag am 11. September geplant hatte. Es gab verschiedene Untertheorien darüber, welches Ziel damit verfolgt worden war, aber sie kamen alle überein, dass Charles Baxter einer der Drahtzieher dieser Verschwörung gewesen war.

Ebenso gab es verschiedene Ansichten zu seinem Tod; einige behaupteten, er habe sich umgebracht, weil der Anschlag mehr Todesopfer gefordert hatte als beabsichtigt, andere sagten, dass ihn zuletzt Gewissensbisse plagten und er nicht länger mit dem leben konnte, was er getan hatte, doch die meisten wiesen darauf hin, dass er ermordet worden war, weil man ihn zum Schweigen bringen wollte.

Sam blieb skeptisch. Selbst mit seinen eigenen Erfahrungen in den schwarzen Künsten, der Vereinfachung und sogar Ausführung terroristischer Akte, Anarchie und militärischer Scharmützel, fand er es schwer, zu glauben, dass irgendein Geheimdienst einen solchen Anschlag inszeniert haben könnte. Er glaubte immer noch, dass es zu viele Unwägbarkeiten gab und zu wenig zu gewinnen.

Aber etwas war passiert, etwas, dass erst Baxter den Tod gebracht hatte, dann seinem Cousin, einem Journalisten und zwei Wissenschaftlern. Er erinnerte sich, von einem ehemaligen Vorgesetzten eine Geschichte über den Lockerbie-Anschlag erzählt bekommen zu haben; wie ein geheimer Deal zwischen der amerikanischen Drogenbekämpfungsbehörde und den Syrern nach hinten losgegangen war, als die Behörde beide Augen bei einer Drogenlieferung zugedrückt hatte, die sich dann jedoch als Bombe herausgestellt hatte.

Wenn Baxter in irgendeiner Form verantwortlich für den 11. September gewesen war, war es wahrscheinlich das Resultat eines ähnlichen Debakels gewesen. Und das würde auch einen Sinn ergeben und erklären, warum van Allyn diese Information Neil anvertraut hatte, jemandem, der die Komplexität der westlichen Verstrickungen im Nahen Osten verstand.

Er schaute wieder auf den Nachruf und, seltsamerweise, nachdem er all das Gift über Charles Baxter gelesen hatte, wurde der Mann dieses Mal auf der Seite lebendiger und Sam fand es sogar noch schwerer, zu glauben, dass er irgendeine Rolle in der Art von Verschwörung gespielt haben könnte, von der diese Leute sprachen. Er kam zu anständig, zu gewissenhaft, zu patriotisch rüber.

Er kam als besserer Mensch rüber als Sam; ein Mensch, der seit über zwanzig Jahren verheiratet und Vater von zwei Kindern gewesen war, die jetzt beide in den Zwanzigern waren; ein Mensch, der sich vor vielem, was Sam ohne einen zweiten Gedanken daran zu verschwenden getan hatte, gescheut hätte. Genauso wenig wirkte er wie jemand, der Selbstmord begehen würde, und doch hatte er offensichtlich genau das getan, am Tag vor dem zweiten Jahrestag.

Sam verließ das Internetcafé und warf einen Blick auf sein Handy. Er hoffte, vielleicht einen Anruf in Abwesenheit erhalten zu haben; vielleicht hatte Hannah versucht, ihn zu erreichen. Er wusste nicht genau, warum er das erwartet hatte, wenn man den Sturm, der in den letzten zwei Tagen über ihr Leben hereingebrochen war, berücksichtigte, aber er war irgendwie enttäuscht, dass sie nicht angerufen hatte, und dann amüsiert und peinlich berührt zugleich von seiner eigenen Enttäuschung.

Während er das Handy anstarrte, fügten sich in seinem Kopf plötzlich zwei Puzzleteile zusammen – die Geschichte von seiner Reise nach Malmö, der Heckenschütze, Furst, der vor der Universität mit einem falschen, wissenden Lächeln auf ihn wartete. Er lief los, noch bevor er alle Teile zusammengesetzt hatte, und konnte es kaum fassen, dass er nicht schon eher darauf gekommen war.

Er ging zur Universität zurück, fand das Büro, in dem Gregersen gearbeitet hatte, klopfte und öffnete die Tür. Das Mädchen saß am Schreibtisch, und wieder, nach einem Moment des gedanklichen Einordnens, schien sein Anblick sie wütend zu machen.

Er hob seine Hand, als er die Tür schloss und sagte: »Ich bin nicht verfolgt worden.«

»Von was redest du?« Sie stand auf, voller Zorn.

»Bitte, nur einen Moment. Wenn du mir helfen willst, den Mann zu erwischen, der Erland Gregersen getötet hat, und der auch Professor Todd ermordet hat, höre mir bitte eine Minute zu.«

Sie zögerte, und auch, als sie sich schließlich hinsetzte, schien sie immer noch nicht ganz überzeugt.

»Danke. Ich bin Sam.«

»Ich weiß, wer du bist.« Sie brauchte eine Sekunde, um zu begreifen, dass dieses Wissen nur von ihrer Seite her bestand, und es klang widerwillig entschuldigend, als sie sagte: »Ich bin Stina.«

»Es tut mir leid, dass wir uns unter diesen Umständen kennenlernen, und es tut mir leid, was mit deinem Freund passiert ist. Wenn ich mich nicht eingemischt hätte, hätten sie ihn vielleicht nicht erwischt, aber mir geht etwas im Kopf herum. Ich bin mir sicher, dass mir gestern keiner gefolgt ist.«

»Woher willst du das wissen?« Ihre Stimme klang skeptisch, aber nicht mehr aggressiv, und jetzt, da er in ihr Gesicht blickte, konnte er sehen, dass ihre Gesichtszüge trotz ihrer Statur und ihrer stacheligen Haare sanft und freundlich waren.

»Weil das mein Beruf ist, oder vielmehr war. Ich habe Vorsichtsmaßnahmen ergriffen und ich hätte es gewusst, ich hätte es einfach gewusst.« Selbst als er das sagte, erinnerte ihn eine nörgelnde Stimme in seinem Kopf daran, dass niemand unfehlbar war. »Ganz abgesehen davon muss der Schütze schon in Stellung gewesen sein – er hätte sonst nicht dermaßen schnell handeln können. Sie wussten, dass ich dort sein würde. Alles, wofür sie mich brauchten, war, Erland für sie zu identifizieren.«

»Ich verstehe das nicht – wenn sie dir nicht gefolgt sind, woher wussten sie es dann?«

»Wer hat mir die E-Mail geschickt? Um das Treffen zu vereinbaren, wer hat mir die Mail geschickt?«

»Das war ich, aber nicht von meinem Account aus – ich habe einen neuen Account angelegt.«

»Ist ja auch egal. Sie waren in diese E-Mail eingeweiht und ich bin mir zu neunzig Prozent sicher, dass es nicht von meiner Seite aus war – sie haben die Mail wahrscheinlich schon gelesen, als du sie geschrieben hast.«

Sie sah ihn entsetzt an und sagte: »Willst du damit sagen, dass es meine Schuld ist, dass Erland ermordet wurde?«

»Nein, das sage ich überhaupt nicht. Das sind gerissene Leute und sie haben mehr Technik zur Verfügung, als du dir vermutlich vorstellen kannst.«

»Du meinst, die CIA?«

»Der Typ, hinter dem wir her sind, ist vielleicht nicht von der CIA, aber ich würde sagen, sie haben ihm die Information zugespielt.«

Sie schaute auf ihren Laptop hinunter, verstört von Sams Schlussfolgerungen und von der Erkenntnis, dass dieses für sie unverzichtbare Medium gegen sie verwendet worden sein könnte.

»Aber, Stina, das Gute dabei ist – wenn sie Zugang zu jeder Mail haben, die du mir sendest, können wir das nutzen, um ihnen eine Falle zu stellen. Alles, was du tun musst, ist, mir über denselben Account eine E-Mail zu schicken, in der du mir sagst, dass das Päckchen heute Abend in mein Hotel geliefert wird.«

»Aber wir haben das Päckchen nicht. Ich weiß noch nicht mal, ob das …« Sie lächelte, ihr Gesicht erhellte sich, als sie Sams Gedankengang folgen konnte. »Sie wissen nicht, dass wir es gar nicht haben.«

»Genau.« Er schaute auf seine Armbanduhr. »Okay, ich muss erst noch jemanden besuchen, aber du machst bitte Folgendes: Um acht Uhr heute Abend schickst du mir eine E-Mail, in der steht, dass mir das Päckchen in einer Stunde ins Hotel geliefert wird, und dass weitere Anweisungen folgen. Um neun schickst du mir dann eine zweite E-Mail, in der steht, dass ein befreundeter Hotelangestellter das Päckchen in mein Zimmer gebracht hat.«

Sie nickte und sagte: »In welchem Hotel bist du abgestiegen?«

»Im D'Angleterre, aber egal was du tust, komm auf keinen Fall selbst in mein Hotel – schicke mir nur die zwei Mails zu genau den Zeiten, die ich dir genannt habe.«

Sie nickte wieder und klang nachdenklich, als sie sagte: »Was wirst du tun, wenn er kommt?«

»Ihn fangen oder töten, vorzugsweise Ersteres.«

»Ich hoffe, dass du ihn tötest.« Auf Sams fragenden Gesichtsausdruck hin fügte sie hinzu: »Ich bin nicht gewalttätig, aber Erland war ein wunderbarer Mensch und ein guter Freund und ich will, dass der Mann, der ihn getötet hat, stirbt.«

»Das verstehe ich«, sagte Sam. Er konnte diese Reaktion tatsächlich besser verstehen als die von Hannah, aber Hannah war unter einer so großen Trauer begraben, dass es wahrscheinlich Monate dauern würde, bis ihr Wunsch nach Rache zum Vorschein kam. Irgendwie hoffte er, dass es nie geschehen würde.

Und plötzlich, als er an sie dachte, wollte er bei ihr sein und auf der Stelle zu ihr gehen. Unabhängig davon, ob sie nun morgen wegging oder nicht, er wollte sie an diesem Abend sehen, und er war sich nur vage bewusst, dass dieses Bedürfnis zum Teil aus der Ungewissheit, wie dieser Abend enden würde, resultierte. Denn zum allerersten Mal überhaupt hatte er sich auf eine Operation eingelassen, die er nicht unter Kontrolle hatte, und ohne eine klare Vorstellung davon, welchen Ausgang sie nehmen würde.

18

Die Frau, die ihm die Tür öffnete, war ganz offensichtlich Hannahs Schwester. Sie sah ein wenig älter aus, ihr Haar war etwas dunkler und in ihren Augen lag ein anderer Ausdruck, aber die Ähnlichkeit war immer noch bemerkenswert. Er konnte sehen, dass der Flur hinter ihr bereits übersät war mit großen Umzugskartons und Kisten.

Er erwiderte ihr erwartungsvolles Lächeln und sagte: »Hi, ich bin Sam.«

Sie seufzte, als hätte sie ihn erkennen müssen, und schüttelte seine Hand, während sie sagte: »Entschuldige, Sam, bitte, komm rein. Ich bin Sarah, Hannahs Schwester.«

»Danke.«

Er trat ein und sie schloss die Tür hinter ihm und sagte: »Ich glaube sogar, dass wir uns schon mal begegnet sind.«

Sam schaute sie an; er wusste, dass sie sich noch nie begegnet waren und dass er sich an sie erinnern würde, allein schon deshalb, weil sie Hannah so sehr ähnelte.

»Das glaube ich nicht.«

»Wirklich? Ich bin sicher, ich habe dich gesehen, als ich Hannah besucht habe, um mit ihr in die Uni zu gehen.«

Hannah tauchte aus dem Schlafzimmer auf und sagte: »Nein, du hast Sam noch nie getroffen, jedenfalls nicht damals.«

»Oh.« Sie lachte und sagte: »Also, jetzt habe ich dich jedenfalls kennengelernt, nicht wahr?«

Sam nickte und lächelte sie an, dann drehte er sich zu Hannah um und sagte: »Hallo.«

»Hallo.« Einige Momente des Schweigens vergingen zwischen ihnen, Sarah schaute von einem zum anderen und bildete sich ohne Zweifel ein, eine unterschwellige Verbindung erkennen zu können, die aber nicht existierte, so sehr Sam sich das auch wünschen mochte. Schließlich sagte Hannah: »Es tut mir leid, ich wollte dich anrufen, vor allem wegen dem Umzug, aber hier war die Hölle los.«

Er nickte, schaute auf die Kisten und ahnte, dass sie von einer neuen Welle der Trauer ergriffen werden würde, sobald sie all den Trubel hinter sich hatte. Vielleicht würde es noch schlimmer werden, vielleicht hatte die eigentliche Trauer sie noch gar nicht erreicht und würde es auch nicht tun, ehe die ganzen Turbulenzen nicht vorüber waren.

»Wo gehst du hin?«

»Ich gehe erst mal für eine Weile zu Sarah.«

»In Notting Hill«, fügte Sarah mit einem Eifer hinzu, der auf rührende Weise unangebracht war. »Du kannst jederzeit vorbeikommen. Du bist doch nicht allergisch gegen Kinder, oder?« Er schüttelte den Kopf. »Gut, meine sind nämlich Monster, alle beide.«

Er schaute sich noch einmal um und sagte: »Sind sie auch hier?«

Sie lachte. »Großer Gott, nein. Das ist das Letzte, was wir hier brauchen. Sie sind bei Nick.«

»Ihrem Ehemann«, sagte Hannah mit einem solch warmen Lächeln, dass er vergaß, was sie ihm erst vor Kurzem mitgeteilt hatte über die Chancen, dass jemals etwas zwischen ihnen entstehen könnte; für einen Moment vergaß er beinahe alles, was passiert war und warum er hier stand, und glaubte fast, Sarah könnte doch etwas zwischen ihnen erkannt haben.

»Du würdest ihn mögen«, sagte Sarah. »Jeder mag ihn, stimmt's, Hannah?«

Sie lächelte und sagte: »Sarah, leider wohnt Sam nicht in London.«

»Oh.«

»Ich lebe in Paris.«

Ihre Augen begannen wieder zu funkeln, als sie sagte: »Aber das ist doch gar nicht weit.«

»Stimmt. Also, ich bin hier, um zu helfen, wenn ich kann.«

Hannah nickte, erleichtert, diesem Gesprächsthema entkommen zu sein, und sagte: »Okay, ich wollte gerade in der Küche anfangen.«

»Und ich wollte gerade noch mehr Klebeband und Luftpolsterfolie kaufen gehen.«

Hannah sagte: »Ja, ich gebe dir Geld.«

Sarah hob ihre Hand, beendete damit jede weitere Diskussion und sagte: »Ich bin bald zurück.«

Sie ging und Sam und Hannah schauten sich wieder an, bis er schließlich sagte: »Ich wusste, dass du wegziehst, aber ich habe nicht erwartet, dass du so bald gehst.« Sie lachte ein bisschen. »Was?«

»Es ist einfach komisch, als ob dir eine Menge daran liegen würde, dass ich bleibe.«

»Ja, ja, ignoriere mich einfach, ich habe ein paar verrückte Tage hinter mir.« Er machte eine Handbewegung Richtung Wohnzimmer und hängte seinen Rucksack an die Garderobe im Flur, während sie in die Küche vorausging.

Er bemerkte, dass die Tür zum Kinderzimmer offen stand und blieb stehen, um kurz hineinzuschauen. Er hatte sich schon einige Male gefragt, ob Neil das Päckchen dort versteckt haben könnte, aber das Zimmer war bereits leergeräumt, eine Spielzeugkiste, einige Pappkartons und ein abgeschlagenes Kinderbett säuberlich an einer Wand aufgereiht. Er stellte sich plötzlich die beiden vor, wie sie das Kinderbettchen aufbauten, in diesem Zimmer, das so viel Hoffnung beinhaltet hatte und das jetzt zutiefst verlassen wirkte.

Er folgte ihr in die Küche. Hannah öffnete einen Schrank und begann, Tassen und Gläser herauszunehmen, als sie sagte: »Neils Assistent ist ermordet worden.«

»Hast du ihn gekannt?«

»Nicht richtig. Ich habe ihn ein paarmal im Vorbeigehen getroffen. Er hat auf mich immer etwas eingebildet gewirkt, aber Neil mochte ihn. Er hat gesagt, dass er viel lockerer wäre, wenn man ihn erst einmal näher kennen würde.« Sie hielt mit dem, was sie tat, inne und schaute ihn an. »Er ist in einer Straße in Malmö erschossen worden, einfach so.«

Eine gleißend helle, bildhafte Erinnerung durchzuckte ihn, die mehr Details preisgab, als er damals wahrgenommen hatte: Das Stück aus Schädelknochen, Kopfhaut und Gewebe, das von Gregersens Hinterkopf weggerissen worden war, und, das Schlimmste von allem, die Art, wie sein Gesicht in sich selbst zusammenzufallen schien, bevor er zu Boden gefallen war.

»Ich war da.« Sie hatte ein paar Gläser in der Hand und stellte sie jetzt hin. »Jesper Lind hat mir geholfen, ein Treffen zu arrangieren, aber sie müssen mir gefolgt sein.«

Für Hannah spielte es keine Rolle, ob er verfolgt worden war oder nicht; und Sam wusste nicht, wie stark ihre Wohnung verwanzt war, ob es sich nur auf Neils Arbeitszimmer beschränkte oder die ganze Wohnung betraf. »Es war wirklich unglaublich. In einer Sekunde habe ich dagestanden und mit ihm geredet und in der nächsten Sekunde lag er auf dem Boden. Es war ein Heckenschütze.«

»Oh mein Gott, du bist die Person, mit der sie reden wollen.«

»Ist anzunehmen. Es gab da auch noch einen Zwischenfall auf der Brücke, auf dem Weg zurück.«

Sie nickte zustimmend und rief sich die Details ins Gedächtnis.

»Stimmt, ein Selbstmord – sie haben gesagt, dass ein Mann die Notbremse im Zug gezogen hat und über den Rand der Brücke gesprungen ist. Aber wie hängt das mit dem zusammen, was in Malmö passiert ist?«

»Ich bin mir nicht sicher, ob es einen Zusammenhang gibt, noch nicht. Aber hör mal, ich nehme nicht an, dass du zufällig ein Päckchen beim Ausräumen gefunden hast?« Wieder richtete sich die Frage ebenso an etwaige Zuhörer wie an sie.

Sie lächelte, als sie sagte: »Ich habe nicht vergessen, dass ich dir alles geben soll, was ich finde. Aber ich habe bisher nichts gefunden und es gibt nicht mehr viele Orte, an denen ich suchen könnte.«

»Gibt es irgendeinen anderen Platz, an dem Neil etwas versteckt haben könnte? Irgendwo anders als hier oder in seinem Büro.«

Sie dachte darüber nach, schüttelte jedoch von vornherein den Kopf und sagte schließlich: »Es sei denn, er hätte es einem Freund anvertraut, und selbst dann …«

»Ist schon okay, und mach dir keine Sorgen, es gibt noch eine andere Fährte, die ich verfolge – ich habe noch nicht aufgegeben.«

»Dieses Päckchen, von dem du redest – glaubst du, dass sie deswegen ermordet worden sind?«

»Sieht ganz so aus, entweder, weil sie es hatten, oder weil sie wussten, was drin war.«

»Aber das ist es, was ich nicht verstehe, Sam – wenn es so gefährlich ist, warum um alles in der Welt solltest du es in die Finger kriegen wollen?«

Er ging in Gedanken die möglichen Antworten darauf durch; dass er es haben wollte, damit er Tom Furst drankriegen konnte, einen CIA-Agenten, den er kaum kannte und über den er nichts wusste; oder dass er es haben wollte, damit er eine gewaltige Lüge in Bezug auf die größte terroristische Schreckenstat in der heutigen Zeit aufdecken konnte; oder dass er eine symbolische Wiedergutmachung für die Dinge, die er selbst getan hatte, leisten wollte. Am Ende kehrte er zu seiner ursprünglichen Antwort zurück, deren himmelschreiende Unaufrichtigkeit ihm jetzt bewusst wurde.

»Ich will es Lex übergeben – auf diese Weise wird niemand mehr getötet und das ganze Ding verschwindet einfach.«

»Dann versprich es mir. Versprich mir, dass du es Lex gibst, wenn du es findest.«

»Ich verspreche es«, sagte er, und erst als er es sagte, wurde ihm klar, dass sie versuchte, für seine Sicherheit zu sorgen. Er lächelte und als Antwort auf ihren fragenden Gesichtsausdruck sagte er: »Das klingt fast so, als würde dir eine Menge daran liegen, mich am Leben zu erhalten.«

Sie lächelte zurück, die Retourkutsche akzeptierend, und sagte: »Ich denke einfach, dass wir beide fürs Erste genug Tod um uns herum gesehen haben, oder?«

»Ja, da stimme ich dir voll und ganz zu.« Sie verzog ein wenig das Gesicht und er fragte: »Was ist?«

»Oh, das Baby hat mir nur einen kleinen Tritt in die Rippen gegeben – wahrscheinlich fragt es sich, was es mit dem ganzen Rumklappern auf sich hat.« Sie fuhr fort, den Schrank auszuräumen. »Das Verrückte ist, dass ich nicht sehr aufnahmefähig war, nachdem ich Neil gefunden hatte. Es war so ein Schock und ich habe auch ohne ihn näher anzuschauen sofort gewusst, dass er tot ist. Er war schon kalt, als ich seinen Puls gefühlt habe. Aber es ist, als hätte mein Unterbewusstsein alle Einzelheiten gespeichert, und jetzt sehe ich wieder alles vor mir, aber viel klarer. Ergibt das einen Sinn für dich, dass es in der Rückerinnerung schlimmer ist?«

»Ja, das ergibt allerdings einen Sinn für mich. Ich

habe nicht einmal wahrgenommen, dass Erland Gregersen erschossen wurde.« Er ersparte ihr die Einzelheiten und fuhr fort: »Er war mitten in einem Satz und dann ist er einfach vornübergefallen und überall war Blut, aber ich konnte nicht verstehen, wie es dazu gekommen war. Aber jetzt sehe ich es immer wieder vor mir, mit viel mehr Details – genauso, wie du es gerade beschrieben hast.«

Auf eine seltsame Art war er dankbar, ihr Erlebnis nachvollziehen zu können. In den vergangenen achtzehn Monaten hatte er viele Todesszenen immer wieder neu durchlebt; der Student in Beirut, die Mutter und ihr Kind, bis zurück zu seiner eigenen blutigen Vergangenheit, zurück zu Todesfällen, die er damals kaum registriert hatte oder deren Zeuge er noch nicht einmal selbst geworden war. Dennoch erlaubte ihm nur der Mord an Erland Gregersen, von diesen Dingen zu sprechen, ein symbolisches Denkmal für all diese Menschen, die einen sinnlosen Tod gestorben waren.

Sie sah wieder ein wenig verloren aus, als sie sagte: »Das andere, an das ich mich nicht gewöhnen kann, ist, dass es sich so anfühlt, als sei er schon lange tot, und doch erwarte ich immer, ihn zu sehen. Weißt du, ich gehe durch die Tür seines Arbeitszimmers und erwarte, ihn dort sitzen zu sehen, oder ich höre etwas draußen auf der Treppe. Ein Teil von mir weigert sich, zu akzeptieren, dass er nicht mehr da ist, und ein anderer Teil denkt bereits, dass er niemals da war.«

Sam blickte hinüber zum Wohnbereich, die Tische und Stühle standen immer noch an ihrem Platz, aber alle persönlichen Sachen waren schon entfernt und weggepackt worden. Es war leicht, sich diesen Ort jetzt leer vorzustellen, und dann würden beide, Neil und Hannah, Geister hier sein, ein schwaches Echo ihres früheren Lebens würde in den leeren Räumen verweilen, bis andere Leben Besitz von dem Ort nehmen und es hinausspülen würden.

Laut denkend sagte er: »Wir sind nicht mehr die Menschen, die wir mal waren.«

»Was meinst du damit?«

»Ich weiß nicht«, sagte er und versuchte, seinen eigenen Gedanken hinterherzukommen. Was meinte er damit? »Ich meine, bist du wirklich die Person, die ich auf dem College kennengelernt habe? Und bin ich noch diese Person? Was ist aus den Menschen geworden, die wir früher einmal waren? Weißt du, es ist, als würden wir uns immerzu häuten, aber man merkt es nicht, weil die neue Haut genauso aussieht wie die alte. Dann passiert etwas wie das hier und du erkennst die Haut nicht mehr wieder, in der du mittlerweile steckst. Es ist, als hätte man sich etwas ausgerenkt, der Schock, aufzuwachen und sich bewusst zu werden, dass man diese Person nicht mehr ist.«

Sie starrte ihn an, bevor sie leise fragte: »Was ist mit dir? Bist du auch eine neue Person?«

»Nicht so, wie ich es gerne sein würde – ein Quell ständiger Enttäuschung.«

Sie lachte, hielt jedoch plötzlich inne und legte ihre Hand auf ihren Bauch, während sie sagte: »Sie ist ziemlich lebhaft heute. Sie muss spüren, dass wir wegziehen.«

»Du kannst wirklich ihre Tritte fühlen?«

Sie lächelte über seine Unwissenheit und sagte: »Möchtest du mal fühlen?«

»Wäre dir das denn recht?«

Sie zog bejahend ihre Augenbrauen hoch und er rückte näher an sie heran. Sie nahm seine Hand und legte sie oben auf ihren Bauch, wo er sich unter ihren Rippen hervorwölbte.

»Okay, halte still und hab' etwas Geduld.«

Er nickte und sie standen da und schauten sich an, ihre Hand auf seiner, reglos, wie Menschen, die für ein Porträt posierten, mit erwartungsvollem Lächeln. Es entspannte ihn, ihre Wärme zu spüren und ihren Duft zu riechen und eine so einfache und unbefangene Nähe mit ihr zu teilen.

Und dann kam der Tritt, rasch gefolgt von einem weiteren, ein zarter Schlag wie von Schmetterlingsflügeln, und er lachte bei dem Schock, ihr Fleisch leicht von innen gegen ihn schlagen zu fühlen, und sie lachte mit ihm.

»Das ist erstaunlich«, sagte er.

Sie nickte und ließ ihre Hand auf seiner liegen, obwohl jetzt eigentlich keine Veranlassung mehr dafür bestand und sagte: »Neil ist deswegen immer ausgerastet. Er hat die Vorstellung von dem Baby geliebt und konnte es kaum erwarten, aber der Gedanke, dass etwas in meinem Körper lebt und heranwächst...« Sie lachte über die ein oder andere Erinnerung. »Ich weiß nicht, er war einfach richtig zimperlich, was das angeht.«

»Ich kann das durchaus nachvollziehen, aber bei mir hinterlässt es einen anderen Eindruck. Ich denke einfach, dass es die schönste Sache der Welt ist.«

Sie hörten einen Schlüssel in der Tür und sie nahm ihre Hand von seiner herunter und er trat zurück, als wären sie kurz davor gestanden, bei einer Umarmung ertappt zu werden.

Und als Sarah hereinspazierte, bemerkte Sam, dass Hannah errötete, und doch gab ihm das keinen Anlass zur Hoffnung, weil er wusste, dass sie zurzeit noch nicht ganz Herr ihrer Sinne war.

Sarah bemerkte es sowieso nicht und hielt einfach nur die Bündel mit Luftpolsterfolie hoch und sagte: »Also los, ein großer Schubs und wir sind fertig.«

Sie arbeiteten den ganzen Nachmittag durch in einem gemächlichen Tempo, Sarah und Hannah hatten die meiste Arbeit schon im Vorfeld getan. Am frühen Abend bestellten sie Pizza und leerten die restlichen im Kühlschrank verbliebenen Bier- und Wasserflaschen, nach all den Jahren wieder wie zu ihrer Studentenzeit speisend.

Der Zauber wurde erst gebrochen, als das Handy in seiner Tasche vibrierte. Er nahm es heraus, um nachzuprüfen, ob es die E-Mail von Stina war.

»Irgendwas Wichtiges?«

»Eigentlich nicht. Jemand, den ich gehofft habe, zu treffen – ich muss in der nächsten Stunde gehen.«

Hannah sah enttäuscht aus und sagte: »Oh, das ist schade.«

Sie sah derart ernüchtert aus, dass er nicht widerstehen konnte zu sagen: »Ich kann bis zehn vor neun bleiben.«

Als ob sie das in Stein meißeln wollte, sagte sie: »Ich organisiere dir ein Taxi.«

Er wollte protestieren, aber sie war bereits aufgestanden und hinausgegangen, um zu telefonieren.

Sam drehte sich zu Sarah um und sagte: »Wie sieht euer Plan aus, mit dem Umzug und allem?«

»Also, theoretisch verlassen wir die Wohnung morgen früh und der ganze Krempel folgt uns am Montag. Er wird erst mal eingelagert, sodass wir uns nicht hetzen müssen.«

Sie lauschten Hannah, die am Telefon Dänisch sprach, jeder auf seine ganz persönliche Weise gebannt, und als Hannah das Gespräch beendet hatte, drehte sie sich um und sagte: »Was ist mit dir, Sam? Wann fährst du zurück?«

Er dachte darüber nach. Wenn er ganz ehrlich zu sich war, erwartete er nicht wirklich, das Päckchen zu finden, nicht jetzt, und so sehr er auch herausfinden wollte, um was es bei alldem ging, so sehr er auch die Wahrheit darüber ans Licht bringen wollte, wusste er doch, dass er noch am ehesten darauf hoffen konnte, dass Areq Balayan verhaftet werden würde. Insofern konnte es durchaus sein, dass auch für ihn am heutigen Abend der Weg endete.

»Mal sehen, ob ich vielleicht morgen Abend abreisen kann oder am Sonntag, aber definitiv in den nächsten Tagen.«

»Wirst du in Verbindung mit mir bleiben, wenn ich in London bin?«

»Natürlich. Ich werde dich besuchen.«

Das stellte sie zufrieden und sie lachte, als Sarah sagte: »Du kannst Sam auch besuchen.«

Die verbleibende Zeit verging zu schnell. Hannah

schien die meiste Zeit abgelenkt zu sein, und Sarah fuhr fort, Sam in Zukunftspläne mit einzubeziehen, als ob es wahr werden würde, wenn man es nur aussprach.

Und als Sam sich zum Gehen bereit machte, umarmte ihn Sarah, als seien sie alte Freunde, und flüsterte: »Lass dich mal bei uns blicken, okay?«

Er schenkte ihr ein zuversichtliches Lächeln und war gerührt, dass sie sich so irren konnte und dachte, das zukünftige Glück ihrer Schwester hinge in einem Ausmaß von ihm ab, als wäre er tatsächlich ein wichtiger Teil ihres Lebens.

Auch Hannah umarmte ihn, sagte aber nichts. Er dachte an die unbeholfene Begrüßung bei ihrem ersten Treffen in diesem Flur, und auch er sagte nichts, weil es keine Worte gab, die ausdrücken konnten, welch weiten Weg sie in der letzten Woche miteinander zurückgelegt hatten.

Am Nachmittag waren erste Wolkenfelder am Himmel vorübergezogen, und als er jetzt in die Dunkelheit hinaustrat, war gerade noch genug Licht übrig, um erkennen zu können, dass der Himmel bleiern geworden war. Die Temperaturen waren ebenfalls gefallen und der Wind hatte aufgefrischt, ein Hinweis auf einen Wetterumschwung in den kommenden Tagen.

Er schaute die Straße entlang zu der Stelle, wo vor wenigen Tagen der Transporter gestanden hatte. Auch jetzt war dort ein Auto geparkt, gerade weit genug im Schatten, um nicht genau erkennen zu können, ob jemand auf dem Fahrersitz saß; aber er hatte ohnehin nicht das Gefühl, dass das jetzt noch von Bedeutung war.

Seine Gedanken beschäftigten sich mit etwas anderem, als er in das Taxi kletterte. Er dachte an Neils Bemerkung an jenem Sonntagabend zurück, an dem er gestorben war; als er Sam erzählt hatte, dass für Hannah und das Baby gesorgt sei, ihn aber gebeten hatte, sich darum zu kümmern. Es war vielleicht das Einzige, was er jetzt noch tun konnte.

Er wagte sogar, zu hoffen, dass es in der Zukunft noch etwas anderes geben könnte und dass Sarahs unbeholfener Verkupplungsversuch nicht völlig deplatziert gewesen war. Einen Moment lang schien es gar keine so verrückte Idee zu sein, aber dann, als das Taxi sich auf den Weg zurück in die Stadt machte, fühlte er sein Handy in seiner Jackentasche vibrieren und seine eigene Realität holte ihn ein und erinnerte ihn daran, wer er in Wirklichkeit war.

19

Er schaute auf seine Armbanduhr. Stina hatte ihm die zweite Nachricht pünktlich geschickt – er hatte zu lange gebraucht, um sich von Hannah zu verabschieden. Andererseits würde es auch nicht schaden, Balayan ein paar Minuten Vorsprung zu geben, damit er sich Zugang zu dem Zimmer verschaffen und anfangen konnte, zu suchen, falls er den Köder geschluckt hatte.

Er hatte das Geld für den Taxifahrer schon parat, als sie vor dem Hotel anhielten, und er hastete direkt zu seiner Suite hinauf. Er holte seine Waffe aus seinem Rucksack, während er die Treppen hochging und verlangsamte seinen Schritt erst, als er vor seiner Zimmertür stand.

Es waren keinerlei Geräusche von innen zu hören, aber er öffnete die Tür vorsichtig und leise, bereit für einen Angriff. Das Wohnzimmer war leer, und selbst, als er die Tür leise hinter sich zumachte, fragte er sich, ob sein Plan fehlgeschlagen war und ob Balayan das mit Malmö doch nicht dadurch herausgefunden hatte, weil er Stinas E-Mail an Sam abgefangen hatte.

Doch dann hörte er, dass jemand im Schlafzimmer auf dem Boden herumrutschte. Er stellte seinen Rucksack ab und ging ein paar Schritte bis zur Türöffnung, seine Finger gerade fest genug gegen die Tür pressend, dass sie aufglitt.

Die Schranktür hinter der Tür stand offen und jemand lag auf dem Boden, sein Rücken war Sam zugekehrt, sein Kopf von der Schranktür verdeckt. Er sah aus wie Balayan, anhand dessen, an was sich Sam erinnern konnte, und es war nicht zu überhören, dass er gerade damit beschäftigt war, den Safe zu öffnen.

Sam zögerte nicht, denn er wusste, dass Balayan, wenn er gut war, bald merken würde, dass jemand mit ihm im selben Raum war. Er trat gegen die Schranktür, das schwere Holz krachte gegen Balayans Hinterkopf, bevor es zurückzitterte und Sam zum ersten Mal freie Sicht auf ihn hatte.

Balayan war nach vorne auf seinen Bauch geschleudert worden, aber er erholte sich fast augenblicklich, seine Hand tastete nach seiner Waffe, die er neben den Safe gelegt hatte. Sam sprang auf ihn, drückte ein Knie gegen seinen Rücken und presste den Lauf seiner eigenen Waffe gegen Balayans Schädel.

Die Hand, die sich nach der Waffe gestreckt hatte, gab ihre blinde Suche auf, und Sam nahm seinerseits die Pistole und warf sie auf das Bett. Er drückte den Mann zu Boden, verstärkte den Druck seines Knies und sagte: »Für wen arbeitest du?«

Als Antwort kam dumpf zurück: »Nicht für dich.«

Eine gute Antwort, das musste Sam ihm lassen. Er packte Balayan an den Haaren und schlug ihm hart ins Gesicht, so dass er mit dem Kopf auf den Boden schlug.

»Arbeitest du für Tom Furst?«

»Kenne ich nicht.« Er hatte einen amerikanischen

Akzent, der jedoch schwerfällig wirkte – als sei er immer noch daran gewöhnt, in seiner Muttersprache zu reden.

»Wer hat dich nach Malmö geschickt?«

Keine Antwort. Sam verpasste ihm eine Ohrfeige.

»Wer hat dich nach Malmö geschickt?«

»Niemand hat mich irgendwohin geschickt.«

»Wann hast du bei der CIA aufgehört?«

Wieder kam keine Antwort. Sam hob seine Hand, um ihn erneut zu ohrfeigen, und bereits als sein Schlag noch auf Balayan niedersauste, wusste er, dass er einen Fehler gemacht hatte, indem er eine Handlung wiederholt und Selbstgefälligkeit sich eingeschlichen hatte. Balayan hatte den Schlag vorhergesehen und packte Sams Hand, als diese seinen Kopf berührte, sein Körper bäumte sich unter ihm auf.

Bevor Sam die Bewegung registriert hatte, wurde er zu Boden geworfen und sein Arm dabei so verdreht, dass ihm nichts anderes übrig blieb, als sich entsprechend wegzurollen. Er bereitete sich sofort auf den nächsten Schlag vor, der aber ausblieb. Stattdessen war Balayan über den Boden gerobbt, und das überraschend flink für einen so gedrungenen Mann.

Als Sam sich aufsetzte und versuchte, sich zu orientieren, war Balayan bereits auf seinen Füßen und stolperte durch das Wohnzimmer Richtung Tür. Sam sprang auf und vergewisserte sich, dass die andere Waffe immer noch auf dem Bett lag. Er war durch den Wurf außer Atem, aber ansonsten unverletzt, mit Sicherheit weniger verletzt als Balayan, und er war entschlossen, ihn nicht ein zweites Mal entkommen zu lassen.

Er rannte die Treppen hinunter und als er die obersten Stufen der Hotellobby erreichte, erhaschte er einen kurzen Blick auf Balayan und sah, wie dieser einem quietschenden Taxi auswich und Richtung Kongens Nytorv floh. Balayan rannte schnell, aber mit unsicheren Schritten.

Der Portier hielt Sam die Tür auf und sagte: »Guten Abend, Sir«, als Sam an ihm vorbeistürmte.

Sam rief zurück: »Rufen Sie die Polizei!«

Ein Auto hupte, als er über die Straße auf den Platz rannte. Balayan drehte sich kurz um, aber sobald er Sam sah, nahm er sein Tempo wieder auf und der neuerliche Kraftaufwand verlieh seinen Schritten neue Sicherheit.

Vor ihnen waren die Lichter und das lebhafte Treiben von Nyhavn zu sehen, voller denn je mit Menschen, die den Freitagabend genießen wollten, auch wenn das Wetter schlecht zu werden drohte. Wenn Balayan dort hinunterrannte, würde er vielleicht von der Menschenmenge behindert werden, aber andererseits wäre es auch leicht für ihn, in ihr unterzutauchen.

Aber Sam verlor ihn sogar schon kurz aus den Augen, bevor sie Nyhavn überhaupt erreicht hatten, und er brauchte einen Moment, um zu realisieren, dass Balayan noch vor den ersten Lokalen nach links abgebogen war. Sam änderte die Richtung, ohne seinen Schritt zu verlangsamen, selbst als er nur knapp einen Zusammenstoß mit einer Radfahrerin vermeiden konnte.

Weiter vor ihm bog Balayan nach rechts ab, in die Straße direkt hinter Nyhavn. Sam folgte ihm und registrierte mit einigem Unbehagen, dass diese wesentlich dunkler und ruhiger war als die angrenzenden Straßen. In der Mitte der Straße standen Bäume, die einen schmalen Streifen eines eingezäunten Grünstreifens begrenzten, der bis zum anderen Ende der Straße reichte und viel Schatten bot, in dem Balayan anscheinend verschwunden war.

Zu Sams Rechten verliefen Schienen, und er sprang erschrocken zurück, als er im Gras neben sich die blassen Konturen eines Körpers liegen sah. Erst als er weiterrannte, erkannte er, dass es sich um ein verstörend lebensecht aussehendes Denkmal handelte. Sein Schwung ließ ihn noch ungefähr zwanzig Meter weiterlaufen, dann hielt er inne, weil er mittlerweile nicht mehr überzeugt war, überhaupt noch jemanden zu verfolgen.

Er rang nach Luft und starrte die Straße entlang. Die einzigen Bewegungen und Geräusche kamen vom Wind, der jetzt in stürmischen Böen auffrischte und die Äste der Bäume auf die Probe stellte, die nun ächzten und zitterten.

Sam bewegte sich langsam vorwärts, suchte die Schatten ab, lauschte nach Schritten. Vor ihm war ein Teil des schmalen Grünstreifens in einen kleinen Kinderspielplatz umgewandelt worden; man sah die seltsamen Umrisse von kleinen Wippen und Rutschen, die Schaukeln sanft im Wind baumelnd, als hätten gerade eben noch Kinder in der Dunkelheit darauf gesessen.

Menschliche Umrisse tauchten überall im Schatten auf und er hätte sie stundenlang anstarren können, ohne sicher zu sein, ob einer von ihnen echt war.

Er wollte auch nicht zu dicht herankommen. Ihm war bewusst, dass Balayan, auch wenn dieser im Moment unbewaffnet war, ihm immer noch jederzeit auflauern konnte.

Er holte sein Handy heraus. Er schätzte, dass es einen Versuch wert war, ihn aufzuschrecken, falls er noch dort war. Das Handy leuchtete auf, ein intensives Leuchten, und er starrte darauf und begann, eine beliebige Nummer einzutippen, das zweite Mal, dass er sich diesen Burschen vornahm, indem er vorgab, sein Handy zu benutzen.

Und es klappte wieder. Sam hörte ein plötzliches Rascheln, erhaschte eine schnelle, unsichere Bewegung, wie von einem Hasen, der seine Nerven verliert und aus seiner Deckung spurtet. Balayan hatte sich also doch auf dem Spielplatz versteckt, einer der menschlichen Umrisse war tatsächlich real gewesen.

Sam setzte ihm nach und ließ sein Handy zurück in seine Tasche gleiten; er zog sein Tempo an, als er merkte, dass die Ruhepause Balayan einen Vorteil verschafft hatte. Für jemanden, der so untersetzt war, war er ziemlich schnell.

Er schien nicht zu befürchten, dass Sam ihn erschießen könnte, vielleicht war ihm bei der Auseinandersetzung im Hotelzimmer klar geworden, dass Sam wohl eher Informationen von ihm wollte als seinen Skalp. Damit lag er richtig, aber letzten Endes würde sich Sam auch mit seinem Skalp zufriedengeben.

Balayan erreichte das Ende der Straße und zögerte, schaute zu einem gut besuchten Hotel zu ihrer Linken hinüber und rannte dann über ein Dock und auf einen hölzernen Steg hinaus. Sam war jetzt fast bei ihm, nahe genug, um einen Hechtsprung in Betracht zu ziehen.

Als Sams Füße auf dem Steg auftrafen, drehte sich Balayan um, um zu sehen, wie nah sein Verfolger war, und bremste derart abrupt ab, dass Sam mit voller Wucht gegen ihn prallte. Keiner von ihnen hatte das vorausgesehen und so stürzten sie auf die Holzmole und wälzten sich übereinander.

Sam spürte, dass er seine Waffe verlor und hörte sie dann über das Holz schlittern. Er konnte nicht sehen, wohin sie gerutscht war, aber wenigstens war er sicher, dass Balayan sie auch nicht sehen konnte, wenn er es denn überhaupt bemerkt hatte bei ihrem krachenden Sturz.

Sam richtete sich auf und setzte sich hin; er erkannte erst jetzt, wo sie waren. Es war die Holzveranda, die das Neue Schauspielhaus umgab, der Rand erleuchtet, um die Grenze zwischen Veranda und dem dunklen Wasser des dahinterliegenden Hafens zu markieren. Das Opernhaus auf der anderen Seite des Hafens war ebenfalls erleuchtet, die Silhouetten der Menschen, die ein Getränk in der Pause genossen, waren deutlich in den verschiedenen Etagen zu sehen.

Balayan kam schon wieder auf die Beine und Sam dachte, er würde wieder losrennen, aber dieses Mal drehte sich Balayan um; so als hätte er plötzlich seine Meinung darüber geändert, wie er die Situation anzugehen hatte. Vielleicht hatte er die Waffe herunterfallen hören und wusste, dass sie sich beide wieder auf Augenhöhe gegenüberstanden.

Er rannte auf Sam zu und versetzte ihm einen mächtigen Tritt gegen den Kopf. Sam fing ihn ab, die vibrierende Wucht des Tritts mit seinen Armen abfedernd, und es gelang ihm, Balayans Fuß fest genug zu packen, um ihn aus dem Gleichgewicht zu bringen.

Dieses Mal kamen sie beide gleichzeitig wieder auf die Beine und Balayan stürzte sich sofort auf ihn. Sam wehrte ihn mit seinem Knie ab, musste einige harte Fausthiebe gegen seine Seite einstecken, die ihm die Luft zum Atmen nahmen, doch er schaffte es, ihn wegzustoßen, weiter auf die Veranda hinaus.

Er hörte aufgeregte Stimmen in der Nähe, ein junges Pärchen, das an den dunklen Fensterscheiben des Schauspielhauses gelehnt hatte und jetzt durch die plötzliche Gewalt direkt vor sich alarmiert war. Einer der beiden, das Mädchen, beugte sich hinunter und hob etwas auf – die Pistole, wie er hoffte.

»Rufen Sie die Polizei«, schrie Sam. »Politi!«

Als ob sie dazu noch einen Ansporn bräuchten, traf ihn ein plötzlicher, gewaltiger Schlag seitlich am Kopf, so hart, dass er seitwärts taumelte und es gerade noch schaffte, auf seinen Beinen zu bleiben. Er wirbelte aus dem Taumel heraus zu Balayan herum und versuchte, mit zwei schnellen Hieben und einem Tritt zu antworten, doch auch Balayan war reaktionsschnell und er wich dem ersten Stoß aus – auch der zweite berührte ihn kaum – und wehrte den Tritt ab.

Sam konnte ihn nicht einmal sehen und drei oder vier Fausthiebe schnellten aus der Dunkelheit und prasselten auf seinen Körper und prügelten seine Kraft und seinen Kampfgeist aus ihm heraus. Sams Arbeit hatte nur selten körperliche Gewalt beinhaltet und er fühlte jetzt, dass er schlecht auf das echte Leben vorbereitet war – brutal, kompromisslos.

Verzweifelt auf der Suche nach etwas mehr Platz und einer Ruhepause zwischen den Schlägen, die er einstecken musste, legte er seine Hände an Balayans Brust und stieß ihn nach hinten. Er konnte seine Umrisse jetzt besser erkennen und als Balayan erneut auf ihn zukam, traf Sam ihn mit einem gezielten Tritt direkt in den Bauch. Der Mann schnappte hörbar nach Luft und taumelte rückwärts einige Stufen hinunter, noch ein Schlag, und er wäre direkt an der erleuchteten Verandabegrenzung.

Sam bewegte sich schnell, ein weiterer Tritt, jetzt sah er die Chance, das zu beenden, indem er Balayan ins Wasser beförderte; aber noch einmal hatte Balayan Maß genommen und Sam machte die schmerzhafte Erfahrung, dass sein Fuß gewaltsam umgedreht wurde.

Sam gab nach und ließ sich fallen, während er seinen Fuß aus Balayans Händen wand. Er schlug hart auf der Veranda auf und rollte sich von einem gegen seine Rippen zielenden Tritt weg. Gegen seinen Instinkt rollte er wieder herum, rappelte sich hoch und warf sich auf ihn, statt zu versuchen, dem nächsten Schlag auszuweichen.

Er fühlte einen Faustschlag auf seine Schulter krachen, aber dann berührte Sams Kopf Balayans Brust und er rammte seinen Kopf in ihn und boxte blindlings in seinen Bauch und in die Leistengegend; er stieß ihn immer weiter rückwärts, immer noch boxend, und dann wäre er fast gefallen, weil Balayan nicht mehr da war, nur der erleuchtete Rand der Veranda direkt vor ihm.

Er fand das Gleichgewicht und ließ sich nach hinten

fallen – und dann hörte er den Platsch, als Balayan auf das Wasser prallte und die Stimmen des jungen Pärchens. Das Mädchen schrie in ihr Handy, der Junge, der näher bei ihm stand, fragte ihn, ob er okay war.

Er nickte und rang nach Luft, versuchte, sich wieder zu sammeln; dann griff er nach seinem Handy und Henriksens Karte. Er beugte sich vor und nutzte das Licht der Veranda, um die Telefonnummer zu entziffern, und wartete, bis Henriksens Anrufbeantworter sich meldete.

»Ich hoffe, Sie hören das ab. Hier ist Sam Webster. Ich bin unten am Neuen Schauspielhaus. Ich hatte gerade einen Kampf mit dem Burschen, der Erland Gregersen und wahrscheinlich auch Neil Todd ermordet hat. Er ist vielleicht tot. Sagen Sie Tom Furst …« Sagen Sie Tom Furst, dass das Spiel aus ist – das hatte er sagen wollen, aber er brach mitten im Satz ab und beendete den Anruf.

Im Restaurant des Schauspielhauses hatten die Gäste gerade zu Abend gegessen und jetzt, nachdem sie auf den Tumult aufmerksam geworden waren, kamen eine Handvoll Besucher und Angestellte auf die Veranda hinaus. Der junge Mann erklärte etwas und sie schauten vergeblich auf das Wasser, das sich tiefschwarz gegen den Rand der Veranda abhob.

Sam lag da wie hingestreckt, unfähig, sich aus der Stellung, die er zum Lesen der Telefonnummer eingenommen hatte, zu erheben; die Schläge, das Adrenalin und der Kräfteverschleiß holten ihn schlagartig ein. Er war sich der Geräusche um ihn herum bewusst, der Stille des Wassers unter ihm, der Sirene, die schon von irgendwoher zu hören war, und dann hörte er eine Stimme aus nächster Nähe.

Es war das junge Mädchen, dessen Abend er unterbrochen hatte und die jetzt zu ihm sagte: »Sind Sie verletzt? Brauchen Sie Hilfe?«

Er setzte sich auf und bemerkte, dass sie leicht zurückwich, vielleicht wollte sie auf Nummer sicher gehen, wer in der Szene, die sie beobachtet hatte, der Bösewicht gewesen war.

»Mir geht's gut, glaube ich. Danke, dass Sie die Polizei gerufen haben.«

»Ich bin froh, dass wir helfen konnten«, sagte sie, anscheinend davon überzeugt, dass er der Gute sein musste, weil er die Polizei hier haben wollte. »Wer war der Mann, mit dem Sie gekämpft haben?«

Sam blickte auf das Wasser hinaus und fragte sich, ob er erneut entkommen war und sich schwimmend in Sicherheit brachte, oder ob er bewusstlos irgendwo da draußen trieb und vielleicht gerade in diesem Augenblick ertrank, in dem sie miteinander redeten. Vielleicht würde durch seine Bitte, die Polizei zu rufen, sogar Balayans Leben gerettet werden – nicht dass ihn das jetzt im Augenblick interessierte.

»Ein Mörder. Er hat jemanden ermordet, den ich kannte.«

Sie nickte und legte die Pistole mit einem sanften Klacken vor ihn auf die Veranda und trat wieder zurück.

»Danke.«

Eine näherkommende Sirene schnitt jede weitere Unterhaltung ab, als ein Polizeiauto die Straße entlanggerast kam, in der Sam Balayan verfolgt hatte. Sam blieb auf dem Boden sitzen, als sich die Welt um ihn herum wieder ordnete und das Gelände sich mit Licht und Geräuschen und Polizei füllte.

Eine Absperrung wurde errichtet, und Sam und das Pärchen waren die einzigen Zivilisten innerhalb des abgegrenzten Bereiches. Der uniformierte Polizist sprach zuerst mit dem jungen Paar und dann gingen sie davon – er konnte nicht sehen, ob sie mit dem Polizisten gingen oder einfach entlassen waren.

Ein Krankenwagen traf ein, und ein Boot; der Sanitäter begutachtete Sams Verletzungen, die Bootsbesatzung suchte das Wasser mit einem Scheinwerfer ab. Ihre hektischen Schreie verrieten, dass sie ihn entdeckt hatten, doch als sie näher kamen, erübrigte sich jede Eile und es kehrte eine geschäftsmäßige Ruhe ein.

Die Leiche wurde gerade an Land gebracht, als Nielsen und Henriksen eintrafen. Bis zu diesem Zeitpunkt hatte noch kein Polizist mit Sam gesprochen, aber die Kommissare warfen einen kurzen Blick auf die Leiche und kamen dann zu ihm rüber. Er stand auf, um sie zu begrüßen, und bewegte sich behutsam, mehr in Erwartung des Schmerzes als dass er ihn tatsächlich fühlte.

Nielsen schaute ihn an und sagte: »Sind Sie verletzt?«

Sam schüttelte den Kopf und sagte: »Sie wollen, dass ich zur Sicherheit in ein Krankenhaus gehe, aber das ist nicht nötig. Mir geht's gut.«

Henriksen nickte in Richtung der Leiche, die mittlerweile zugedeckt worden war, und sagte: »Warum denken Sie, dass er der Mörder von Gregersen und Todd ist?«

Sam fragte sich, ob Marika ihrem Freund das Gespräch zwischen ihnen beiden verschwiegen hatte oder ob Henriksen seinem Partner nichts von dem Kontakt erzählt hatte. Oder sie verhielten sich heute vielleicht einfach nur strikt amtlich.

»Ich habe ihn heute Abend in meinem Zimmer vorgefunden, als er versucht hat, meinen Safe zu knacken. Ich habe ihn glauben lassen, dass ich das Päckchen habe, das sie suchen.«

»Aber das haben Sie nicht«, riet Nielsen.

»Nein. Außerdem habe ich ihn schon vorher ein paarmal gesehen. Er war bei der Totenwache in der Universität. Dann war er im Zug von Malmö nach Kopenhagen, nachdem Gregersen ermordet wurde. Ich habe ihn damit konfrontiert und ihm gesagt, ich würde die Polizei rufen, und dann hat er die Notbremse gezogen und ist aus dem Zug gesprungen.«

»Haben Sie herausgefunden, für wen er gearbeitet hat?«

Sam erblickte Furst, der auf der Veranda hinter ihnen herumspazierte, und sagte: »Wie wär's, wenn Sie ihn das fragen?«

Sie sahen zu, wie Furst kurz mit einer Polizistin an der Absperrung plauderte und die Frau ihn warm anlächelte, als er weiterging. Nielsen ging zu ihm, um ihn zu begrüßen, und Henriksen sagte: »Wir brauchen Ihre Aussage, Sam, über das, was heute Abend passiert ist und über die anderen Dinge, die Sie gesehen haben.«

»Sicher, ich kann jetzt gleich mitkommen.«

»Sie gehören ins Krankenhaus.«

»Nein, tu ich nicht.«

Henriksen betrachtete ihn einen Moment lang und sagte: »Okay, wir nehmen Ihre Aussage auf und fahren Sie dann im Krankenhaus vorbei, nur um sicherzugehen.«

»Ihr habt nie daran geglaubt, dass es islamische Extremisten waren, oder?«

»Ich habe nie etwas ausgeschlossen, Sam, genauso, wie ich nicht ausgeschlossen habe, dass Sie den Burschen kriegen könnten.«

Er lächelte und ging davon, um Nielsen und Furst Gesellschaft zu leisten. Und als sie ihre Unterredung beendet hatten, gingen Nielsen und Henriksen weiter, um mit einigen der anderen Polizisten am Tatort zu reden. Furst zog das Laken zurück, um die Leiche zu betrachten, und kam dann zu Sam hinüber.

»Sehr beeindruckend, Sam.«

»Ist er einer Ihrer Leute?«

Furst lächelte, gut gelaunt wie immer, und sagte: »Bei allem Respekt, Sam, wenn er zu meinem Team gehören würde, wären Sie nicht derjenige, der jetzt noch redet.«

Furst wirkte abgelenkt und sah zum Opernhaus hinüber, als würde er sich fragen, was für ein Stück dort gerade gegeben wurde. Auch Sam schaute hin, die schemenhaften Figuren genossen immer noch ihre Drinks und muteten selbst wie eine Kunstausstellung an; völlig ahnungslos, welches Drama sich hier am gegenüberliegenden Ufer abgespielt hatte.

Furst redete weiter, ohne sich wieder zu Sam umgedreht zu haben, er zögerte leicht, bevor er ihm wieder in die Augen schaute.

»Falls es irgendein Trost ist – das ist der Bursche, den wir gesucht haben. Areq Balayan, ein gebürtiger Armenier, der im Alter von zwölf Jahren nach Amerika kam. Ich kann Ihnen nicht genau sagen, für wen er gearbeitet hat oder warum, aber es hing mit Neil Todds Buch zusammen, und ich kann Ihnen versichern, dass die Ermittlungen gegen seine Auftraggeber in vollem Gange sind.«

Sam schüttelte ungläubig den Kopf angesichts Fursts Kaltschnäuzigkeit und sagte: »Sie haben nach ihm gesucht, mit all den Ihnen zur Verfügung stehenden Mitteln, und dann war er bei Neils Totenwache und Ihre Leute haben ihn dort nicht gesehen. Während es mir gleich zweimal gelungen ist, ihn aufzustöbern.«

Fursts schien seine Worte ernsthaft zu überdenken, aber dann nahmen seine Gedanken eine andere Wendung und er klang ernst, als er sagte: »Es ist vorbei, Sam. Sie haben den Mörder, genau, wie Sie es gewollt haben, und nun ist es vorbei.«

»Ist das nicht großartig?« Furst schien nicht genau zu verstehen, was er damit meinte, deswegen sagte Sam: »Den Mörder zu fassen ist eine Sache, aber das Unrecht, das hier geschehen ist, ist durch den Anblick dieses Burschen, wie er aus dem Wasser gefischt wird, nicht ungeschehen gemacht worden.«

Sams Worte zeigten Wirkung und Furst sah frustriert aus, fast so, als würde er gleich um sich schlagen, aber dann sagte er: »Es ist wirklich besser, dass Sie den Geheimdienst verlassen haben, Sam. Das ist ein Beruf, bei dem man das Gesamtbild im Blick haben muss, und Sie scheinen einer dieser Leute zu sein, die diesen Überblick einfach nicht haben.«

Er wartete Sams Antwort nicht ab, sondern drehte sich um und ging davon. Und als Sam so auf der Terrasse stand und wartete, dass Nielsen und Henriksen zu ihm zurückkamen, wurde ihm klar, dass Furst in gewisser Hinsicht recht hatte.

Hier war ein Unrecht geschehen, so viel stand fest, aber wer dafür verantwortlich gewesen war und warum, und in welchem Zusammenhang dieses Unrecht stand – das alles entzog sich seiner Kenntnis.

Er konnte kühne Behauptungen über eine Verschwörung rund um den 11. September aufstellen und Öl ins Feuer gießen, ohne damit etwas zur Wahrheitsfindung beizutragen und ohne zu wissen, ob die Welt überhaupt bereit war, die wahren Hintergründe von alldem zu erfahren. Vielleicht hatte Furst ja recht, vielleicht war die einzige Wahrheit, die zählte, die Leiche, die auf dem Dock lag; die Wahrheit, Hannah erzählen zu können, dass der Mann, der ihren Ehemann ermordet hatte, nun selbst tot war, und wenn man es so betrachtete, war es vielleicht wirklich vorbei.

20

Zurück auf der Polizeiwache, befragten ihn Nielsen und Henriksen; sie stellten ihm Fragen, die dazu bestimmt schienen, einen Schlussstrich unter all das, was geschehen war, zu ziehen, und nicht, etwas Neues zu erfahren. Sie bestanden darauf, ihn danach in ein Krankenhaus zu bringen, und die Schmerzen waren mittlerweile groß genug, um mit ihnen zu gehen.

Er wurde am nächsten Morgen entlassen und kehrte um kurz vor elf in sein Hotel zurück. Es regnete – nicht, dass das die Stimmung in der Stadt nennenswert getrübt hätte, die stete Parade der Fahrradfahrer und Fußgänger war nun mit stylishen Regenmänteln und Schirmen ausgestattet.

Er ging zum Empfangstresen und wurde von einem blassen und ernsten Portier begrüßt, den er vorher noch nie gesehen hatte.

Sam sagte: »Könnten Sie bitte versuchen, für heute Abend einen Platz im Nachtzug nach Köln zu buchen? Einen Fahrschein habe ich schon, ich brauche nur eine Abteilreservierung.«

»Natürlich, Mr. …?«

»Mr. Webster.«

»Ah, ja.« Es war offensichtlich, dass der Portier jetzt genau wusste, wer er war. »Das kann ich für Sie erledigen. Ich nehme an, Sie möchten in ein Luxusabteil erster Klasse?«

»Nun, es ist wohl kaum Luxus, aber ja.«

Der Portier lächelte höflich und sagte: »Ich kümmere mich darum und gebe Ihnen dann Bescheid. Also checken Sie heute aus?«

»Wenn ich den Zug erwische.«

»Ich werde mein Bestes versuchen, Mr. Webster.«

»Danke«, sagte Sam und wandte sich zum Gehen.

Er war erst ein paar Schritte weit gekommen, als der Portier ihn zurückrief und sagte: »Es tut mir leid, Mr. Webster, aber ich habe ganz vergessen – eine Dame hat diesen Brief für Sie abgegeben.«

Sam drehte sich um und ging zurück zum Tresen, während der Portier einen wattierten braunen DIN-A4-Umschlag hervorholte. Er sah dick aus, als ob er ein großes Bündel an Dokumenten enthielt, und war in Sams Augen unauffällig genug, um zu glauben, es könnte genau das sein, was sie alle so verzweifelt gesucht hatten.

Der Portier deutete auf das Klebeband auf dem Päckchen und sagte: »Es war offen, deswegen habe ich es zugeklebt, wegen Ihrer Intimsphäre.«

»Danke«, sagte Sam. »Hat die Lady ihren Namen hinterlassen?«

»Nein. Sie war vor ungefähr einer halben Stunde hier. Sie hat nach Ihnen gefragt und als ich es auf Ihrem Zimmer versucht habe und Sie nicht da waren, hat sie das für Sie hinterlegt. Sie war schwanger, wenn Ihnen das weiterhilft.«

Sam nickte und nahm den Umschlag. Es ärgerte ihn,

dass er sie verpasst hatte, und er war erstaunt, dass sie das Päckchen nach allem, was geschehen war, letzten Endes doch noch abgeliefert hatte. Er fragte sich, ob sie es die ganze Zeit über gehabt hatte, oder ob sie es schließlich bei den letzten Vorkehrungen, ihr Kopenhagener Leben in Umzugskartons zu packen, gefunden hatte.

Er ging in seine Suite hinauf und fand zum zweiten Mal binnen vierundzwanzig Stunden jemanden dort vor, dieses Mal auf einem der Sofas im Wohnzimmer sitzend, entspannt, aber die Augen auf die Tür gerichtet, einen Ausdruck von Erwartung im Gesicht. Er sah immer noch nicht wie ein Spion aus.

»Wenn du schon einbrichst, hättest du wenigstens Frühstück bestellen können.«

Lex deutete anklagend auf ihn und sagte: »Du solltest in Kontakt mit mir bleiben.«

»Was soll das, Lex? Du hast mich gebeten, dich weiterhin über Neil auf dem Laufenden zu halten, aber Neil hat letzten Sonntag aufgehört, *irgendetwas* Interessantes zu tun.« Sam blickte zu den Lampenhalterungen hoch. Er war sich kaum bewusst, dass er hinaufgeschaut hatte oder warum, aber Lex sagte: »Keine Sorge, ich habe das Zimmer gesäubert, bevor ich reingegangen bin.«

»Das hatte ich schon gemacht – habe ich etwas übersehen?« Lex gab keine Antwort und Sam ging in das Zimmer, setzte sich auf das gegenüberliegende Sofa und legte das Päckchen auf den Platz neben sich. »Also, um was geht es hier, Lex, und komm mir jetzt bloß nicht mit einer Räuberpistole über armenische Waffenhändler!«

Lex starrte ihn an und lächelte zustimmend, während er sagte: »Areq Balayan? Falls Tom Furst dir gesagt hat, dass er nicht für die CIA arbeitet, hat er die Wahrheit gesagt. Balayans Auftraggebern wurden Informationen zugespielt, um sie in dem Glauben zu bestärken, dass sie dieselben Ziele verfolgten wie Tom, und in gewisser Hinsicht stimmte das ja auch.«

Sam machte sich nicht die Mühe, Lex auf die Tatsache hinzuweisen, dass auch das nicht ganz der Wahrheit entsprach und Balayan sehr wohl früher bei der CIA gewesen war.

»Also hat die CIA im Grunde nichts anderes getan, als den Mord an Neil auszulagern?«

»Man könnte es so nennen, nehme ich an, auch wenn es ein bisschen vulgär klingt. Die ganze Angelegenheit ist eigentlich viel komplexer und Teil einer größeren Operation, die die Welt von einigen sehr gefährlichen Leuten befreien wird.« Er schien seine Worte sorgfältig zu wählen, als er schließlich sagte: »Soweit ich weiß, war Neil ein anständiger Kerl, es ist sogar so, dass ich bedaure, ihn im College nicht besser kennengelernt zu haben, aber er hat sich auch in die Irre führen lassen. Ob er aus Habgier gehandelt hat oder, was wahrscheinlicher ist, aus Ehrgeiz – er hat jedenfalls einen unglaublich zerstörerischen Kurs eingeschlagen.«

»Du meinst, indem er die Wahrheit über den 11. September aufdecken wollte? Darum geht's doch hier, oder?«

»Es geht um das Päckchen, Sam.«

Er war irgendwie gereizt; Hannah hatte das Päckchen erst vor einer halben Stunde abgegeben – also war

Lex nicht wegen des Päckchens nach Kopenhagen gekommen und wusste trotzdem schon darüber Bescheid. In einem kleinen Akt von Rache sagte er: »Ein Päckchen, das Charles Baxter geschnürt hatte.«

Lex wirkte beeindruckt und nickte, bevor er sagte: »Ja, Baxter hat es geschnürt. Bevor er sich vor fünf Jahren umgebracht hat, hat er eine Aussage zu Papier gebracht und unterschrieben und eine Zeugenaussage auf Video aufgenommen, dann hat er das Dokument und die CD einem Freund bei der *Washington Post* geschickt, wo sie aber abgefangen wurden. Was aber keiner gewusst hat, war, dass er Richard van Allyn, seinem Cousin, eine zweite Kopie geschickt hat – die beiden sind praktisch zusammen aufgewachsen.«

»Warum hat es dann fünf Jahre gedauert, bis sie aufgetaucht ist?«

»Weil van Allyn darüber nie ein Sterbenswörtchen verloren hat. Als er dann erfahren hat, dass er todkrank war, hatte er das Bedürfnis, den Stab weiterzugeben. Die Frage war nur, an wen? Er dachte, in Neil Todd diese Person gefunden zu haben, Pech für Neil.«

»Und für Gregersen.«

Lex nickte bestätigend und sagte: »Zufälligerweise stand van Allyn wegen etwas anderem unter Beobachtung, sodass es ein reiner Glückstreffer war. Und natürlich schrillten bei uns die Alarmglocken, besonders nachdem Neil seine amerikanischen Verleger kontaktiert und ihnen erzählt hatte, er hätte etwas Explosives, wenn der Preis stimmte.«

Lex' letzte Bemerkung schockte Sam mehr als alles andere, das er gesagt hatte. Die Vorstellung, dass

Neil Todd dermaßen habgierig und oberflächlich gewesen sein könnte, stand in völligem Widerspruch zu der Person, die er während der letzten Woche kennengelernt hatte. Er dachte daran, wie bestürzt Hannah gewesen wäre, wenn sie erfahren hätte, dass er beabsichtigt hatte, Geheimnisse zu verkaufen, und fragte sich dann, ob sie eine Ahnung hatte und sich deswegen so beeilt hatte, zu behaupten, dass es sie nicht kümmerte, warum er gestorben war, sondern nur, dass er gestorben war.

Als ob er ihm seine Enttäuschung ansehen konnte, sagte Lex: »Denke nicht zu schlecht von ihm, Sam. Ich habe den Verdacht, er hat eher aus Ehrgeiz als aus Gier gehandelt, und kein Mensch ist ohne Schwächen.«

Sam hob das Päckchen auf und betrachtete es, er fragte sich, was so außergewöhnlich sein konnte, dass es Neil Todd zu einer solchen Torheit hatte verleiten können.

Mit einem warnenden Unterton sagte Lex: »Sam, öffne es nicht – ich habe ihnen meine Zusage gegeben, dass du es nicht tust, und du weißt, wie pingelig sie den Inhalt auf Kontaktspuren untersuchen werden.«

»Du hast ihnen deine Zusage gegeben?«

»Sam, ich habe bis zu diesem Zeitpunkt getan, was ich konnte, aber ich kann dich nicht länger schützen, wenn du diesen Umschlag öffnest.«

Sam schaute ihn an und lachte.

»Du hast getan, was du konntest? Und was genau war das? Nichts?«

Lex sah erst verletzt und dann wütend aus und sagte: »Du bist manchmal ein richtiges Arschloch. Ich habe diese Woche mehr Leute um einen Gefallen gebeten, als du dir vorstellen kannst, um dich am Leben zu erhalten, und alles, ohne deine Vergangenheit zu enttarnen. Glaubst du wirklich, Balayan hätte dich am Leben gelassen, wenn er nicht spezielle Anweisungen erhalten hätte? Denkst du, Tom hätte dich sonst geduldet?«

Sam dachte an Tom Furst, wie er mit ihm Witze darüber machte, jeden zu töten, der seinem Geschäft in die Quere kam, dachte an den Laserstrahl, der in Malmö über seiner Brust geschwebt war, dachte vor allem daran, wie schnell er in dieser Woche dazu bereit gewesen war, Lex' Freundschaft abzuschreiben.

»Das war mir nicht klar. Ich meine, wie auch? Ein Typ hat am Abend, als ich hier angekommen bin, seine Waffe auf mich gerichtet.«

»Und dir gesagt, dass du ins Hotel zurückgehen sollst. Sie hatten zu diesem Zeitpunkt keinen Hinweis, wer du bist, aber ich könnte mir vorstellen, dass sie dein Alibi garantieren wollten.«

Sam dachte an diesen ersten Abend und den Burschen mit der Pistole zurück, und wie dieser ihm »den Rat erteilt hatte«, wieder zurück ins Hotel zu gehen.

»Das warst alles du«, sagte er mehr zu sich selbst.

»Hast du ehrlich geglaubt, ich würde dich einfach dir selbst überlassen?« Lex lächelte, den Augenblick genießend, und fügte hinzu: »Hast du wirklich geglaubt, ich würde unsere dänischen Kollegen nicht um einen Gefallen bitten?«

Sam lachte und sagte: »Also warst das auch du. Danke.« Lex nickte und eine kurze, aber verlegene Pause entstand, bevor Sam das Päckchen anschaute und sagte: »Was, wenn noch andere Leute darüber Bescheid wissen, Leute, die ihr nicht kriegt?«

»*Wir* kriegen überhaupt niemanden. Das ist nicht die Art, wie *wir* Dinge regeln.«

Er wollte ihn daran erinnern, dass die S8 die Dinge auf genau diese Art regelte, aber stattdessen sagte er: »Okay, Leute, die *sie* nicht kriegen.«

Lex akzeptierte die Korrektur und sagte: »Kommt auf die Person an, nehme ich an – aber es ging vor allem darum, den Beweis aus dem Verkehr zu ziehen.«

Sam schaute wieder auf das Päckchen. Ihm wurde klar, dass Neil bewusst gewesen war, in welch großer Gefahr er schwebte – darum hatte er Kontakt zu Lex aufgenommen, in der Hoffnung, dieser könnte ihn vor der CIA schützen.

»Und was ist mit Neil? Hat irgendjemand erst mal versucht, ihn zur Vernunft zu bringen? Oder ist es so, dass der Inhalt dieses Päckchens so brisant ist, dass sie genau wussten, dass er sich nicht davon abbringen lassen würde?«

Lex ignorierte die Bemerkung über den Inhalt des Päckchens und sagte: »Sieh mal, ich sage ja nicht, dass sie die richtige Entscheidung getroffen haben …«

»Sie haben die richtige Entscheidung für sich getroffen, nicht unbedingt für die Leute, denen sie dienen sollen. Sie haben ihn getötet, weil er ein angesehener Wissenschaftler war, der Beweismaterial eingesehen hatte, das den 11. September betraf, Beweismaterial, das eine Menge wichtiger Leute hätte vernichten können.« Lex wirkte wenig beeindruckt, deswegen sagte Sam: »Was ist da drin, Lex? Sag es mir oder ich werde es öffnen.«

»Ich habe dir die Konsequenzen mitgeteilt, wenn du dieses Päckchen öffnest.«

»Dann sag mir, was drin ist. Wenn ich dieses Päckchen nicht öffne, wird nichts von dem, was du mir erzählst, jemals diesen Raum verlassen.«

Er wusste, dass das ein Test für Lex' Freundschaft war, ein Test, dem er ihn nicht unterwerfen sollte, aber er musste es jetzt wissen, musste wissen, was Neil Todd dazu verleitet hatte, sein Leben mit Hannah und ihre Zukunft als Familie wegzuwerfen. Sam konnte sich nichts vorstellen, was ein solches Opfer wert gewesen sein könnte, aber er hatte auch nie die Chance dazu gehabt, Gefahr zu laufen, solche Dinge als selbstverständlich zu erachten.

Er war drauf und dran, noch einmal zu fragen, konnte aber sehen, dass Lex nachdachte, und er wusste aus der Vergangenheit, dass es besser war, ihn dabei nicht zu unterbrechen. Eine Minute verstrich und schließlich seufzte Lex und sagte: »Ich setze es als selbstverständlich voraus, dass du nie wieder ein Wort über dieses Gespräch verlieren wirst, gegenüber niemandem.«

Sam nickte und sagte: »Also?«

»Nun, was denkst du, was hier drin ist, Sam?«

»Beweise dafür, dass die CIA schon vor dem 11. September über den Anschlag Bescheid wusste? Ich hoffe mal, es ist nichts Schlimmeres als das.«

»Schlimmer? Nein.« Er sah etwas entnervt aus, doch sein Tonfall wurde wieder gemäßigter, als er sagte: »Was, wenn ich dir erzählte, nur mal hypothetisch, dass es sich um das Geständnis von Baxter handelt, dass man die Zwillingstürme nach dem Lastwagenbombenattentat 1993 mit Sprengstoff ausgestattet hat? Du erinnerst dich, ein halbes Dutzend Tote, tausend Verletzte?«

»Ja. Ich erinnere mich. Ich wusste nicht, dass es so viele Verletzte gab.«

»Das eigentlich Schockierende war, dass nur so wenige Menschen verletzt wurden, und viele Leute in der US-Regierung dachten noch lange danach über die möglich gewesenen Folgen nach. Was, wenn die Türme eher gekippt als in sich zusammengefallen wären und eine Schneise durch Manhattan geschlagen und Gott weiß wie viele Leben ausgelöscht hätten? Es ist leicht, sich vorzustellen, wie sie zu der Entscheidung gelangten, die Gebäude mit Sprengstoff auszustatten, sodass im Falle eines weiteren Anschlags die Türme kontrolliert zum Einsturz gebracht werden könnten und so weitreichendere Folgen minimiert werden würden.«

Sam kam ihm zuvor und sagte: »Die kontrollierten Explosionen – die Verschwörungstheorie, die nicht verstummen wollte.«

Lex ignorierte die Bemerkung und sagte: »Natürlich darf die Entscheidung, zwei Wahrzeichen mit Sprengstoff auszurüsten, auf keinen Fall durchsickern – es würde diese Gebäude einem erhöhten Risiko eines terroristischen Angriffs aussetzen, das öffentliche Vertrauen untergraben, die Gebäude wertlos machen. Außerdem wurden damals die Sicherheitsvorkehrungen erhöht und niemand glaubte, dass die Sprengkörper jemals zum Einsatz kommen würden. Dann kam der 11. September. Stellen wir uns einmal vor, dass sich

Charles Baxter, laut eigener Zeugenaussage, in der undankbaren Position wiederfand, der Mann mit dem Finger am Knopf zu sein, der Mann, der die Entscheidung fällen musste. Stell dir vor, Sam, *du* wärst an seiner Stelle gewesen – die ständigen Telefonanrufe von Ingenieuren und Architekten, widersprüchliche Theorien darüber, ob die Türme standhalten oder fallen, wie und wann sie zusammenbrechen, ständig neue Berichte darüber, wie viele Menschen noch in den Gebäuden sind. Stell dir vor, den Sicherheitskräften den Befehl zu geben, zu evakuieren und nicht sagen zu dürfen, warum, und nicht zu wissen, wie viele Zivilisten immer noch darauf warten, gerettet zu werden. Stell dir vor, dir wird gesagt, dass die unmittelbare Gefahr besteht, dass die Türme kippen und Häuser und Schulen und Büros, wo Leute sich in Sicherheit glauben, gefährden.

Stell dir all das vor – das Leben einer Gruppe Menschen gegen das von unzähligen anderen aufwiegen zu müssen und mit dem Wissen zu leben, dass du eine unbekannte Anzahl von unschuldigen Zivilisten getötet hast, um vielleicht noch mehr Menschenleben zu retten. Also, was wäre, wenn ich dir sage, dass *das* die Aussage in diesem Päckchen ist, und dass das die Sache ist, von der Neil Todd wollte, dass die Welt sie hört.«

Sam saß für einen Moment da und musste die Ungeheuerlichkeit von dem, was Lex gerade gesagt hatte, erst einmal verarbeiten. Er schaffte es nur, zu sagen: »Ist es wahr?«

»Es ist das, was Baxter als Wahrheit dargestellt hat, und egal wie sein geistiger Zustand zum Zeitpunkt seines Todes gewesen sein mag, er war ein glaubwürdiger

Zeuge, jemand, dessen Aussage man Glauben schenken würde. Und das ist letzten Endes das Einzige, was zählt.«

»Ist es das?«

»Natürlich. Nehmen wir mal an, es ist wahr, Sam, und dann stell dir vor, ich lasse dir die Wahl. Das Päckchen ist in deinen Händen – willst du wirklich, dass diese Wahrheit herauskommt? Falls du glaubst, dass das, was Charles Baxter beschreibt, ein Unrecht oder eine kriminelle Handlung war, falls du glaubst, dass auf eine unmoralische Art und Weise Informationen zurückgehalten worden sind, dann willst du bestimmt, dass die Welt davon weiß – Neil Todd wollte es.«

Und Sam wusste plötzlich tief in seinem Inneren, dass sich Neil Todd geirrt hatte.

Vielleicht würde es eines Tages richtig sein, dass die Wahrheit ans Tageslicht kam, falls es denn die Wahrheit war, aber er wüsste nicht, welches Ziel damit erreicht wäre, wenn man die Angehörigen der Toten damit quälen würde.

Die Verschwörungstheoretiker würden ihren Moment haben, aber sobald ihnen klar geworden wäre, dass diese Verschwörung auf ehrenhaften Absichten und äußerst schwierigen Fragen beruhte, wären sie weitergezogen und hätten dieselbe Legitimierung für immer wildere Theorien gefordert.

War es jemals gerechtfertigt, eine Gruppe Menschen zu opfern, um mehr Menschenleben zu retten? Er hatte seinen Job in dem Glauben aufgegeben, dass es nicht gerechtfertigt war, aber dies war ein Fall, der diesen Glauben auf die Probe stellte. War es gerechtfertigt gewesen, Neil Todd und die anderen zu töten, weil sie gedroht hatten, die offizielle Version darüber, was an diesem Tag geschehen war, zu untergraben? Und wenn nicht, wann während dieses Prozesses war der Zeitpunkt gekommen, an dem es gerechtfertigt erschien? Was das betraf, war er sich sogar noch weniger sicher.

Lex nahm das Päckchen und weil er wusste, dass zu diesem Thema nichts mehr gesagt werden musste, schaute er sich in dem Zimmer um und klang fröhlicher, als er sagte: »Wann fährst du zurück?«

»Heute Abend, wenn ich noch einen Platz erwische. Was ist mit dir?«

Lex schaute auf seine Armbanduhr und sagte: »Bald.« Er saß einen Augenblick lang da, bevor er hinzufügte: »Danke, dass du das für mich tust.«

Sam lachte und sagte: »Was habe ich denn getan? Ich schätze, seit ich hier bin, habe ich nichts anderes getan, als dir Kopfschmerzen zu bereiten.«

»Du warst eine totale Nervensäge.« Lex lächelte. »Aber Todd hat mir eine E-Mail geschickt und das hat uns auf dem Laufenden gehalten. Das war alles, um was ich dich gebeten hatte.«

»Oh gut, Mission erfüllt.«

»Du solltest zurückkommen. Du weißt, dass du das tun solltest.«

»Wird nicht passieren.«

»Es ist deine Bestimmung, Sam. Denk drüber nach.«

Sam nickte, gab aber keine Antwort und blieb schweigend sitzen, als Lex das Päckchen vom Tisch nahm und aufstand. Er sah aus, als wollte er gehen, doch er zögerte und sagte: »Oh, Sam, ich weiß, du warst ziemlich schnell dabei, Tom Furst für all das zu verurteilen, das ist vielleicht sogar verständlich, aber da gibt es noch eine Sache, die du über ihn wissen solltest, bevor du wieder voreilige Rückschlüsse ziehst, was seine Aktionen betrifft.«

Sam schaute fragend zu ihm hoch.

»Seine Cousine befand sich im 102. Stock des Nordturms – ihre Leiche wurde nie gefunden.«

»Das wusste ich nicht«, sagte Sam, dem die Überflüssigkeit dieses Satzes bewusst war.

Lex ging, aber Sam blieb weiter sitzen; die Trägheit, nichts mehr tun zu müssen, nirgendwohin mehr gehen zu müssen. Er war der Wahrheit hinterhergerannt, als ob er darin einen Weg gesehen hätte, endlich seiner Vergangenheit zu entfliehen, aber er hatte sie gefunden, und jetzt lag sie zerschmettert vor ihm und schien völlig wertlos zu sein.

21

Er erhielt die Bestätigung für seine Reservierung und verbrachte den Nachmittag in der Bar, das rege Treiben auf dem Kongens Nytorv beobachtend, als der Regen langsam Platz machte und die Sonne die City-Skyline erhellte. Als er schließlich um kurz nach sechs zum Bahnhof lief, hatte sich doch noch ein wunderbarer Frühsommer-Abend entwickelt.

Der Zug fuhr ein und er ging in sein Abteil, gab dem Schlafwagenschaffner seinen Fahrschein und saß dann aus dem Fenster schauend da. Seine Tür war offen und er lauschte in die Stille, die bei jedem Halt von den zusteigenden Passagieren unterbrochen wurde, die vom Schaffner begrüßt und zu ihrem Bedarf an Weckrufen und Frühstück befragt wurden.

Es klopfte an den Rahmen seiner Tür und er drehte sich um, in der Erwartung, wieder den Schaffner dort vorzufinden. Es war Tom Furst.

»Hallo, Sam.«

Sam war sich bewusst, dass er sich geradezu feindselig anhörte, als er sagte: »Gekommen, um mich zu verabschieden?«

Entweder bemerkte Furst seinen Tonfall nicht oder er war zu höflich, um es zu zeigen, denn im Gegensatz zu Sam klang er so gelöst wie immer, als er antwortete:

»Im Gegenteil, wir sind Reisegefährten. Ich muss morgen früh in Amsterdam sein und das war genauso günstig wie Fliegen. Außerdem liebe ich es, mit dem Zug zu reisen.«

»Ich auch«, sagte Sam. Er dachte daran, was Lex ihm über Fursts Cousine erzählt hatte, und er wusste immer noch nicht, was er von ihm halten sollte.

Furst beugte sich hinunter, um aus dem Fenster zu sehen, während er sagte: »Aber es tut mir leid, Kopenhagen zu verlassen. Sie haben noch nie im Alberto K. gegessen, oder?«

Sam wusste nicht, von was er redete, und konnte es nicht ganz fassen, dass er so tat, als würden sie gemeinsam eine Europareise unternehmen.

»Was?«

»Das Restaurant im obersten Stockwerk vom Radisson. Das Essen ist gut, aber der Blick über die Stadt von dort aus ist wirklich überragend.«

»Ich kann mir vorstellen, dass Ihnen das gefallen hat«, sagte Sam, »aber wissen Sie, durch einen Blick *über* die Stadt hat man noch lange keinen Eindruck *von* der Stadt, nicht wahr?«

Furst lächelte ihn einen Moment lang an und sagte schließlich: »Denken Sie über alles so viel nach?«

Sam dachte gerade darüber nach, dass er gut und gerne den ganzen Tag lang glücklich und zufrieden in der Bar des D'Angleterre sitzen könnte, um die endlose Prozession schöner Frauen zu betrachten, die anmutig auf ihren Fahrrädern vorbeifuhren.

»Ich mag es, mir die Stadt von unten anzusehen – ich nehme an, das ist alles, was ich sagen will.«

Furst nickte und sagte: »Und natürlich werden einige Menschen nervös, wenn sie in hohen Gebäuden sind.«

Dachte Sam zu viel oder hatte Furst das gesagt, um zu sehen, wie er darauf reagierte? Hatte er den Zug nach Amsterdam nur genommen, um herauszufinden, was Sam wusste und um zu sehen, ob man ihm diesbezüglich trauen konnte? Sam musste sich auch fragen, wie groß seine Chancen waren, Köln lebend zu erreichen, wenn er die falschen Antworten gab.

»Ich denke, das ist verständlich, gerade nach dem 11. September – finden Sie nicht auch?«

Furst schien Sams Gesicht zu studieren, bevor er sagte: »Sehr richtig.«

Der Zug fuhr sachte aus dem Bahnhof und Sam schaute zu, wie er an den Eisenbahnwagen und Waggons auf den Abstellgleisen vorüberfuhr. Er empfand eine gewisse Traurigkeit, Kopenhagen zu verlassen. Er konnte es nicht recht festmachen, außer vielleicht, dass er einen kurzen Blick auf Neils und Hannahs Leben hier in Dänemark erhascht hatte, und dass dieses nun nicht mehr existierte.

Er hatte fast vergessen, dass Furst immer noch hinter ihm stand, und war überrascht, als er ihn sagen hörte: »Lust, mit mir in den Speisewagen zu gehen?«

Sam drehte sich um und sagte: »Ich habe keinen Hunger.«

»Oh, ich würde nicht empfehlen, irgendetwas zu essen – das hier ist nicht der Orient Express. Ich meinte, dass wir eine Flasche Rotwein oder ein paar Bier zusammen trinken könnten. Keine Gespräche über die Arbeit.«

»Ich war nicht hier, um zu arbeiten, haben Sie das schon vergessen? Ich wollte einen Freund besuchen und der wurde ermordet.«

»Klammern Sie sich immer noch daran fest? Sam, auch wenn Sie nicht mehr beim SIS sind, ich weiß, dass Sie auf ihre Anordnung hin hierhergekommen sind.«

»Ich weiß wirklich nicht, von was Sie reden.« In Fursts Lächeln lag ein Hauch von widerwilligem Respekt angesichts Sams Weigerung, sich zu seiner Vergangenheit zu bekennen. »Was ist mit Ihrer Arbeit, ist sie getan?«

»Ein paar Dinge sind noch zu regeln. Ich würde sagen, zwei Monate höchstens und sie ist endgültig abgeschlossen.«

Sam starrte ihn an und sagte: »Sie genießen das wirklich, was Sie tun, oder? Niemals Zweifel.«

»Gewisse Aspekte meiner Arbeit genieße ich durchaus, aber, glauben Sie mir, ich habe meine Zweifel.« Er machte eine Pause, als ob er versuchen würde, über einen geeigneten Weg nachzudenken, Sam seine Beweggründe zu vermitteln, und sagte dann: »Es ist jetzt schon etliche Jahre her, da war ich in einem der großen Krisengebiete dieser Welt – ich werde nicht sagen, wo, aber wir hatten eine harte Zeit dort, im Sumpf, ohne Hoffnung, etwas zu erreichen. An diesem speziellen Tag hatte ich einen guten Freund verloren, und in der Nacht kletterte ich auf das Dach der Botschaft. Es gab keinen Strom in der Stadt, der Himmel war bedeckt, so dunkel, dass man seine Hand nicht vor Augen sehen konnte. In der direkten Umgebung fanden jedoch kleinere Feuergefechte statt, die Einheimischen liefen

Amok und töteten sich gegenseitig und ich fragte mich zum ersten Mal, was das Ganze überhaupt sollte.« Er hatte Sam unverwandt angestarrt, während er erzählte, aber in diesem Augenblick wirkte er völlig abwesend, als ob er wieder auf diesem Dach stand und über eine in der Dunkelheit versinkende Stadt schaute. Es hielt nur einen Moment lang an, und als er seinen Blick wieder auf Sam richtete, war das Leben in seine Augen zurückgekehrt.

»Und dann hörte ich noch ein anderes Geräusch, wie das Schlagen eines Segels auf einer Yacht – es war die Fahne über mir, die im Wind flatterte. Ich konnte sie zwar nicht sehen, aber ich hörte sie und wusste, sie war da und stand für all das, was es mir wert machte, hier zu sein. Es machte mir klar, dass wir harte Entscheidungen trafen und vielleicht manchmal auch Dinge falsch machten, aber dass wir sie immer aus den richtigen Gründen taten. Was immer wir tun, gut oder schlecht, es ist aus den richtigen Gründen.«

»Die Menschen am anderen Ende dieser harten Entscheidungen sehen das möglicherweise nicht so.«

»Stimmt, aber damit kann ich leben. Das ist mein Beruf.« Er machte eine kurze Pause und sah versöhnlich aus, als er sagte: »Also, was ist jetzt mit einem Drink?«

Sam starrte ihn an und fragte sich, ob für Furst irgendwann einmal der Tag kommen würde, den er in Manara erlebt hatte, der Tag der Erkenntnis, der Tag, an dem er den wahren Preis dessen, was sie taten, verstand.

»Ich schätze, ich könnte ein wenig Wein vertragen.«

Furst lächelte, seinen Ernst abschüttelnd. Er trat in

den Gang hinaus und bedeutete Sam, vorauszugehen. Sie bewegten sich durch den zweckdienlich eingerichteten Speisewagen und fanden einen Tisch. Es war schon voll, einige wenige konsternierte ältere Gäste, die an einen besseren Standard und irgendeine Art von Service gewöhnt waren, der Rest der Gesellschaft jüngere Reisende aus den Zweite-Klasse-Abteilen, die sich freuten, in Gruppen zusammen zu sein und mit anspruchslosem Studentenessen zufrieden waren.

Schließlich saßen sie mit einer Flasche Wein an ihrem Tisch, und aus dem Bedürfnis heraus, über etwas anderes zu reden, sagte Sam: »Sie haben den Orientexpress erwähnt – sind Sie damit schon mal gefahren?«

Furst sagte: »Ich habe vor einigen Jahren mit meiner Frau als Geburtstagsgeschenk eine Reise damit unternommen – okay, sie war damals meine Verlobte, aber Sie verstehen schon.«

»Sie sind verheiratet? Es muss schwierig sein, ständig voneinander getrennt zu sein.« Sam dachte wieder an sich, an sein eigenes Scheitern, während seiner Zeit bei der S8 eine feste Beziehung zu führen.

Furst sagte: »Eigentlich bin ich nicht sehr oft weg, und wenn, dann selten länger als ein paar Tage. Die übrige Zeit bin ich in London stationiert.« Er registrierte Sams Überraschung, sagte aber einfach: »Ich bin jetzt schon seit Jahren dort und liebe es immer noch.«

»Ja, es ist eine großartige Stadt«, sagte Sam.

»Deswegen leben Sie ja auch in Paris.«

Sam lachte.

»Tatsächlich ist meine Frau Engländerin, aus Ihrer Gegend. Sie kommen aus Devon, richtig?«

»Dorset.«

»Ich wusste doch, dass es irgendwo da unten war – es ist ein schönes Fleckchen Erde.«

»Ja, das ist es. Also, wie haben Sie sich kennengelernt?«

Furst erzählte ihre Geschichte – sie arbeitete für das Außenministerium und sie hatten sich bei einem offiziellen Essen kennengelernt – und Sam vergaß Stück für Stück, dass er Tom Furst als seinen Gegner betrachtet hatte. Und wenn Sam ganz ehrlich war, war ein Teil dessen, was ihm Misstrauen und Abneigung gegen Tom Furst eingeflößt hatte, das, was ihn an sein früheres Ich erinnerte, nur vielleicht mit etwas mehr Charme.

Sie sprachen nicht über das, was in Kopenhagen geschehen war. Sie sprachen über London und Paris, über die Ehe und das Leben im Allgemeinen und betrachteten die ganze Zeit über den goldenen Sonnenuntergang über den sanften Feldern und Wäldern und Städtchen der dänischen Landschaft.

Und als er ihn nun endlich als reale Person sah und weniger als Kehrseite seiner eigenen Persönlichkeit; als jemanden, der gewissenhaft durchs Leben ging und der sich seiner eigenen Rolle bewusst war; als jemanden, dessen permanent gute Laune echt und nicht gespielt war, da wurde ihm bewusst, dass er Tom Furst mochte. Wenn er ihn in irgendeinem anderen Zusammenhang kennengelernt hätte, hätten sie die Gesellschaft des anderen genossen, vielleicht wären sie sogar Freunde geworden.

Es erinnerte Sam irgendwie an die überfüllten Züge, in denen er während seiner Collegezeit gereist war. Damals waren am Ende eines Semesters extra Gepäckwagen an die durch die vielen Studenten völlig überfüllten Züge angehängt worden, und meistens verbrachte man die Reise in diesen Gepäckwagen auf Kisten oder Koffern sitzend, oder man teilte sich die Bodenfläche der Wagen. Schnell entwickelten sich Gespräche mit Studenten, die er flüchtig aus seiner eigenen Universität kannte, oder die eine der anderen Universitäten entlang der Strecke besuchten, eine flüchtige Freundschaft von Reisegefährten auf dieser langen Reise zurück in den Südwesten Englands.

Bei dem Gedanken an diese Tage wurde er etwas wehmütig, denn wie reich, wie voll an Möglichkeiten waren sie ihm erschienen. Es war nicht zuletzt auch Wehmut, die ihn nach Kopenhagen geführt hatte, begleitet von dem Gefühl, dass er daran gescheitert war, das zu halten, was er früher versprochen hatte; alles, was von ihm erwartet worden war, alles, was er sich für sich selbst vorgestellt hatte. An irgendeinem Punkt hatte er sein jüngeres Ich aus den Augen verloren, und als er Lex zusagte, seiner Bitte nachzukommen, hatte er gehofft, er könnte dadurch einen Weg zurück finden und zurückerobern, was ihm hätte gehören sollen.

Er betrachtete die anderen Menschen im Speisewagen, alles Studenten oder zumindest diesen Alters, und fragte sich, was sie sich erhofften und was sie tatsächlich erreichen würden. Weil er jetzt verstand, dass vielleicht keiner jemals wirklich diese jugendlichen Erwartungen erfüllte und dass der einzig realistische Maßstab von Erfolg die Fähigkeit und die Würde waren, mit denen man sie hinter sich ließ.

Als sie den Speisewagen verließen, blieb Tom Furst vor seinem Abteil stehen, streckte seine Hand aus und sagte: »Ich werde Sie am Morgen nicht mehr sehen, aber ich wünsche Ihnen eine gute Weiterreise.«

Sam schüttelte seine Hand und sagte: »Gleichfalls. Und immer locker bleiben.«

Sam machte sich auf den Weg in sein eigenes Abteil, aber Furst hielt ihn zurück und sagte: »Sie haben Glück, wissen Sie das?«

Sam drehte sich um und sagte: »Warum das?«

Tom sah einen oder zwei Augenblicke lang in Gedanken versunken aus, dann sagte er: »Weil Sie keine Entscheidungen mehr treffen müssen. Ich würde um nichts in der Welt mit Ihnen tauschen wollen, aber ich beneide Sie darum, dass Sie keine Opfer mehr bringen müssen, und dass Sie keine schweren Entscheidungen mehr fällen müssen.«

Sams Instinkt riet ihm erneut dazu, Unwissenheit vorzutäuschen, aber er sagte: »Ich habe nie gezögert, schwere Entscheidungen zu treffen, und wenn ich glauben würde, dass wir damit etwas Gutes erreichen würden, irgendetwas, würde ich es heute noch tun.«

»Fragen Sie sich lieber, ob Sie zurzeit Gutes tun, Sam.«

»Ich schlage mich nicht schlecht – das ist schon mal ein Anfang. Abgesehen davon tue ich, was ich kann, für die Menschen, denen ich begegne – immer nur ein Leben auf einmal. Genau das habe ich in Kopenhagen getan.«

Furst lächelte und sagte: »Immer nur ein Leben auf einmal – netter Gedanke, aber das füllt wohl kaum Ihr Potenzial aus, was?«

»Ich schätze, das wird sich erst noch zeigen. Wir sehen uns, Tom.«

»Das werden wir vielleicht«, sagte Furst und ging in sein Abteil.

Sam ging weiter zu seinem eigenen Abteil; ihm war bewusst, dass Furst den Finger auf die Wunde hätte legen können, wenn er gewollt hätte, indem er ihn gefragt hätte, was er wirklich in Kopenhagen erreicht hatte. Er hatte Lex geholfen, er hatte einen Menschen getötet und einen anderen in den Tod getrieben, alles im Namen von Gerechtigkeit und Wahrheit, die er beide im entscheidenden Augenblick über Bord geworfen hatte.

Insofern hatten Lex und Tom Furst vielleicht recht, dass er zur S8 zurückkehren sollte und dass er eine momentane Glaubenskrise durchlebte, nicht eine karriere-beendende Erleuchtung. Dieser Gedanke ließ ihn nicht mehr los, der Ruf der Institution brachte eine ganz eigene Nostalgie mit sich und er versuchte, an Gründe zu denken, nicht zurückzukehren.

Es gab nur einen, der Zugkraft entwickelte, und selbst wenn, er hatte keine Möglichkeit, herauszufinden, was sie wollte und ob sie die Wahrheit gesagt hatte, als sie ihm erzählt hatte, zwischen ihnen könnte nie etwas sein. Vielleicht war das alles sowieso nur Träumerei: zu glauben, er könnte sie so ohne Weiteres aus der fernen Vergangenheit zurückholen und die Lücke ausfüllen, die Neil hinterlassen hatte, und dass er ihr überhaupt irgendetwas von Bedeutung bieten könnte.

22

Er fuhr nicht gleich nach London. Er wartete fast eine ganze Woche ab, bis er geschäftlich in der City zu tun hatte, und fuhr dann nachmittags mit einem Taxi nach Notting Hill.

Sarah öffnete die Tür und schenkte ihm ein schwaches Lächeln, bevor sie sagte: »Hallo, Sam.« Mit leiserer Stimme sagte sie dann: »Sie ist ganz schön down gewesen, seit wir hierher zurückgekommen sind.«

Er hätte ihr am liebsten gesagt, dass erst wenige Tage seit Neils Tod vergangen waren und sie schwerlich etwas anderes erwarten konnte, aber er nickte nur und folgte ihrer Einladung, einzutreten. Sie schloss die Tür und deutete Richtung Küche.

Er kam an der Tür eines Wohnzimmers vorbei, in dem ein kleiner Junge saß, der ruhig mit einer Holzeisenbahn spielte und mit sich selbst sprach, als flüstere er sich selbst Geheimnisse zu.

Sarah folgte Sam in die Küche, sagte aber gleich: »Ich lasse euch zwei alleine und schau mal nach Harry.«

Hannah schaute von einem Papierstapel auf, der vor ihr auf dem Küchentisch lag. Sie lächelte, sah aber müde aus, ihre Augen verquollen und blutunterlaufen durch den Schlafmangel.

»Hallo, Sam. Möchtest du Tee oder etwas anderes?«

Er schüttelte den Kopf, weil er erkannte, dass sie nicht in der Stimmung war, welchen zu machen, und setzte sich ihr gegenüber.

»Sieht so aus, als hättest du eine harte Zeit gehabt.«

»Ja, Witwe zu werden würde ich keinem empfehlen.« Sie starrte auf das Papier vor sich, und als sie wieder aufschaute, sagte sie mit ausdrucksloser Miene: »Hast du den Umschlag erhalten?«

Er nickte und sagte: »Wo war er?«

»Im Kinderzimmer. Wenn ich daran denke, dass ich diesen Amerikaner daran gehindert habe, dort zu suchen ...«

Sie lächelte ein wenig.

»Aber du hattest alle Sachen aus dem Kinderzimmer schon verpackt ... Ich meine, wann hast du es gefunden?«

»Nachdem du an diesem letzten Abend gegangen warst. Ich konnte nicht schlafen. Lenes Ehemann hat uns eine schöne Spielzeugkiste gemacht, und ich habe sie einfach noch mal durchgesehen, um sicherzugehen, dass nichts drin war, was ich selbst mit hierher nehmen wollte statt mit der Umzugsfirma, und da lag es ganz unten.«

Er dachte an sie, schlaflos, die Dinge im Kinderzimmer durchsehend, ein letzter Tanz mit den Erinnerungen an eine Zukunft, wie sie hätte sein sollen.

»Lex hat ihn jetzt. Ich weiß nicht, was drin ist, aber Lex machte den Eindruck, als *gäbe* es eine Verbindung zwischen dem Nahen Osten und dem, was mit Neil passiert ist.« Sie nickte, scheinbar ohne großes Interesse. »Und wenn es dich tröstet, der Mann, von dem sie glauben, dass er dafür verantwortlich war, ist tot.«

»Sie haben ihn gekriegt?«

»Ja, er ist tot«, sagte Sam. »Aber es tut mir leid, dass ich nicht die ganze Geschichte herausgefunden habe. Ich hätte wahrscheinlich mehr tun können.«

Sie lächelte und sagte: »Du hast mehr getan, als ich jemals von dir hätte erwarten können. Und ich weiß, dass wir wahrscheinlich nie so etwas wie beste Freunde werden, aber ich werde nie vergessen, was du in der letzten Woche für mich getan hast.«

Sam trafen die Worte wie aus heiterem Himmel und er sagte: »Warum sollten wir nicht beste Freunde werden?«

Sie runzelte die Stirn und ihr Gesichtsausdruck ließ erahnen, dass es ihrer Meinung nach keiner Erklärung bedurfte.

»Weil du dein eigenes Leben hast, Sam. Und ich nehme an, dass ich eines Tages auch wieder meines habe. Ich weiß, dass wir uns vor all den Jahren gerngehabt haben, und ich weiß … Ich denke nur, dass wir uns unter solch schrecklichen Umständen wiederbegegnet sind, und ich sehe nicht, wie das jemals funktionieren könnte.«

Sie redete hier nicht von Freundschaft, sondern von einer Beziehung, und als ob sie die wahre Höhe der Barrieren, die diesbezüglich zwischen ihnen standen, noch betonen wollte, sagte sie: »Und du hast deine Unternehmensberatung, die dich in die ganze Welt führt.«

Er nickte.

»Du könntest recht haben, aber ich will mit dir in Kontakt bleiben, wenn du nichts dagegen hast …«

»Natürlich habe ich nichts dagegen.«

»Und wenn es irgendetwas gibt, wobei ich dich unterstützen kann, auch in finanzieller Hinsicht, dann lasse es mich bitte wissen.«

Hannah hob einige Blätter Papier auf und sagte: »Es ist schon paradox, dass man vom Tod profitiert, aber ich bin durch Neils Tod finanziell bessergestellt, als ich es mit ihm jemals hätte sein können. Aber trotzdem vielen Dank, Sam. Wie ich schon sagte, ich werde nie vergessen, was du für mich getan hast.«

Er nickte und ihm wurde klar, dass er nicht weiterkam und sie ihn jetzt rigoros in der Vergangenheitsform betrachtete, als ob sie ihn in Kopenhagen mit all den anderen Gespenstern zurückgelassen hätte. Diese Veränderung ihres Blickwinkels verwirrte ihn – als hätte er sich Dinge vorgestellt, die nicht wirklich passiert waren.

Aber er ließ sie reden, und Stück für Stück, durch die Schichten von Trauer, die sich wieder über sie gelegt hatten, schwerer, als sie es in der ersten Woche gewesen waren, konnte er wieder etwas von der Person erkennen, die ihm vertraut war. Es gab keine Anzeichen der Verbindung, die es in Kopenhagen zwischen ihnen gegeben hatte, aber sie war wenigstens wieder erkennbar sie selbst. Sie brachte ihn zur Tür, als er sich verabschiedete. Sie sagte ihm Auf Wiedersehen, hielt jedoch inne und hatte es nicht mehr eilig, dass er ging, jetzt, wo er an der Türschwelle stand.

Endlich sagte sie: »Ich habe es gelesen, Sam. Ich hätte es nicht tun sollen, aber …«

Er dachte sofort an den Umschlag, an den Portier, der ihm gesagt hatte, er sei geöffnet gewesen und dass er ihn zugeklebt hatte, um Sams Privatsphäre zu schützen. Es war ihm damals entgangen, aber er wusste nun, dass Hannah ihn geöffnet hatte.

»Ich habe mir die CD nicht angeschaut, aber ich habe da auf Neils altem Stuhl in seinem Arbeitszimmer gesessen und die Aussage dieses Mannes gelesen, was er getan hat und wer er war.«

Sie wusste oder vermutete, dass Sam sie angelogen hatte, und er fragte sich, ob sie sich deswegen so von ihm abgewendet hatte.

»Ich habe es nicht selbst gelesen, aber ich wusste, worum es ging – du verstehst bestimmt, warum ich dich angelogen habe, ich dachte einfach …«

»Es tut mir leid …« Sie hob eine Hand an ihr Gesicht und sah aus wie jemand, der versucht, seine Gedanken zu ordnen. Dann schaute sie ihn an und sagte: »Es tut mir leid, dass ich vorhin so abweisend zu dir war. Ich weiß nicht, ob wir Freunde werden oder nicht, Sam. Ich weiß nicht, was passieren wird. Ich weiß nur, dass ich dort gesessen und es gelesen habe und völlig überwältigt war, weil ich nicht verstehen konnte, was Neil sich dabei gedacht hat, warum er den Menschen davon erzählen wollte und warum er bereit war, alles zu riskieren, was wir hatten. Warum hat er das getan, Sam, zwei Monate, bevor unser erstes Kind auf die Welt kommt?«

Was sollte er dazu sagen? Dass Habgier oder Ehrgeiz die Oberhand über Neil gewonnen hatten? Dass nicht er derjenige war, der ein Verbrechen begangen hatte? Dass seine Aktivitäten, wie töricht sie auch gewesen sein mochten, nicht die Gewalt verdient hatten, die gegen Neil verübt worden war?

Schließlich sagte er nur: »Ich denke, er hat das getan, von dem er geglaubt hat, dass es das Richtige war, auch wenn es bedeutete, damit alles aufs Spiel zu setzen.«

Sie schüttelte den Kopf, seinen Verteidigungsversuch abweisend, und sagte: »Ich kann ihm das nicht verzeihen. Ich kann es einfach nicht, niemals.«

Sie sah ihm einen Moment lang in die Augen, drehte sich dann jedoch ohne ein weiteres Wort um, ging in das Haus zurück und schloss die Tür hinter sich. Sam blieb einige Sekunden lang auf der Schwelle stehen, voller Mitgefühl für sie; er wusste, dass es nichts gab, was er sagen konnte, um Neil in ihrer Erinnerung zu rehabilitieren, er konnte nur hoffen, dass die Zeit es für ihn tun würde.

Dann drehte er sich um und ging davon und zögerte nur den Bruchteil einer Sekunde beim Anblick des Transporters, der in der Straße parkte und den er sofort als Überwachungswagen erkannte.

Aber warum sollten sie sie immer noch beobachten? Schlagartig traf ihn die Antwort, wie eine Serie von Schlägen, so kraftvoll, dass er das Gefühl hatte, zusammenzubrechen, wenn er nicht weiterlief. In seinem Unterbewusstsein knallte und knackte es, Rückblenden und Erinnerungen an Dialogfetzen schwirrten ihm im Kopf herum.

Er erinnerte sich an Hannah, wie sie ihre Hand auf ihren Bauch gelegt und ihm erzählt hatte, es wären nur noch zwei Monate. Er erinnerte sich an Lex und wie er ihm gesagt hatte, dass er ihn nicht mehr schützen könnte, wenn er diesen Umschlag öffnen würde. Er dachte an Hannah und dass sie genau das getan und Baxters Aussage im Arbeitszimmer gelesen hatte, jenem Raum, der definitiv verwanzt gewesen war. Aber am meisten erinnerte er sich an Tom Furst, der davon gesprochen hatte, dass er noch ein paar Fragen zu klären hätte, dass er im Gegensatz zu Sam Opfer bringen müsse, und der abschließend versichert hatte, dies alles würde innerhalb von zwei Monaten beendet sein.

Zwei Monate. Er wusste, dass er umdrehen, zurückgehen und sie warnen musste, aber stattdessen ging er weiter, und wenn er umdrehte, woher sollte er dann wissen, ob er nicht alles noch schlimmer machte? Furst wollte es in zwei Monaten zu Ende gebracht haben – er war bereit gewesen, dieses eine Zugeständnis zu machen –, aber Sam wusste, dass er es früher beenden würde, wenn die Umstände es erforderten, wenn er sich unter Druck gesetzt fühlte, und dass Furst ein Mann war, der nicht davor zurückschrecken würde, noch ein extra Leben zu opfern, wenn er musste, egal, wie unschuldig, wie ungeformt es sein mochte.

Sam wollte umkehren, aber obwohl ihm sein Unterbewusstsein gerade um die Ohren flog, wusste er, dass er genau das unter keinen Umständen tun durfte. Wenn er umkehrte und zu dem Haus zurückging, würde er sämtliche Alarmglocken schrillen lassen. Er musste etwas tun, er wusste, dass er irgendetwas unternehmen musste, aber er ging stattdessen weiter, und seine Gedanken wirbelten in seinem Kopf umher, während die Entfernung zu ihr immer größer wurde.

Epilog

Paris, zwei Monate später

Nachdem das Wetter besser geworden war, hatte er begonnen, die Stadt zu erkunden, jeden Tag ein bisschen mehr und doch war er über dieses Café gestolpert, dass nur wenige Minuten von seiner Wohnung entfernt war. Es war wahrscheinlich im Winter nichts Besonderes, aber draußen an einem Tisch zu sitzen und das Leben seiner kleinen Welt zu beobachten, während er seinen Morgenkaffee trank – Sam fühlte, dass er endlich das Paris gefunden hatte, das er gesucht hatte.

Er war jetzt Zivilist, hatte aber seine alten Instinkte noch nicht völlig verloren, sodass es – auch wenn er gerade in der Zeitung las – nicht seiner Aufmerksamkeit entging, wie in der Straße vor ihm ein Auto heranzog. Es gab keinen Parkplatz, aber jemand kletterte vom Rücksitz und das Auto fuhr davon, vermutlich, um nach einer Parkmöglichkeit zu suchen.

Sam warf einen Blick zur Seite und erhaschte ein unvollständiges Spiegelbild in der offenen Tür des Cafés. Es war jemand, von dem er erwartet hatte, dass er früher oder später auftauchen würde, und ohne seine Zeitung zu senken, sagte Sam: »Hallo, Tom.«

Furst gab keine Antwort, kam jedoch näher und setzte sich an die andere Seite des Tisches. Der Ober hatte gerade jemanden am Nebentisch bedient und kam jetzt herüber.

»Espresso, s'il vous plaît.« Irgendwie machte sich sein amerikanischer Akzent im Französischen stärker bemerkbar als in seiner Muttersprache.

Sam faltete seine Zeitung zusammen, legte sie auf den Tisch und sagte: »Das ist aber eine Überraschung.«

Furst war offensichtlich nicht zum Scherzen zumute und er fragte geradeheraus: »Wo ist sie, Sam?«

»Wo ist wer?« Furst gab keine Antwort, und auch sein Gesichtsausdruck blieb unverändert. »Ihr überwacht sie – sagt ihr mir doch, wo sie ist.«

»Wir überwachen auch Sie ...«

»Das weiß ich.«

»Deswegen bin ich mir nicht sicher, wie Sie das angestellt haben, aber ich weiß, dass Sie es waren. Also, warum ersparen Sie uns allen nicht ein Problem und sagen mir, wo sie ist.«

»Ich weiß wirklich nicht, wovon Sie reden. Ich höre zum ersten Mal, dass sie verschwunden ist.« Er nippte an seinem Kaffee und sagte: »Und, wissen Sie, selbst wenn ich wüsste, wo sie ist, bin ich mir nicht sicher, ob ich es Ihnen erzählen würde, weil, klären Sie mich auf, was war das noch mal, was Sie mit ihr vorhaben?«

»Keine Sorge, wir finden sie mit oder ohne Ihre Hilfe.«

»Also war das hier nur ein Anstandsbesuch? Ich bin gerührt.«

Der Ober stellte Fursts Kaffee auf den Tisch.

»Merci.«

Furst verrührte einen Löffel Zucker in seinem Kaffee, als Sam sagte: »Ich kann noch nicht mal verstehen, warum Sie die Sache immer noch verfolgen. Selbst wenn sie reden wollte, und sie hat bis jetzt nicht den Wunsch geäußert, das zu tun – würde das ohne die Beweise überhaupt jemanden interessieren? Sie wäre einfach eine weitere verbitterte Witwe, die behauptet, dass ihr Mann ermordet wurde, um eine Verschwörung zu vertuschen.«

Furst gab zunächst keine Antwort, schien aber dann nachzugeben und wirkte nachdenklich, als er sagte: »So würde ich das auch sehen, wenn ich das Sagen hätte. Und, ja, dieses Mal, wünschte ich, es *wäre* alleine von mir abhängig.«

»Vielleicht könnte es das sein.« Furst sah ihn fragend an. »Ich schätze mal, ich bin Ihre einzige Spur, und ich weiß gar nichts.«

Furst lächelte und sagte: »Kein Wunder, dass die S8 Sie zurückhaben möchte.« Das war nur so dahingesagt und Sam bezweifelte, dass es überhaupt noch der Wahrheit entsprach – niemand war dermaßen unentbehrlich. Furst schaute einen Moment lang auf die Straße hinaus, bevor er hinzufügte: »Zwischen Ihnen und mir werden sich die Dinge sowieso ändern. Ich bin sicher, dass Sie keine Vorstellung davon haben, wo Hannah Todd ist, aber wo immer sie auch ist, ich schätze, wenn sie noch ein Jahr dort bleibt, ist die Sache gelaufen.«

Sam nickte. Ihm war nicht entgangen, was Furst damit sagen wollte.

»Schade, dass sie keine Möglichkeit hat, das zu erfahren.«

Furst lachte, trank seinen Kaffee in einem Zug aus und stand auf, die Hand in der Hosentasche.

»Der Kaffee geht auf mich, Tom.«

»Danke. Tschüss, Sam.«

»Passen Sie auf sich auf.«

Furst ging Richtung Straßenecke davon und hielt nach dem geparkten Auto Ausschau. Er war nur wenige Meter weit entfernt, als Sam sich entschloss, ihm wenigstens etwas für all seinen Ärger anzubieten.

»Tom!« Furst hielt an und drehte sich um. »Bella.« Er legte seinen Kopf auf die Seite und versuchte, zu verstehen, was Sam gesagt hatte. »Der Name des Babys ... ist Bella.«

Furst strahlte, als er es verstanden hatte, und lachte ein wenig. Er hob seine Hand, die Finger gekreuzt, und wandte sich wieder zum Gehen. Sam nahm noch einen Schluck von seinem Kaffee und lehnte sich entspannt in seinen Stuhl zurück.

Er hatte sich mit seinen Aktivitäten der letzten achtzehn Monate auseinandergesetzt, insbesondere mit seiner Entscheidung, nach Kopenhagen zu gehen, auf viele Arten, und er hatte lange gebraucht, um zu verstehen, dass dabei nur eine Sache von Bedeutung gewesen war: die Vertreibung seiner eigenen Gespenster. Er hatte gedacht, dass ihm das am ehesten gelingen könnte, indem er Furst bezwang, aber jetzt wusste er, dass er sie vertrieben hatte, als er Hannah und ihr Kind gerettet hatte, und dass diese beiden Dinge rein gar nichts miteinander zu tun hatten.

Nichts würde die Dinge, die er im Namen seines Landes getan hatte, ungeschehen machen.

Nichts würde jenen Studenten in Manara, dessen Namen er nie erfahren hatte, oder die unzähligen anderen, deren Gesichter er nicht einmal gesehen hatte, wieder zum Leben erwecken. Aber Hannah war in Sicherheit, genau wie Bella, und daran würde er von nun an seine Tage messen, einzig und allein daran, immer nur ein Leben auf einmal.

Danksagung

Ich möchte meinen Agenten, Deborah Schneider in New York und Philip Patterson in London, danken. Ich danke meinem Lektor Markus Naegele beim Heyne-Verlag und meinen Übersetzern Karola und Christoph Bausum. Dank auch an Wendy Garmston, die den ersten Entwurf las und mir wertvolle Anregungen gab. Zu guter Letzt ein besonderer Dank an alle Mitarbeiter der wundervollen Krimibuchhandlung »Miss Marple« in Berlin, den Organisatoren von »Mord am Hellweg« in Hagen und den vielen anderen, die dazu beigetragen haben, mein erstes Buch *Die letzte Wahrheit* in Deutschland zu einem Erfolg zu machen.